KB064814

나의
대표시를
말한다

나의
대표시를
말한다

최두석 | 나희덕 엮음

도서출판 b

| 일러두기 |

1. 이 책에 수록된 작품은 시인의 자선 대표시이다. 거기에 대표시의 시적 배경과 창작 과정 등을 담은 신작 산문을 곁들였다.
2. 작품 수록 순서는 시인의 등단 연도를 기준으로 하였다. 다만 등단 연도가 같을 경우에는 시인명의 '가나다' 순으로 하였다.
3. 시 작품의 출전은 작품이 수록된 창작 시집을 표시하였으며, 시집에 수록되지 않은 작품은 첫 발표 지면을 표시했다.

□ 이 책을 펴내며

시인에게 곤혹스러운 질문 중 하나는 대표시가 무엇인가 하는 것이다. 어쩌면 대표시를 선택하는 것은 독자의 몫이지 시인 스스로에게는 불가능한 일인지도 모른다. 시인에게는 매순간 쓰는 시가 이전의 시를 뛰어넘는 것이기를 바라는 간절함만이 있을 뿐이다. 그런 점에서 시인에게 대표시는 늘 미래에 존재하는 한 그루 나무와도 같다. 안개 속에서 그곳을 향해 걸어가게 하지만, 가까이 다가가면 다시 저만치 사라지는 한 그루 나무. 그 최후의 시를 향해 모든 시인은 고단하게, 그러나 끊임없이 걷는 존재들이다.

그럼에도 불구하고 이 책을 펴내게 된 것은 시를 읽고 배우고자 하는 사람들에게 실제적으로 도움이 될 만한 책이 드물고 아쉬운 사정 때문이다. 현대시가 갈수록 난해해지고 있는데다 발표되는 시의 분량이 폭발적으로 늘어나 언제부턴가 독자들이 따라 읽기가 어려워져 버렸다. 원론적인 성격의 시론이나 시창작법에 관한 책은 많이 있지만, 그 효용은 상당히 제한적이다. 시인마다 시에 대한 관점과 태도가 다르기에 좋은 시편들의 공통적 특질을 추출해 일반화한다는 것 자체가 무망한 일이 되기 십상이다.

시에 대한 시각의 편차는 비평가나 독자도 마찬가지이다. 이미 고전이 된 작고 시인들의 대표작들은 후세의 비평가들이나 독자들이 오랜 시간에 걸쳐 취향의 공통점을 찾아 선별한 것이다. 그런데 막상 명망 있는 시인들도 자신의 시에 관한 발언권이 없고, 거론되는 대표작도 없이 세월에 묻힌 경우가 적지 않다.

그래서 이 책은 일단 시인들에게 발언권을 부여하는 방식으로 기획되었다. 시인 스스로 자신의 대표작을 한 편 고르고 그 시를 창작하게 된 배경이나 과정에 대해 산문을 써줄 것을 청탁했다. 이 책이 얼마나 생명력을 지니게 될지는 알 수 없지만, 비평가나 독자에게 시인의 발언을 참고할 최소한의 근거를 마련해 둔 셈이다.

여기에 참여한 63분의 시인들 모두가 치열한 시정신으로 한국시의 현주소를 잘 보여주고 있으며, 필진의 세대별 분포나 작품경향에 있어서도 다양한 층을 아우르고 있다고 여겨진다. 이 책을 통해 우리는 한국시의 전체적인 흐름을 조망하는 동시에 시인마다 각기 다른 개성을 확인할 수 있을 것이다. 또한 오늘날 한국시가 얼마나 역동적이고 다양한지, 그리고 수준 높은 생산성을 지녔는지 실감하게 될 것이다.

이 책은 일반 독자들뿐 아니라 시를 습작을 하는 이들에게도 좋은 참고가 되리라 믿는다. 시인으로 살아가는 일의 속내와 시상이 떠오르는 순간, 그리고 그 날것의 소재가 한 편의 시로 태어나기까지의 우여곡절을 세세하게 들여다볼 수 있기 때문이다. 실상 이 책을 기획한 데에는 문예창작학과에서 시를 가르치는 편자들의 고민이 다분히 작용했다.

시는 독자의 처지와 기호에 따라 읽히기 마련이지만, 시를 풍부하게 잘 읽어내는 방법 가운데 하나는 시인의 마음이 되어 보는 것이다. 타인의 마음을 가져 보는 것이 인생을 깊이 있게 사는 길이듯, 창작자의 마음까지 만날 때 시는 단순한 이해를 넘어 삶 속에 깊이 뿌리내릴 수 있다. 모쪼록 이 책이 독자의 마음과 시인의 마음 사이에 좋은 징검다리가 되었으면 하는 바람이다.

스스로 대표작을 고르고 그 시의 창작 배경을 술회하는 작업은 아무래도 시인들에게 곤혹스러운 일일 수밖에 없다. 자신의 창조적 산물에 대한 애정은 모정만큼이나 객관화하기 어렵고, 창작 배경을 밝히는 것이 자칫 시를 산문화할 수 있기 때문이다. 그런 어려움을 무릅쓰고 독자와 소통하는 마당에 기꺼이 나와 주신 이 책의 필자들께 고개 숙여 감사드린다.

2012년 11월

최두석 · 나희덕

□ 차 례

천양희

1942년 부산 출생. 1965년 『현대문학』으로 등단. 시집으로 『마음의 수수밭』 『오래된 골목』 『너무 많은 입』 『나는 가끔 우두커니가 된다』 등이 있다.

직소포에 들다

폭포소리가 산을 깨운다. 산꿩이 놀라 뛰어오르고 솔방울이 툭, 떨어진다. 다람쥐가 꼬리를 쳐드는데 오솔길이 몰래 환해진다.

와! 귀에 익은 명창의 판소리 완창이로구나.

관음산 정상이 바로 눈앞인데
이곳이 정상이란 생각이 든다
피안이 이렇게 가깝다
백색 淨土! 나는 늘 꿈꾸어왔다

무소유로 날아간 무소새들
직소포의 하얀 물방울들, 환한 水宮을.

폭포소리가 계곡을 일으킨다. 천둥소리 같은 우레 같은 기립박수소리 같은—바위들이 몰래 흔들 한다

하늘이 바로 눈앞인데

이곳이 무한천공이란 생각이 든다
여기 와서 보니
피안이 이렇게 좋다

나는 다시 배운다

絶唱의 한 대목, 그의 완창을.

―(『마음의 수수밭』, 1994)

폭포소리가 나를 깨운다

시간은 가는 것이 아니라 이렇게 자꾸 오는 것이란 말을 떠올릴 때마다 추억을 통해 인생은 지나가는 것이란 말도 함께 떠오른다. 이 시를 볼 때 더 그렇다. 불경한 꽃말이 없듯이 추악한 추억도 없는 것일까. 그토록 견딜 수 없던 시간도 지나고 나면 그런대로 그리워지니 도대체 시간이란 얼마나 많은 어제를 집어 삼키는 구멍이란 말인가.

내가 처음으로 직소폭포를 찾은 것은 1979년 여름이었다. 33년 전의 일이니까 내 나이 서른일곱 되던 해였다. 신문을 보다 '직소'라는 단어에 이끌려 무작정 길을 떠난 것이다. 직소폭포는 길이 끝나는 곳에 있었다. 크지 않은 폭포지만 물길은 생각대로 곧았다. 그때 그 산(내변산)엔 아무도 없었고 폭포소리만 저 혼자 우렁찼다. 폭포의 곧은 물줄기를 바라보다 굽은 내 마음을 어찌할 수 없어 나는 폭포처럼 울었다.

몇 시간을 바위처럼 앉아 있었는데 갑자기 쿵, 하는 소리가 들리더니 몸이 옆으로 기우뚱하는 것 같았다. 그때 마치 빛이 눈을 뚫고 들어온 듯 앞이 탁 트이면서 정신이 번쩍 들었다. 놀라운 것은 어둑했던 마음이 환해지면서 처음으로 살아봐야겠다는 생각이 들었다는 것이다. "너는 죽을 만큼 잘 살았느냐"는 소리가 어디선가 들리는 것 같아 사방을 둘러봐도 들리는 것은 폭포소리뿐이었다. 그 소리는 내게 삶은 살아갈 가치가 있다는 것을 깨우쳐준 소리였다. 정말 신기한 경험이었고, 나만의 신비한 체험이었다.

처음 직소폭포를 찾았을 땐 폭포처럼 울었는데 33년 뒤, 이 글을 쓰고 있는 나는 폭포소리를 폭소처럼 생각하면서 의연하게 타인의 고통을 바라볼 때는 '우리'라는 말을 쓰지 말아야 한다고 말하고 있다. 고통은 누구도 대신해줄 수 없기 때문이다.

두려움을 극복하는 길은 뒤돌아보는 것이 아니라 앞으로 나아가는 것이라는 듯이 생각도 의지도 시간이 지나면 뿔처럼 단단해지는 것이었다. 그때부터 나는 마음이 궁벽일 때 새벽을 생각하고 몸이 만신창이일 때 병고로 약을 삼으려고 했다. 그 생각은 아마도 죽는 것이 사는 것보다 낫겠다던 굽은 마음을 직소폭포의 곧은 물줄기가 곧게 일으켜 세워준 때문일 것이다. 세상에서 가장 해독하기 어려운 것은 사람의 마음이라고 어느 작가가 말한 것처럼, 내 마음을 내가 읽기도 어려웠는데 직소폭포가 나를 나보다 더 잘 읽어주었던 것이다.

고통의 싸움터가 바로 마음인데 나는 그 마음을 잘 해독하지 못해 늘 괴로워했다. 내겐 마음이 늘 화두였다. 어떤 일에 죽을 지경으로 시달리다가 기진했던 마음이 깨달은 것은 고통을 사랑해야겠다는 것이었다. 자연의 사랑에는 언제나 오류가 없지만 사람의 사랑은 그릇된 대상 때문에 너무 넘치거나 모자라서 잘못될 수도 있는 것처럼 사람의 인연은 대체로 악연이었다. 그 악업을 풀기 위해 누구나 고통을 통해 자신의 한 생애를 쓴다는 것을, 삶을 살아내고 살려야 한다는 것을 직소폭포는 말보다 더 말 같은 소리로 나를 깨워주었던 것이다. 말하자면 직소폭포는 내게 오래된 미래 같은 것이다. 오래된 폭포소리가 나를 살려내 미래를 찾아주었기 때문이다.

나는 비로소 오랜 침묵 끝에 말하기 시작한 사람처럼 "그래, 존재가 있기 때문에 고통스럽고 몸이 있으니까 추운 것이지. 이게 수고로운 인생일까" 중얼거려본다. 그래서 모든 작품은, 모든 삶은 자서전이자 반성문이라 했을 것이다. 그때나 지금이나 폭포처럼 변하지 않는 것은 마음을 떠나 따로 길이 없다는 것이다.

직소폭포를 만난 지 13년 만에 「직소포에 들다」라는 시를 완성할 수 있었다. 내 시 중에서 가장 오랜 시간이 걸려 완성된 시이다. 내가 이 시를 아끼는 것은 내 정신의 긴 투쟁 끝에 살아남은 시이기 때문이다. □

강은교

1945년 함경남도 홍원 출생. 1968년 『사상계』로 등단. 시집으로 『허무집』 『빈자일기』 『소리집』 『우리가 물이 되어』 『바람노래』 『오늘도 너를 기다린다』 『어느 별에서의 하루』 『등불 하나가 걸어오네』 등이 있다.

비리데기의 여행노래

게 누가 날 찾는가 날 찾이리 없건마는

어느 누가 날 찾는가

베려라 베리데기 던져라 던지데기

깊은 산중 퍼버려라 퍼버려라

-(黃泉巫歌 중, 「비리데기」의 일절)

一曲 · 폐허에서

일어나자 일어나자

저 하늘은

네 무덤도 감추고

꽃밭에서는

사람 걷는 소리 들린다.

오늘 아침 바람은

어느 쪽에서 부는지

한 모랭이 두 모랭이

삼세 모랭이 지나가면

사람 걷는 소리는
산 쓰러지는 울음으로 변하고
누워있는 땅은 조금씩
아, 조금씩 흔들리는데
몸 덥힐 햇빛도 없는 곳에서
길은 한 켠으로 넘어진다.
그리고 밤이 오면
저 무서운 꽃밭에서 들리는
누구 머리칼 젖히는 소리
옷고름이 탁 하고
저고리에서 떨어지는 소리
새벽에도 그치지 않고
잠 속에서는 더 크게 크게
그렇구나, 나는 어느새
몹쓸 곳에 누워있다.
달빛도 멀리 지나가버리는
무덤 위에서
가끔 반딧불 하나가
드러누운 빈 길로 달려 나간다.
모래이불을 펴고
오늘밤도 돼지꿈이나 기다릴까.
산이 바다로

다시 산으로 설마
변하지는 않겠지만
한 마리의 배고픈 돼지는
만날 수 있으리라.
열 두 모랭이 눈감고 기어가면
어디서 울고 있는 신령님이라도
만나지 않으리.
꽃밭에서 아직
걷는 사람이여
어디에 누울까 누울까 말고
가벼이 떨어지는 옷고름 위에
하늘과 함께 나의 뼈를 뉘여다오.
가만히 소리 나지 않게
발자국도 없이 一世紀를.

三曲 · 사랑

저 혼자 부는 바람이
찬 머리맡에서 우네.
어디서 가던 길이 끊어졌는지
사람의 손은

빈 거문고 줄로 가득하고
창밖에는
구슬픈 승냥이 울음소리가
또다시
만 리 길을 달려갈 채비를 하는구나.

시냇가에서 대답하려무나
워이 가이 너 워이 가이 너

다음 날 더 큰 바다로 가면
청천에 빛나는 저 이슬은
누구의 옷 속에서
다시 자랄 것인가.

사라지는 별들이
찬바람 위에서 우네.
만 리 길 밝은
베옷 구기는 소리로 어지럽고
그러나 나는
시냇가에
끝까지 살과 뼈로 살아있네.

-(『허무집』, 1971)

운조

운조가 걸어간다 / 운조가 걸어간다 / 푸른 지평선 황토치마 벌리고 / 한 모랭이 지나 화살표 사이로 / 두 모랭이 지나 화살표 사이로 / 운조가 걸어간다 / 마음 떨며 운조가 걸어간다

네가 떠난 후에
너를 얻었다
지붕들은 떨림을 멈추고
어둠에 익숙한 하늘은
밥풀 같은 별 몇 개 입술에 묻혔다

심장을 늘이고 있는 빨랫줄들
비스듬히 눈물짓고 있는 나무들
동그란 눈 치켜뜨고 있는 창문들

작은 집들은 타달타달 달리고
담벼락의 두 팔은 지나가는 풍경들을 부끄럽게 부끄럽게
안았다. 비애는 타달거리는 작은 의자

저 집속으로 나는 들어가야 하리

어둠을 몸에 잔뜩 칠하고
야단맞은 아이처럼 떨며 서 있는
비애를 안아주어야 하리

물안개들도 일찍 눈 뜬 날
네가 떠난 후에
너를 얻은 날

> 운조가 걸어간다/ 운조가 걸어간다/ 푸른 지평선 황토치마 벌리고/ 한 모랭이 지나 비애 사이로/ 두 모랭이 지나 매혹 사이로/ 운조가 걸어간다/ 마음 떨며 운조가 걸어간다

–(『네가 떠난 후에 너를 얻었다』, 2011)

□ 비리데기에서 운조까지

그날 새벽 그네가 달려왔다. 1970년대 초 한참 엘리엇의 『황무지』에 빠져 있던 시절이었다. 나는 누구에겐가 추천받아 김태곤의 『황천무가』를 읽던 중이었다. 황색 표지의 그 책들은 지금도 나의 책장에 살아 꽂혀있다. 거기서 '비리데기'가 걸어 나온 것이다. 바로 내가 찾던 인물이었다. 『황천무가』를 샅샅이 읽었다. 그네는 일찍이 버려진 여자였다. 아버지, 어머니는 태어나자마자 그네를 흐르는 강에 던져버렸던 것이다. 그네에게는 베리덕이, 바리공주…… 등 여러 이름이 지방에 따라 다르게 붙여 있었다. 그중 '비리데기'라는 이름이 나의 눈에 들어왔다. 그 이름으로 하도록 했다. 생명수와 살살이 꽃, 숨살이 꽃을 저승에서 가지고 와 막 상여에 실려 나가는 부모를 살려냈던 그네. 그때부터 그네는 내 속으로 건너와 내 속에서 살기 시작했다. 나는 '비리데기의 여행노래'를 쓰기 시작했다. 그네가 내 속에 사는, 나와 함께 걸어가는 그림을 보기 시작했고 어느 날 그 그림은 언어가 되어 나의 펜 끝에서 움직이기 시작했다. 1980년대 한창 무서운 독재시대에 있던 나의 삶 속에서 비리데기는 '유화'(『소리집』, 1982)로도 변신하여 나의 언어 속으로 들어왔다. 유화는 삼국시대 부여 조에 나오는 한 여자이면서 나의 집에 찾아왔던, '은빛 블라우스를 입고 있던 한

현지처인 여자'였다. 그 여자들은 무서운 시대에 살고 있었으며 버려졌다는 공통점을 가지고 있었다. '은빛 블라우스의 그 여자'에게 비리데기가 얹혀졌다.

그러다 한참 그 여자를 잊어버렸다. 이 세상을 걸어오던 나는 삶터를 바다 끝에 있던 어떤 한 소도시로 옮겼고 거기서 나는 그 여자를 다시 만났다. 어떤 고개 위였었다. 거기 언덕 위에 올라서면 바다가 환히 보이곤 했다. 나는 언덕 위로 걸어가는 그네를 바라보았다. 그네는 바다 끝으로 희미하게 실루엣을 남기며 사라졌다. 다음날 새벽 그네는 나의 펜 끝에 올라섰다. 나는 다시 그네를 언어로 바라보기 시작했다. 나는 '비리데기, 가장 일찍 버려진 자이며, 가장 깊이 잊어버린 여자의 노래'(『어느 별에서의 하루』, 1996) 라는 부제를 그 시에 달았다. '유화'라는 이름에 현지처를 올리던 나의 습성을 버리지 못하고 유화가 되었던 비리데기는 그때 한참 버려졌다는 감 속에서 엘리엇의 『황무지』를 다시 생각하던 내 속으로 들어왔다.

다시 그네를 잊었다. 사는 일이 더 바쁘기도 했고, 병이 들었기 때문이기도 했다. 그 고개 끝에 나를 받아준 병원이 있었다. 병실에서, 또는 진찰실에서 그 여자가 바다 위로 걸어가고 있는 그림을 보았다. 그러나 다시 그 여자를 나는 잊었다. 그보다 사는 일이, 이 '세상'이라는 곳에서 살아남는 일이 더 급했다.

나는 바닷가 그 동네를 떠나 산 밑으로 이사하게 되었다. 거실에 있는 통유리의 창으로 12개의 능선이 보이는, 아침이면 떠오르는 해가 보이는 그런 집이었다. 이미 나의 나이는 60의 고개를 넘어서고 있었다.

어느 날, 새벽에서 아침으로 오는 순간에 나는 그 여자가 그 능선들 위로 걸어가는 것을 보았다. 먼 데 하늘이 파랗게 되며 어슴푸레하게 세상이 열리는 순간, 새들이 날기 시작하는 그 순간. 나는 그네를 거의 매일 새벽에 보게 되었고, 나는 그네의 이름을 '운조'라고 새로 짓기로 했다. 나는 그 이름을 바꾸려고 시도하기도 했지만 다시 운조로 돌아가곤, 돌아가곤 했다. 비리데기인 운조는 그날부터 나에게 업혀 내 이름이 되고 있었던 것이다. 나는 바로 운조였고 운조는 나였으며, 운조는 또 비리데기였다. 셋이 마구 섞였다. 그네는 수천 년 전에도 살고 있었으며 2010년대의 오늘에도 살고 있었다. 물론 나도 수천 년 전에도 살고 있었다. 2010년대의 오늘에도 살고 있었다.

내 속에서는 그 옛날의 버릇이 되살아났다. 그네 비리데기가 유화의 얼굴을 하고 유화의 모습을 하고 1980년대의 내 언어 속에 살아나오던 그 버릇. 과거이면서 현재가 아니면 시를 못 쓰는 나. 신라시대 분황사 마당에서 다섯 살 아들의 감은 눈을 뜨게 해달라고 기도하던 '희명'에게도 그 여자, 아니 나는 얹혀졌다. 툇마루에 서서 지아비를 하염없이 기다리던 '난설헌'에게도 그 여자, 아니 나는 얹혀졌다. 나같이 시를 쓰던 여자, 우리나라 최초의 여류시인 '김명순(탄실)'에게도, 임진강을 건너 남하했던, 한강철교를 넘어 남하했던, 다시 낙동강 철교를 북상했던, 나를 낳고 키웠던 나의 어머니 '김명순'에게도, 아리랑 고개를 넘어가던 여자 혁명가 '김사임'에게도 임화의 애인 '지하련'에게도(『네가 떠난 후 너를 얻었다』). 자연스레 역사라는 단어는 그 여자들의 '자궁'이란 단어로 옮겨갔다. 나의 딸이 출산하던 순간, 그 여자들의 자궁은 더욱 영원하며 튼튼해졌다. 불멸이 되었다. 그리고 병원에서 나오면서, 그 원형은 생명수를 들고 온, 생명의 여신 비리데기임을 나는 다시 알았다.

앞으로 나는 그 큰 한 나라 굽이굽이에 비리데기들을 앉히려고 한다. 몇 십 굽이가 되리라. 아마 그렇게 되면 나의 이 세상 순례도 끝나지 않을까, 생각하면서. 운조는 걸어가리라. 이 세상이라는 커튼을 자궁 안에서 살풋살풋 들추며, 불멸이 되어.

아무튼 김탄실처럼 시인이 되어 길을 가다보니까, 이렇게 복잡한 한 그림이 그려졌다. 이 세상에게 어쩌면 미안하다. 너무 복잡한 내 속그림을 보여주어서. 여러 겹이어서. 이 여러 겹이 단선이 되어야 하는데 — 또는 단선이면서 여러 겹이 되는 노래 — 그래도 나 혼자 이 시 쓰는 일을 계속 하리라, 아무도 안 읽어주어도 바보처럼 '나의 운조들'을 꺼내리라. 저 12개의 능선에서. □

김준태

1948년 전남 해남 출생. 1969년 『시인』으로 등단. 시집으로 『참깨를 털면서』 『나는 하느님을 보았다』 『국밥과 희망』 『불이냐 꽃이냐』 『넋통일』 『오월에서 통일로』 『아아 광주여 영원한 청춘의 도시여』 『칼과 흙』 『통일을 꿈꾸는 슬픈 색주가』 『꽃이, 이제 지상과 하늘을』 『지평선에서서』 『형제』(육필시집) 등이 있다.

60년 聖事

아가야
둥근 젖병을 두 손으로 움켜쥐고
아인슈타인을 쭉쭉 빨아대는 아가야

어때 맛이 괜찮니
배가 쿨렁쿨렁 소리 나게 부르니
올해 60회갑을 맞은 이 할아버지는
너를 등에 업고 먼 산에 올라가보련다

네 어미의 젖꼭지처럼
오래 오래 아인슈타인을 빨고 싶다는
눈빛으로 나와 눈 맞춤을 하는 아가야

나비 떼인 양 쏟아지는 달빛 속으로
하얗게 떠오르기 시작하는 머나먼 길 —
아가야 나는 너를 등에 업고 걸어가면서
오늘은 아인슈타인 박사를 만나고야 만다

빛도 휘고 하늘도 휜다고 무릎을 친다
무궁 무궁한 하늘도 휜다는 아인슈타인의
우주, $E=mc^2$을 엎기도 하고 뒤집기도 한다

그래, 60회갑을 맞은 나 또한 슬퍼하느니
600년보다 더 길고 긴 60년, 저것을 봐라
한반도 허리춤에 내리꽂힌 총칼을 보아라

백두에서 한라까지 이 땅은 블랙홀
서울과 평양 사이에 들꽃들도 블랙홀
금강산 앞바다에 치솟는 태양도 블랙홀
귀신들이 무더기로 우글거리는 블랙홀
생목숨마저 빨려 들어가 버리는 블랙홀

미움과 증오뿐인 저 절벽의 절벽의 세월
머저리와 머저리들의 바보 같은 그 세월
남들이 만든 시계 속에서 청춘도 사랑도
한꺼번에 휩쓸려 가버린 아 코리아 60년!

아가야
둥근 젖병을 두 손으로 움켜쥐고

아인슈타인을 쭉쭉 빨아대는 아가야
눈망울이 너무 선하여 살별 같은 아가야

하지만 이제는 너로 하여 알게 됐단다
이제는 할아버지도 먼저 길게 휘어지면서
직선과 직선이 아닌 곡선으로 휘어지면서
네 어미처럼 너를 껴안듯이 보듬어 올린다
서울과 평양도 첫사랑 첫 얼굴로 바라보고

아가야 우리 아가야
올해 60회갑을 맞은 이 할아버지는
다시 너와 같은 아가로 태어나려 한다
빛도 휘고 청천하늘도 무지개로 휘고
새가 새로 날고 꽃이 꽃으로 피어날 때

아 풀 비린내도 없이 온몸 살결이 향기로운
통일코리아 텍스트 밤낮으로 꿈꾸는 아가야
그래서 나도 너처럼 똥을 바가지로 싸놓고도
방긋방긋 웃는 벌거숭이 아가가 되고 싶단다.

—(『창작과비평』, 2008 가을)

* ‘$E = mc^2$’은 아인슈타인이 1905년 처음으로 밝힌 특수상대성이론으로 ‘에너지(E)와 질량(m)은 등가이고 변환 가능하다’는 것을 뜻한다. 아인슈타인은 또한 1916년 ‘질량과 에너지가 시공간을 휘게 하고 빛을 포함한 자유입자들이 그렇게 휘어진 시공간 속에서 움직인다’는 일반상대성이론도 세상에 내놓는다. 그러자 과학자들은 상대성이론도 미시세계에서는 맞지 않는 부분이 있다고 지적한다. 아인슈타인은 그에 대한 대답으로 “신은 주사위 놀이를 하지 않는다”라는 유명한 경구를 남기게 된다.

□ 내 詩의 話頭는 '하나됨 혹은 통일'

한놈을 업어주니 또 한놈이

자기도 업어주라고 운다

그래, 에라 모르겠다!

두놈을 같이 업어주니

두놈이 같이 기분 좋아라 웃는다

남과 북도 그랬으면 좋겠다.

–「쌍둥이 할아버지의 노래」

옛날에도 그랬고, 1969년 한국문단에 나온 이후로도 계속 그래온 것 같은데, 요즘 들어와서 부쩍 '예감'이랄까 '예언의 시'가 나오려 한다. 머리가, 배가 시를 토해내려 한다. 이러면 안 되는데? 이제 나의 나이도 예순다섯을 넘어섰으니 명상과 사색의 세계에 조금씩 진입해 들어가는 그런 성찰의 시도 자주는 아니더라도 종종 써야 하는데…… 별일이다. 물론 이 땅에 살다보면 당연한 반응이지만 나의 경우는 시적 연치랄까 내공이 쌓여 가면 쌓여 갈수록 저 18세기 영국의 시인 '셸리'가 「서풍부」에서 노래한 시구 "시인이여, 예언의 나팔을 불어라"가 계속해서 배꼽을 잡아당긴다.

여기에다 덧붙여 또 나에게 찾아오는 아포리즘은 "시인들은 / 슬픔의 친구가 되어 살지만 / 기쁨의 노예로는 살지 않는다"라가 아닌가. 정말이지, 아무래도 나에게는 아리스토텔레스가 명저 『시학』에서 말한 것처럼 나의 시는 희극적인 것이 아니라 '비극의 자궁'에서 태어난 창조물로서 분명히 그리고 확실하게 나를 다그친다. 예컨대 나의 시는 요즘 일부 시인들이 선호하는 엔터테인먼트와는 거리가 멀다. 일찍이 김수영 시인이 예단한 것처럼 한반도에 살고 있는 내 시의 경우도 때로는 피를 흘릴 수밖에 없는 것 같다. 보라, 세상 도처가 그런 모습을 보이고 있지 않는가. 지난 시절 그렇게도 많은 피를 흘렸으면서도 다시 민주주의는 퇴보하고, 정치질서가 흔들리고, 마녀사냥이 되풀이되고, 한반도를 둘러싼 냉전·열전기류는 다시 평화를 위협하고, 남북관계는 험악해지고, 섹티즘sectism은 고질화되고, 빈부격차는 심화되고, 비정규직은 일상화되고, 우리가 한때 체현했던 대동세상과 공동체정신의 열망이 붕괴하고 있는 것처럼 느껴진다.

아무튼 이런 때일수록, 아니 앞으로도 계속해서, 나는 시인들이 이 땅의 평화와 공동선共同善을 구축하기 위해서, 통일의 그날을 조금이라도 앞당기기 위해서 보다 더 순정하고 열정어린 노래들을 쏟아주어야 한다고 다짐해본다. 또 그렇게 손을 내밀어 권유한다. 전쟁으로 아내와 부모와 형제를 모두 잃은 고트프리트 벤(독일시인)이 '현실부정 → 역사부정'을 거쳐 마침내는 '현실재창조'의 세계에 진입한 사실을 기억하면서, 나의 경우는 시인이란 모름지기 이 땅에 증오가 아닌 자비와 사랑, 생명과 평화와 통일의 기운을 불어넣어주어야 한다고 스스로 선언하고 싶은 것이다. 돌이켜보면 1945년 8·15해방 이후 이 땅의 역사는 증오의 역사였다. 범아일여梵我一如, 물아일여物我一如, 불이문不二門, 즉 하나됨의 세상을 추구하는 것이 아니라 너와 나를 가르는 분단문화가 이 땅을 지배하고 억압해왔다는 것이다.

그럴수록 시인은 그렇다. 시인은 그가 사는 나라와 사람들과 역사 그리고 고통과 엑스터시(접신接神)돼야 한다는 것이 지금까지 내가 한국 시단에 몸담아오면서 터득한 소원이며 희망이다. 카뮈의 소설 『페스트』에 나오는 오랑시 속으로 당연히 시인은 맨 먼저 들어가 세상에 그것을 알려야 한다는 이야기다. 그런 의미에서 시인은 또한 잠수함 속의 토끼처럼 맨 먼저 산소부족을 알아차려 세상에 그 사실을 알려야 한다. 그리고 파수꾼처럼 시인은 고독한 광야에서 어둠과 맞서야 한다고 생각한다.

결론적으로 나의 (詩의) 화두랄까 아이콘은 '평화'와 '통일'이다. 이 땅의 모든 비극은 분단에서 비롯되었고 또 그래서 우리 모두, 우리 민족 구성원 전체가 아름다운 세상에서 살기 위해서는 동전의 앞뒤나 다름없는 평화와 통일을 궁극해야 한다고 생각한다. 또 다른 이야기는 범아일여梵我一如이다. 앞으로도 불이문不二門이 바로 내 시의 내용과 형식을 이룰 수밖에 없을 것이다. 따라서 당연히 나의 통일을 노래하는 시 「60년 聖事」도 그런 전망에서 탄생되었을 것이다. 앞으로도 나의 대표시는 어느 한 편으로만 국한되지 않고 여러 형태로, 여러 내용을 담아서 '하나 됨의 아름다움'을 더 많은 목소리로 노래할 수밖에 없을 것이라는 고백을 털어놓고 싶다. □

문정희

1947년 전남 보성 출생. 1969년 『월간문학』으로 등단. 시집으로 『남자를 위하여』 『오라, 거짓 사랑아』 『양귀비꽃 머리에 꽂고』 『나는 문이다』 등이 있다.

머리 감는 여자

가을이 오기 전

뽀뽈라*로 갈까

돌마다 태양의 얼굴을 새겨놓고

햇살에도 피가 도는 마야의 여자가 되어

검은 머리 길게 땋아 내리고

생긴 대로 끝없이 아이를 낳아볼까

풍성한 다산의 여자들이

초록의 밀림 속에서 죄 없이 천 년의 대지가 되는

뽀뽈라로 가서

야자 잎에 돌을 얹어 둥지 하나 틀고

나도 밤마다 쑥쑥 아이를 배고

해마다 쑥쑥 아이를 낳아야지

검은 하수구를 타고

콘돔과 감별당한 태아들과

들어내 버린 자궁들이 떼 지어 떠내려가는

뒤숭숭한 도시

저마다 불길한 무기를 숨기고 흔들리는

이 거대한 노예선을 떠나

가을이 오기 전

뽀뽈라로 갈까

맨 먼저 말구유에 빗물을 받아

오래오래 머리를 감고

젖은 머리 그대로

천 년 푸르른 자연이 될까

―(『오라, 거짓 사랑아』, 2001)

* 멕시코 메리다 밀림 속의 작은 마을 이름

□ 머리 감는 여자

대지는 꽃을 통하여 웃는다고 한다.

만개한 목련을 보며 문득 연전年前에 만난 한 풍성한 여인을 다시 떠올린다.

그때 나는 멕시코 중부 마야의 유적군이 있는 치첸이사라는 곳을 떠돌고 있었다.

밀림 속에 기원전의 피라미드들이 널려있다는 촌로의 말만 믿고 차를 돌렸는데 풍경이 황홀할 만치 아름다웠다. 검푸른 숲 속에 눈펄처럼 흩날리는 흰나비 떼 속에서 연신 탄성을 내지를 수밖에 없었다.

이 뜻하지 않는 원시림과 흰나비 떼는 나에게 생명에 대한 그리움과 야성을 일순에 불러일으키고 말았다.

줄줄이 낳아놓은 자식들을 거느리고 길가에 서서 손을 흔드는 건강한 다산의 어머니와 그 아이들의 모습은 맨발의 가난쯤은 덮고도 남을 만큼 푸르렀다. 그대로가 순연한 자연이어서 부럽고 눈부셨다.

나의 시 속에 나오는 '머리감는 여자'를 만난 것은 그렇게 이어진 밀림의 끝자락에서였다.

작은 마을에 들어서자 제일 먼저 눈에 띄는 것은 평화롭게 돌아다니는 돼지와 거위들이었다. 아이들은 그물 침대인 해먹에 누워 구름을 세며 놀고 있었다.

그 속에서 그녀는 여사제처럼 큰 몸집을 하고 마당 한 켠에 있는 말구유에 상체를 거꾸로 들이밀고 머리를 감고 있었다.

풍성한 허리, 자연스럽게 출렁이는 젖가슴, 햇살에 그을린 피부, 일찍이 이보다 더 당당하고 아름다운 여성을 나는 본 적이 없었다. 마치 신화 속의 대지모大地母같기도 했지만, 그보다는 우리 옛 어머니들의 모습이어서 정말 친근하고 자연스러웠다.

선뜻 말문을 못 열고 그녀가 머리 감는 모습을 바라보고 있다가 나는 그만 왈칵 눈물을 흘리고 말았다. 그동안 무언가 참으로 소중한 것을 잃어버렸구나 하는 쓰라린 자괴감이 전신을 흔들었다.

물질문명의 산물인 유명상표가 달린 블루진을 세련된 듯 입고 있었고 그럴듯한 선글라스와 카메라를 매고 있었지만 이 너덜거리는 문명의 옷가지를 걸치기 위해 싱싱한 생명력과 자유를 잃어버린 것은 아닐까.

숲과 사람과 예쁜 짐승들과 돌멩이까지도 얼굴에 태양을 새긴 채 웃고 있는 이 신성한 유토피아에서 나는 아프게 입술을 깨물었다.

공해와 환경호르몬으로 인하여 오늘날 현격히 줄어들고 있는 정자 수와 수정 능력의 감소 수치는 접어두고라도 겨우 태어난 우리 아이들이 사람의 젖이 아닌 소의 젖을 먹고 자라고 있는 현실과 그 아이들의 누런 얼굴이 떠올랐다.

자본주의 상인이 만든 저울과 줄자에 맞는 몸매를 만들기 위해 온갖 방식으로 육체를 억압하는 화장 짙은 도시 여자들의 생기 없고 마른 모습도 떠올랐다. 어느 곳이 진정한 문명 도시요, 어느 곳이야만의 정글일까.

푸른 숲 대신 괴물 같은 아파트의 밀림 속에서 흉기가 되기 일수인 자동차의 홍수에 떠밀리며 허겁지겁 살고 있는 도시는 혹시 슬픈 노예선이 아닐까.

정력을 위해서라면 심지어 지렁이까지도 잡아먹는 남자들과, 외형의 미를 위해 밤낮으로 몸살을 앓는 여자들이 사는 사회를 우리는 무어라 불러야 할까.

시커먼 도시의 하수구 속에 떠내려가는 콘돔들과 드러내버린 자궁들과 감별당한 태아들에까지 생각이 미치자 그만 전신에 오한이 일었다.

나는 밀림 속의 그 여인처럼 말구유에 빗물을 받아 오래오래 머리를 감고 싶었다.

지친 영혼과 오염된 흙을 맑게 씻어내는 일 말고 무엇이 더 급하랴.

□

이시영

1949년 전남 구례 출생. 1969년 <중앙일보> 신춘문예에 시조, 『월간문학』에 시로 등단. 시집으로 『만월』 『바람 속으로』 『길은 멀다 친구여』 『이슬 맺힌 노래』 『무늬』 『사이』 『조용한 푸른 하늘』 『은빛 호각』 『바다 호수』 『아르갈의 향기』 『우리의 죽은 자들을 위해』 등이 있다.

고개

앞산길 첩첩 뒷산길 첩첩
돌아보면 정든 봉 첩첩
아재야 야재야 정갭이 아재야
지게 목 떨어진다 한가락 뽑아라
네 소리 아니고는 못 넘어가겠다
기러기떼 돌아 넘는 천황재 아홉 구비
내 오늘 너를 묶어 이 고개 넘는다만
언제나 벗어나리.
가도 가도 서러운 머슴살이 우리 신세
청포꽃 되어 너는 어덕 아래 살짝 필래
파랑새 되어 푸른 하늘 훨훨 날래
한 주인을 벗어나면 또 다른 주인
한 세월 섬기고 나면 더 검은 세월
못 살아가겠다고 못 참겠다고
너도 울고 나도 울고 쩌렁쩌렁 울었지만
오늘은 찬바람에 봉두난발 날리며
말없이 너도 넘고 나도 넘는다

뭇새들 저러이 울어 예

차마 발 떨어지지 않는 느티목 고개,

묶인 너 부여안고 한번 넘으면 그만인 아, 죽살잇 고개를

–(『바람 속으로』, 1986)

□ 「고개」를 쓸 무렵

내가 「고개」를 쓴 것은 77년으로 기억된다. 당시 나는 20대의 후반으로 고등학교의 젊은 국어교사였고 한강이 가까운 흑석동 일우一隅에서 하숙생활을 하고 있었다. 돈도 모아둔 것이 전혀 없었고 결혼이라는 것도 막막하게만 느껴지던 무렵이었다. 그 무렵 나의 삶의 유일한 준거準據란 시인으로서의 자기를 확실하게 정립해보자는 것이었다.

당시 내가 있었던 학교는 세칭 신흥 일류교로서 명문대 입시율이 전국 톱을 차지할 정도여서 동료교사들은 그야말로 과외선생으로서 높은 수입은 물론 그 인기가 이만저만이 아니었다. 학교 수업이 끝나자마자 보따리들을 싸들고 어디론지 총총히 사라지곤 하던 동료들을 바라보면 저 사람들이 과외교사를 하려고 교직을 택했는지 고달프고 외로운 교직을 끝까지 고수해보려고 과외를 하는지 모를 지경이었다. 하여튼 나는 그런 분위기 속에서도 과외를 한 건도 해보지(?) 못하고 퇴근만 하면 곧바로 하숙방으로 돌아가 그야말로 정신없이 시작詩作에 몰두하곤 했다.

그해의 긴 겨울방학이 끝나고 2월 학기가 시작된 지 며칠 되지 않았을 때 나는 고향의 어머님이 돌아가셨다는 급보를 받고 부랴부랴

호남선 열차를 탔다. 지금도 내 머리에는 몰아치는 겨울 북풍 칼바람과 그 바람 속을 뚫고 기우뚱거리며 동네를 빠져 나가던 꽃상여와 요령잡이의 구슬픈 상두가 몇 구절이 선명하게 남아 있지만 어머니를 저 세상으로 보내는 슬픔보다는 당장 언 땅을 파는 일이며 여러 상례喪禮 절차를 넘기는 일이 더 급박했던 것이 당시의 나의 솔직한 심정이었던 것 같다.

그러나 슬픔은 홀로 되어 있을 때, 그것도 서울의 하숙방에 돌아왔을 때 갑자기 왔다. 이 세상의 모든 슬픔의 진정한 내방來訪은 그러한 것이리라. 낯익은 하숙방의 책이며 이부자리, 옷가지 같은 것들이 전혀 낯설게 보였고 남의 것만 같았다. 어머님은 비로소 내 곁에서 떠나 영혼의 나라로 가신 것이다. 나는 불현듯 방바닥에 엎드려 이 시의 첫 구절인 "앞산길 첩첩 뒷산길 첩첩 / 돌아보면 정든 봉 첩첩"을 쓰기 시작했다. 그리하여 아주 단숨에 이 시는 완성되었다.

읽는 이들은 이 시를 어떻게 받아들일지 모르지만 이 시를 썼을 때나 지금이나 나는 좋은 시란 아주 단숨에 밀물처럼 밀려오는 것이고 시인은 또한 그것을 감격으로 받아들여 백지 위에 성실하게 기록하는 사람이라고 생각한다. □

정희성

1945년 경남 창원 출생. 1970년 <동아일보> 신춘문예로 등단. 시집으로 『답청』『저문 강에 삽을 씻고』『한 그리움이 다른 그리움에게』『시를 찾아서』『돌아다보면 문득』 등이 있다.

몽유백령도夢遊白翎圖

풍경은 얼마쯤 낯설어야 풍경이고

시도 얼마쯤 낯설어야 시가 된다

이 섬의 이름은 원래 곡도鵠島

따오기 모양의 거대한 흰 날개를 가졌다는

이 섬의 아름다움은 기이하다

평화와 상생을 위한 문학축전을 마치고

두무진頭武津으로 가 유람선을 탔다

아홉시 방향을 보라

선장의 말에 시선이 한쪽으로 쏠린다

구멍 뻥 뚫린 바위 옆에 우뚝 솟은 촛대바위

괭이갈매기 가마우지 똥이 하얗게 쌓인

촛대바위 뒤로는 병풍절벽 가까스로

절벽을 기어오른 덩굴식물 사이로 초소가 보이고

구멍 속에는 초병哨兵이 하나 서서

장산곶 하늘의 매를 감시하고 있다

아니, 그는 아마 눈먼 아비를 위해

심청이 몸을 던졌다는 인당수에

연꽃이 언제 피는가 지켜보고 있을 것이다
가마우지가 몇 번 자맥질을 하고
물개가 몇 번이나 솟구쳐 휘파람을 불고
괭이갈매기는 또 몇 번이나 울며 날았는지
하루 종일 심심풀이로 헤아렸을 터이다
그렇지 않고서야 바다 한가운데
병사를 세워둘 이유가 무엇이란 말인가
언젠가는 병사들도 심봉사처럼
눈 뜰 날이 있을 것이다
그렇지 않고서야 심청이 환생했다는
연화리蓮花里가 여기 있을 턱이 없지
그렇지 않고서야 심청각 옆에
탱크를 세워둘 이유가 무엇이란 말인가
옛날 이 바다에 곤鯤이라는 물고기가 살고 있었다*
크기가 몇 천리가 되는지 모르나
이것이 변해 붕鵬이란 새가 되었다
붕새는 얼마나 큰지
한번 날면 하늘을 뒤덮는 구름과 같았다
지금까지 바다 한가운데 웅크리고 있던 그 큰 새가
제 몸에 얹힌 온갖 것 훌훌 털고
크고 흰 날개 퍼득여 하늘로 오를 날
오기는 올 것이다 그렇지 않고서야 어떻게

백령도가 황해바다 한가운데 서있을 수 있겠는가

-(『돌아다보면 문득』, 2008)

* 『장자』 소요유逍遙遊에 나오는 말

□ 친숙해 보이는 곳에 시는 없다

내 이름자 앞에 시인이라는 관사가 붙은 지 어언 37년이 되었다. 그 동안에 쓴 시가 얼마나 되나 헤아려보니 빈약하기 그지없다. 이래가지고서야 시인이라는 관사를 달고 다니기도 부끄럽다. 대표작이라고 몇 편 돌아다니는 것이 있기는 하나, 그것이 흘러간 노래가 안 되게 하려면 끊임없이 좋은 작품을 써내야 하는데, 말이 그렇지 과작인 터에 번번이 좋은 작품이 나올 리가 없다.

젊어 한때는 시가 발표되면 신문이나 잡지 월평에서 좋은 반응을 얻기도 하였고 그것이 다음 시를 쓰는데 격려가 되기도 하였다. 그러나 요즈음에는 누가 내 글을 읽었노라는 인사조차 듣기가 힘들어졌다. 그것이 못내 섭섭하기도 하지만 나의 시가 긴장미를 잃어서 더 이상 독자들에게 충격을 주지 못하고 있음을 반성해야 마땅한 것이 아닐까. 시어가 사람들을 놀라게 하지 않으면 죽어도 시 다듬는 일을 쉬지 않는다(語不驚人 雖死不休)는 두보의 말이 생각난다.

시가 독자들에게 충격을 주지 못하는 것은 시인이 세상 살아오는 동안 모서리가 닳고 촉수가 무디어진 탓이다. 어떤 이들은 이를 두고 듣기 좋은 말로 원숙해졌다는 표현을 하기도 하나, 시인에게는 세상 모든 일이 낯설지 않고 친숙해 보일 때가 바로 스스로를 경계할 때인 것이다. 시가 낡은 사물에서 새로운 의미를 발견하는 것일진대, 사물이 낯설지 않고 친숙해 보이면 거기에 더 이상 시는 없다.

이러저러한 일로 금강산을 세 번이나 다녀오고도 나는 시 한 편을 못 썼다. 금강산은 듣던 대로 아름다웠지만 설악의 아름다움에 비해 더 유별나다고 할 것도 없었다. 말하자면 그 경치는 나에게 낯설지 않은, 그저 그러려니 싶은 풍경이었던 것이다. 그저 그러려니 싶은 풍경은 나를 자극하지 못하고 그냥 내 눈을 스쳐 지나갈 뿐이었다. 내 경험으로 보아, 아름다움 그 자체가 바로 시가 되는 법은 없었다.

다만, 새 한 마리 깃들 수 없고 물고기 한 마리 살 수 없는 풍경, 사람 냄새 나지 않는 풍경이란 도대체 무슨 의미가 있단 말인가 하는 의아스러움이 아직도 나에게 의문부호처럼 남아있고, 금강산으로 들어가는 길목에 서있는 국군과 북한군 병사들의 모습이 어쩐지 풍경에 어울리지 않게 낯설다는 느낌이 오랫동안 가슴에 애잔하게 남아 있으니, 이 느낌이 어느 날 시가 되어 살아올지도 모를 일이다.

내가 그렇게 보고 싶어 하던 백령도가 꿈속에 노닐던 '몽유도원' 그대로였다면 나는 아마도 「몽유백령도」 같은 시를 쓰지 못했을지도 모른다. 전망이 좋은 이 섬의 정상에는 심청각이 세워져 있고 바로 옆에는 탱크가 서 있었는데, 이 어울리지 않는 풍경이 그렇게 낯설어 보일 수가 없었다. '평화포럼'행사로 함께 간 구중서 선생이 두무진頭武津을 보면서 "해금강보다 못할 게 없지 않은가." 찬탄하는 말을 할 때만 해도 나는 이것이 시가 되리라고는 생각도 못했다. 그때 그분은 벌써 이 풍경을 그림으로 그리려고 작정하고 있었을 터이다. 사진을 보내달라는 말에서 나는 그것을 짐작할 수 있었다.

사진을 보내드리고 나서 얼마 뒤에 다시 만난 선생에게 "그래 그림은 다 그리셨냐"고 물었다. 나는 그때 이미 시가 완성되어 그 풍경을 함께 본 선생에게 제일 먼저 보여드리고 소감을 들어볼 속셈이었다. 사실은 소감을 듣는 데 그치지 않고 내 시가 선생의 그림에 실리기를 은근히 기대한 것이었으나 그걸 내색할 수는 없었다. 얼마 뒤 선생은 인사동에서 전시회를 가졌는데 거기 가보니 '몽유백령도'가 걸려 있었다. 황감하게도 내 시가 선생이 그린 그림의 화제畵題가 된 것이었다.

「몽유백령도」는 '몽유도원도'를 의식하고 붙인 제목이었으나 글자 그대로 꿈에 도원을 노닐듯 황홀한 느낌으로 쓴 것은 아니었다. 꿈과 현실을 넘나들며 아직 잠이 아직 덜 깬 사람마냥 봉창 두드리는 소리를 하면서, 그것이 눈앞에 현실로 나타나기를 기다리는 마음으로 나는 그 시를 힘들여 썼고, 그러고 나니 오랫동안 긴 호흡의 시를 쓰지 못한 찜찜함에서 놓여나 날아갈 것 같은 기분이 되었다. 그래 백령도여! 흰 날개 퍼덕여 한번 날아보자꾸나. □

이하석

1948년 경북 고령 출생. 1971년 『현대시학』으로 등단. 시집으로 『투명한 속』 『김씨의 옆 얼굴』 『우리 낯선 사람들』 『측백나무 울타리』 『금요일엔 먼데를 본다』 『녹』 『것들』 『상응』 등이 있다.

뒤쪽 풍경 1

폐차장 뒷길, 석양은 내던져진 유리 조각 속에서
부서지고, 풀들은 유리를 통해 살기를 느낀다.
밤이 오고 공기 중에 떠도는 물방울들
차가운 쇠 표면에 엉겨 반짝인다,
어둠속으로 투명한 속을 열어놓으며.
일부는 제 무게에 못 이겨 흘러내리고
흙속에 스며들어 풀뿌리에 닿는다,
붉은 녹과 함께 흥건한 녹물이 되어.
일부는 어둠속으로 증발해버린다.
땅속에 깃든 쇠 조각들 풀뿌리의 길을 막고
어느덧 풀뿌리에 엉켜 혼곤해진다.
신문지 위 몇 개의 사건들을 덮는 풀, 쇠의 곁을 돌아서
아늑하게, 차차 완강하게 쇠를 잠재우며
풀들은 또 다른 이슬의 반짝임 쪽으로 뻗어나간다.

—(『투명한 속』, 1980)

□ 어두운 풍경의 낙관

첫 시집 『투명한 속』에 실었던 시다. 발표는 아마도 1979년 무렵이 아니었던가 하고 짐작된다.

당시 내가 지키려 했던 시 만들기의 원칙은 첫째, 풍경 또는 사람의 정면보다는 뒤란이나 이면을 그리며, 둘째, 사물과 나는 직접 만나지 않고 카메라의 눈을 통해 만나며, 셋째는 두 번째와 연관이 깊은데, 나의 감정을 드러내는 것을 억제하고 오직 보이는 것만을 정밀하게 묘사해낸다는 것이었다. 다소 억지스러운 원칙이었지만, 거기에는 나름의 이유가 분명하게 있었다. 시대적인 문제와 연관되어 있기도 했다. 이 시는 그러한 원칙들이 비교적 잘 지켜진 채 만들어진 것이라 할 수 있다.

「뒤쪽 풍경」은 두 편으로 되어 있다. 다른 한 편은 다음과 같다.

먼지 속에서 뒤척이며 찢어진 신문지에서 떨어져 나와
푸른 여자 먼지 일으키며 날아갔다.
비고 우그러지고 벗겨진 채 햇빛에도 바랜 채
뒹굴던 깡통들 뻔뻔하게 흙 속에 처박히고,
풀들 어쩌다 깡통 속에 다리 뻗쳐

부르튼 다리로 깡통들 뚫어버린다.
나비 올 때쯤 기약도 없이 꽃 피는 민들레, 저 혼자
씨앗 흩이고 쓰러진 후, 그 곁에 내던져진 채
몇 개의 사건들 기억해내려고 심각해진 남자들의
찢어진 얼굴들. 그 얼굴들만 휴지를 빠져나와
바람에 사라지는 것들 속에 저절로 섞이며,
혹은 모든 사건들 속에서 평온하게
따로 미끄러지면서.

–「뒤쪽 풍경 2」, 전문

이 시들을 두고 더러 산업화의 심화에 따른 우리 삶의 뒤란을 그려낸 것이라고도 하고, 자연과 문명을 대립적으로 설정하여 우울한 전망을 보여주고 있지만, 기실은 자연이 산업화와 문명의 찌꺼기를 극복할 수 있다는 낙관적 세계인식을 드러내고 있다는 평을 하기도 한다. 이는 산업화의 노폐물인 쇠 조각과 자연의 한 표상인 풀뿌리의 대결이 이루어지지만, 풀의 왕성한 성장으로 쇠를 잠재우면서 또 다른 이슬의 반짝임 쪽으로 뻗어나가는 양상(「뒤쪽 풍경 1」), 또는 풀과 깡통을 뚫어버릴 정도의 왕성한 생명력을 과시하는 강한 풀의 이미지(「뒤쪽 풍경 2」)를 두고 하는 말일 터이다.

어쨌든 이 시는 불안한 전망으로 만들어진 것이다. 이 시를 만들 때가 70년대 말이며, 바로 개발의 논리가 근대화라는 미명으로 이루어진 이래 산업화의 심화가 본격 궤도에 오를 때임을 짐작해주기 바란다.

산업화의 심화는 농촌을 피폐화시키고, 동시에 경제의 분배의 불균형을 초래했으며, 자연환경의 파괴가 급하게 이루어지는 과정으로 치닫고 있었다. 우리의 뒤란은 산업화의 부산물인 폐기물들이 버려진 채 쌓이기 시작했고, 그러한 풍경을 묘사하는 것이야말로 이 시대에 대한 하나의 정직한 눈이라고 생각했다. 당시로서는 아무도 관심을 두지 않았던 풍경이었지만, 그 때 그러한 풍경을 드러내는 것이야말로 중요하다고 여겼던 것이다. 혹자는 이러한 시각을 두고 환경과 생태문제에 깊은 천착을 보인 생태문학의 선구자라는 말을 하기도 하지만, 나는 어쨌든 우리 삶의 어두운 전망을 그러한 풍경을 통해 예견하려 애썼던 듯하다.

지금 읽어보면, 이 시들을 통해 자연에 대한 사랑을 응석받이처럼 드러냈던 게 아닌가 여겨지기도 한다. 그리고 지금도 여전히 그러한 상황은 계속되고 있으며, 그러한 상황을 바라보는 나의 시각도 여전히 어두움을 느낀다. □

김승희

1952년 전남 광주 출생. 1973년 <경향신문> 신춘문예로 등단. 시집으로 『왼손을 위한 협주곡』 『달걀 속의 생』 『어떻게 밖으로 나갈까』 『냄비는 둥둥』 등이 있다.

세상에서 가장 무거운 싸움 II

아침에 눈뜨면 세계가 있다.
아침에 눈뜨면 당연의 세계가 있다.
당연의 세계는 당연히 있다.
당연의 세계는 당연히 거기에 있다.

당연의 세계는 왜, 거기에,
당연히 있어야 할 곳에 있는 것처럼,
왜, 맨날, 당연히, 거기에 있는 것일까.
당연의 세계는 거기에 너무도 당연히 있어서
그 두꺼운 껍질을 벗겨보지도 못하고
당연히 거기에 존재하고 있다.

당연의 세계는 누가 만들었을까,
당연의 세계는 당연히 당연한 사람이 만들었겠지,
당연히 그것을 만들 만한 사람,
그것을 만들어도 당연한 사람,

그러므로, 당연의 세계는 물론 옳다,
당연은 언제나 물론 옳기 때문에
당연의 세계의 껍질을 벗기려다가는
물론의 손에 맞고 쫓겨난다.
당연한 손은 보이지 않는 손이면서
왜 그렇게 당연한 물론의 손일까,

당연한 세계에서 나만 당연하지 못하여
당연의 세계가 항상 낯선 나는
물론의 세계의 말을 또한 믿을 수가 없다,
물론의 세계 또한
정녕 나를 좋아하진 않겠지

당연의 세계는 물론의 세계를 길들이고
물론의 세계는 우리의 세계를 길들이고 있다.
당연의 세계에 소송을 걸어라
물론의 세계에 소송을 걸어라
나날이 다가오는 모래의 점령군,
하루 종일 발이 푹푹, 빠지는 당연의 세계를
생사불명, 힘들여 걸어오면서, 세상에서 가장 무거운 싸움은

그와의 싸움임을 알았다.

물론의 모래가 콘크리트로 굳기 전에
당연의 감옥이 온 세상 끝까지 먹어치우기 전에
당연과 물론을 양손에 들고
아삭아삭 내가 먼저 뜯어먹었으면.

-(『세상에서 가장 무거운 싸움』, 1995)

□ '물론의 모래' 속에 희망이 외롭다

시업詩業의 길로 들어선 지 40여 년이 되지만 사실 나에게는 딱히 대표작이라고 부를 만한 것은 없다. 뭔가 아직 부족해서라고 할 수도 있고 아니면 모든 것이 '과정 중에 있'다는 생성의 생각을 가지고 있어서인지도 모른다. 나는 아직도 생성의 과정 중에 있는 하나의 미정형의 '과정 중의 시인'이라고 생각하고 있으니까 말이다. 길 위에서 죽는다는 말도 있듯이 그러한 과정 중에 시인은 쓰다가 죽을지도 모른다. 대표시는 영영 안 올지도 모른다. 대표시란 꿈이고 그 쓰이지 않은 꿈의 시 한 편을 가지고 시인은 시간의 저 편으로 갈지도 모른다. 이상도 박인환도 김수영도 노천명도 그랬을 것이다. 그럴 수도 있을 것 같다.

이 시는 1995년 세계사에서 발간된 『세상에서 가장 무거운 싸움』이라는 시집에 수록되어 있다. 여섯 번째 시집이다. 이 시를 읽으면 뭔가 답답하고 숨이 차고 벅찬 느낌이다. 자칭 문민대통령이라고 자부했던 YS 통치의 한국 사회는 무언가 새로워질 것이라는 부질없는 기대를 배반하며 여전히 '당연과 물론'의 세계로 돌아가고 있었고, 그런 역사와 문화의 거짓말에 사람들은 녹초가 되어 가고 있었고, 내가 언제 한번 저항을 크게 해본 적은 없지만 항상 그러한 저항정신(반항정신?)을 가지고 살아야 '아방가르드'를 빼앗기지 않는다고 내심 생각하고 있던 나에게 그런 사회는 숨이 막힐 듯 답답했고, 홍상수 감독의 <돼지가 우물에 빠진 날>이 나왔고 그 영화를 보며 우리 사회 모든 곳곳에서 오래된 거짓말로 돌아가는 환멸과 권태의 덫을 보았다. 되풀이의 권태에 몸부림치는 무기력한 인생들이 우리의 자화상이었고 안개처럼 자욱한 환멸 속에 새로운 방향의 도래와 탈출은 있을 리가 없었다. 이상의 「이상한 가역반응」의 시구처럼 "발달도 발전도 아니고 / 그것은 분노이다"라고 할 수 있었다. 그것은 '분노'였다.

'당연과 물론의 세계'의 승리가 다시 공고해지고 나날은 다만 콘크리트로 굳어가는 고갈의 나날이었다. 생명 경화硬化. 그 시집의 <자서>에 "나는 쓴다. 나에게 제공된 세상만으로는 충분치 않기 때문에. 라 독사의 세계, 제도들의 세계, 당연한 것들을 믿는 것이 당연히 자연스러운 당연의 세계와 그것에 아무 반성 없이 동의하는 물론의 세계가 싫어서 나는 쓴다. 당연의 세계와 물론의 세계에 대한 거부로서의 글쓰기"라는 말이 있다. '당연과 물론의 세계'는 지배 이념으로, 생활 속의 문화로, 욕망으로, 젠더라는 이름으로 소소한 일상의 처처를 지배하고 있었고 샛별 같은 새로운 방향은 향기롭게 우리를 부르고 있지만 몸은 돼지처럼 자본과 권력의 부름을 따라가는 숨 가쁜 질주에 가담한 것이다. 길을 가다가 콘크리트 반죽이 말라가고 있는 것을 보면 나는 이상하게도 눈물이 난다. 콘크리트 반죽이 다 마르기 전에 거기에 매몰되어 굳어가는 무언가를 황급히 건져내야 할 것 같은 급박한 느낌이 들고 그 도저한 콘크리트의 세계에 깔려 굳어가는 것은 연약한 영혼, 풀잎처럼 순결하고 나붓한 인간의 영혼이라는 생각이 드는 것이다.

「세상에서 가장 무거운 싸움II」는 그러한 시대의 어둠의 축제 같은 노래였다. 새로운 담론을 원하는 사람들과 라 독사의 권력을 휘두르는 사람들 사이의 출구 없는 비틀거림과 목마름. 그 시편과 반대편에 서있는 '짝패 시편'은 그 시집에 실린 「솟구쳐 오르기」 연작 시편들이다. 무척 솟구쳐 오르고 싶었던가 보다. 그 시집을 출간하고 나는 가족과 함께 캘리포니아의 버클리 대학으로 객원교수의 길을 떠났다. 9·11 이전의 미국은 나름대로 싱그러웠다. 캘리포니아의 버클리 대학과 어바인 대학에서 한국문학을 몇 년간 가르치면서 솟구쳐 오르는 사유와 해변의 자유를 게으르게 누리기도 했지만 결국 미국이라는 제국도 역시 자유의 신세계는 아니고 '당연과 물론의 세계'일 뿐이라는 것을 여러 경험을 통하여 알게 되었다.

21세기 신자유주의가 지배하는 세상 속에서 희망은 나날이 외로워져만 간다. '못 견디는 것이 지는 것이다'라는 말처럼 신자유주의 시대는 효율성과 성과지상주의라는 담론으로 젊은 정신들을 감금하고 고갈, 소모시키며 못 견디게 한다. 우리는 희망이 필요하고 희망이 부족하고 희망에 목마르고 희망이 그립다. '당연과 물론의 세계'가 아닌, 새로운 다른 세계가 필요하다는 나의 꿈에는 변함이 없지만 그 꿈은 지금 인류 역사상 가장 최악의 위태로운 도전에 직면해 있다. 당연과 물론의 (권력과 자본의) 담론들이 모든 것을 지배하고 있다. 문은 출구가 아니라 문을 열고 나가면 단애斷崖다. 정말이지 희망이 외롭다. □

정호승

1950년 하동 출생. 1972년 <한국일보> 신춘문예에 동시, 1973년 <대한일보> 신춘문예에 시로 등단. 시집 『슬픔이 기쁨에게』 『서울의 예수』 『별들은 따뜻하다』 『사랑하다가 죽어버려라』 『외로우니까 사람이다』 『밥값』 등이 있다.

선암사

눈물이 나면 기차를 타고 선암사로 가라
선암사 해우소로 가서 실컷 울어라
해우소 앞에 쭈그리고 앉아 울고 있으면
죽은 소나무 뿌리가 기어 다니고
목어가 푸른 하늘을 날아다닌다
풀잎들이 손수건을 꺼내 눈물을 닦아주고
새들이 가슴속으로 날아와 종소리를 울린다
눈물이 나면 걸어서라도 선암사로 가라
선암사 해우소 앞
등 굽은 소나무에 기대어 통곡하라

-(『눈물이 나면 기차를 타라』, 1999)

□ 내 정신의 지향처

나는 선암사 해우소를 사랑한다. 살아가다가 견딜 수 없는 어떤 분노에 휩싸일 때 문득 선암사 해우소를 생각하면 이내 마음이 평온해진다. 선암사 해우소는 마치 내 어릴 때 엄마 품속 같다. 학교에 입학하기 전이었을까. 한번은 엄마 품에 안긴 적이 있었는데, 그 품속은 한없이 아늑하고 따스했다. 그대로 한없이 안겨있고만 싶었다. 그래서 나는 지금도 그 엄마 품속을 잊지 못한다. 그 품속이야말로 내가 살아가면서 마지막까지 도달해야 할 어떤 정신적 지향처 같은 곳이다. 그런데 나는 아직 그런 곳에 도달하지 못했다. 아니, 죽을 때까지 영원히 도달하지 못할 것이다. 그러나 지상에서 그런 곳을 한 군데 찾아내기는 했다. 그곳이 바로 선암사 해우소다.

오래 전, 선암사에 들렀다가 해우소를 찾게 되었다. 해우소는 마치 어릴 때 우리 동네 어르신네가 살던 기와집 같았다. 입구에 고어체로 '뒤ㅅ간'이라고 써진(실은 시옷이 '간'자의 기역 앞에 붙어 표기돼 있다) 나무 표지판이 없었다면 정말 스님들이 거처하는 도량으로 여겼을 것이다. 나는 속으로 '이곳이 정말 해우소 맞나' 하고 조심조심 돌계단 아래로 내려서서 '대변소大便所'라고 쓴 현판을 보고서야 그곳이 정말 뒷간이라는 사실을 확인할 수 있었다.

그곳에 특별한 냄새는 나지 않았다. 변소 특유의 역겨운 암모니아 냄새 대신 시원한 바람과 햇볕 냄새가 은은히 났다. 바닥도 시멘트 바닥이 아니라 마룻바닥이었다. 마치 내가 살던 기와집 대청마루 바닥 같았다. 왼쪽은 남男, 오른쪽은 여女라고 쓴 붓글씨만 없었더라면 어느 집 안방인 줄 착각할 정도로 그곳은 밝고 환했다.

물론 나는 그곳에 들어가 소변을 봤다. 마룻바닥이 조금 삐걱거리고 아래가 깊어 조심스럽기만 했지만 마음 편히 소변을 보고 바지를 추스르다가 자연스럽게 벽면 한 쪽으로 눈길이 갔다. 그곳엔 낡아 너덜너덜한 종이에 붓글씨로 쓴 이런 글귀가 적혀 있었다.

'대소변을 몸 밖으로 버리듯 번뇌와 망상도 미련 없이 버리세요.'

순간, 숨이 딱 멎는 듯했다.

'그래, 맞아! 소변을 몸 밖으로 버리듯 지금까지 내가 지녔던 온갖 욕심을 다 버리는 거야. 내 욕심에서 모든 고통과 번뇌가 시작되는 거야. 욕심과 욕망은 이런 소변에 불과한 거야!'

나는 그런 생각을 하며 한참 동안 그 글귀를 바라보다가 밖으로 나왔다. 쉽게 발걸음이 떨어지지 않았다. 나도 모르게 해우소 앞에 쭈그리고 앉아 마음속으로 깊게 울었다. 그동안 내 마음속에 웅크리고만 있던, 마음껏 울지도 못하고 남의 눈치만 보던 모든 울음들이 한꺼번에 터져 나왔다. 그 울음은 그동안 내가 살아오면서 남을 사랑하지 못하는 데서 오는 울음, 내 사랑이 전해지지 않고 증오로 변질돼 되돌아오는 데서 오는 울음이었다.

나는 마치 어린아이처럼 엉엉 울었다. 그러자 가슴이 시원해졌다.

몸속의 대소변뿐만 아니라 마음속의 대소변까지도 몸 밖으로 시원하게 빠져나간 듯 마음이 가뿐해졌다.

'앞으로 눈물이 나면 선암사 해우소에 와서 울어야지.'

서울로 돌아와서도 그런 생각을 잊지 않고 쓴 시가 바로 「선암사」다.

그 뒤 틈만 나면 선암사 해우소를 찾았다. 선암사 스님 중엔 선암사에 놀러왔다가 그만 해우소에 반해 출가한 스님도 있다고 한다. 누구라고 꼭 집어서 말할 수는 없지만, 그런 이야기가 있을 정도로 선암사 해우소가 아름답다는 뜻이다.

지금 나도 선암사 해우소에 반해서 출가한 심정이다. 그러나 언제 어디서 대소변을 보든 내 마음의 노폐물, 그 견딜 수 없는 번뇌와 망상을 버린다면 그곳이 바로 선암사 해우소가 아닐까. 나만의 해우소! 그 해우소는 이미 내 마음속에 있는 게 아닐까.

'선암사 해우소에 와서 빠져죽어라!'

선암사 전각 스님이 불쑥 내게 하신 말씀이다.

나는 이 말씀을 내 인생의 화두로 삼고 오늘을 살고 있다. '죽으면 살리라!' 바로 이 말씀이 아닐까 하는 생각을 하면서…….

지금은 졸시 「선암사」가 판각되어 선암사 해우소에 걸려 있으니 기쁘기도 하고 부끄럽기도 하다. □

김광규

1941년 서울 출생. 1975년 『문학과지성』으로 등단. 시집으로 『우리를 적시는 마지막 꿈』 『아니다 그렇지 않다』 『크낙산의 마음』 『좀팽이처럼』 『아니리』 『물길』 『가진 것 하나도 없지만』 『처음 만나던 때』 『시간의 부드러운 손』 『하루 또 하루』 등이 있다.

영산靈山

내 어렸을 적 고향에는 신비로운 산이 하나 있었다.
아무도 올라가 본 적이 없는 영산이었다.

영산은 낮에 보이지 않았다.
산허리까지 잠긴 짙은 안개와 그 위를 덮은 구름으로 하여, 영산은 어렴풋이 그 있는 곳만을 짐작할 수 있을 뿐이었다.

영산은 밤에도 잘 보이지 않았다.
구름 없이 맑은 밤하늘 달빛 속에 또는 별빛 속에 거무스레 그 모습을 나타내는 수도 있지만, 그 모양이 어떠하며 높이가 얼마나 되는지는 알 수 없었다.

내 마음을 떠나지 않는 영산이 불현듯 보고 싶어, 고속버스를 타고 고향에 내려갔더니, 이상하게도 영산은 온데간데없어지고, 이미 낯선 마을 사람들에게 물어보니, 그런 산은 이곳에 없다고 한다.

–(『우리를 적시는 마지막 꿈』, 1979)

□ 사라져버린 산을 찾아서

시인으로 데뷔한 후 40년 가까이 창작활동을 해오면서 나는 800여 편의 시를 발표했다. 이 가운데 내 시의 전형성이 드러난 작품들도 많겠지만, 내 스스로 대표작을 한 편 골라내기는 어렵다.

졸시 「희미한 옛사랑의 그림자」가 비교적 널리 읽혀서, 4·19세대의 대표작으로 꼽히게 되었지만, 이것이 곧 나의 대표작이라 공언할 수는 없다. 원래 어떤 작품이 독자에게 수용되는 과정에서 일어나는 변용의 양상은 예측할 수 없는 일이다. 외국어로 번역되는 경우에도 그런 것 같다. 지금까지 나의 시는 10개 국어로 옮겨졌는데, 언어권마다 선호되는 작품이 다르다. 예컨대, 영어권에서는 「어느 돌의 태어남」이 세계서정시사화집과 교과서에 수록되었고, 독일어권에서는 「묘비명」이 세계도서시선집에, 스페인어권에서는 「안개의 나라」, 중국어권에서는 「가을하늘」, 일어권에서는 「봄놀이」가 대표적으로 다루어졌다. 같은 시인의 작품이라도, 언어와 독자에 따라 수용의 차이가 있음을 보여 준다. 그러므로 대표시는 시인 자신이 선정할 수 없는, 독자의 몫이다. 그래도 꼭 한 편을 시인이 골라야 한다면, 궁여지책으로 나의 데뷔작 한 편을 소개하겠다.

1975년 계간 『문학과지성』 여름 호에 실린 나의 작품 4편 가운데 하나인 「영산靈山」은 그 제목이 시사하듯 산을 소재로 쓴 시다. 우리나라는 국토의 3/4이 산으로 이뤄져 거의 어디서나 산이 보이고, 지형적으로 이른바 배산임수背山臨水를 취락과 주거의 기본으로 삼는다. 벌판에 자리 잡은 세계의 많은 대도시와 달리, 서울의 지세도 그렇다.

나는 서울의 인왕산 아래서 태어나 통인동의 한 오래된 기와집에서 유년 시절을 보냈다. 대청마루 뒷문을 가득 채운 인왕산을 나는 10년 동안 바라보며 자랐다. 매우 병약했으므로, 산에 올라가지 못하고 바라보기만 했다. 안개가 짙게 끼어 산이 보이지 않을 때는 공연히 마음이 불안해지기도 했다. 6·25 때는 미군 무스탕 전투기가 인왕산 중턱까지 저공비행을 하며 인민군의 대공진지를 폭격했다. 9·28 수복 직전에는 우리 집마저 함포사격으로 대청이 폭삭 주저앉았다. 유년시절에 인왕산은 내 동경의 대상이었고, 소년시절에는 전쟁의 현장이었다. 청소년기에 접어들며 산에 자주 올라갔다. 이 산을 떠난 지 어느새 반세기가 지났지만, 산을 좋아하는 마음은 변하지 않았다. 그러나 대도시를 가득 메운 고층건물들이 시야를 차단하여 산이 보이지 않게 된 것은 참으로 안타까운 일이다.

이 작품에서 나는 당시의 시류와 달리 난삽한 메타포의 빈번한 사용이나 구문의 자의적 파괴를 되도록 피하고, 지금 이곳의 현실을 진솔한 일상어로 그려 보고자 시도했다. 물론 이러한 시도는 성공하기 힘들다. 운 좋게 독자의 공감을 얻어 수용된다 해도, 그 작품에 대한 모범답안 같은 해석은 불가능하다. 「영산」의 경우, 이 산은 있기도 하고, 없기도 하고, 또는 있다가 없다가 하기도 한다. 무미건조할 만큼

의도적인 산문으로 서술된 「영산」이 지극히 애매모호한 형상을 보여 주는데도, 동양이나 서양의 독자가 똑같이 이 시에 주목하는 까닭은 바로 이 쉬운 시의 다의성 때문일 것이다. 꿈과 삶, 이상과 현실, 자아와 세계, 신비와 범속, 자연과 인공, 문학과 사회…… 그 어느 것을 여기에 대입해도 성립되는 보편적 존재의 원형을 형상화했다고 할까. 이 세상 어디서나 볼 수 있고, 누구나 마음속에 간직하고 있는, 그러면서도 정작 육안으로 볼 수 없고, 등산화를 신고 올라갈 수 없는 이 산의 유무有無는 나의 시학詩學을 은유적으로 표현한 것이기도 하다. 이 신령스러운 산은 이후에도 나의 시집 여러 곳에서 '크낙산'으로 변용되어 나타난다.

흔히 창작을 허구의 산물이라고 말한다. 시의 경우도 텍스트 전체가 서정적 자아의 직접적인 고백만으로 이루어지는 것은 아니다. 여기서도 픽션이 가능하다. 그러나 허구는 그냥 무엇을 생판 꾸며대는 것이 아니라, 삶과 현실의 체험을 바탕으로 한다. '크낙산'이 어디 있느냐고 묻는 독자에게 인왕산을 곧장 가리킬 수는 없다. 나지막한 야산이라도, 그 산을 바라볼 때마다, 돌아갈 수 없는 유년시절이 생각나고, 아직도 그 산이 거기에 있다는 사실만으로도 조용한 감동과 위안을 느끼게 된다면, 그것이 바로 「영산」일 것이다. □

하종오

1954년 경북 의성 출생. 1975년 『현대문학』으로 등단. 시집으로 『벼는 벼끼리 피는 피끼리』 『분단동이 아비들하고 통일동이 아들들하고』 『무언가 찾아올 적엔』 『반대쪽 천국』 『지옥처럼 낯선』 『국경 없는 공장』 『아시아계 한국인들』 『베드타운』 『입국자들』 『제국(諸國 또는 帝國)』 『남북상징어사전』 『신북한학』 등이 있다.

하종오 씨

하종오 씨는 남한에도 북한에도 살고 있을 것이다
남한 거주자 하종오 씨와 북한 거주자 하종오 씨가
무엇이 다르고 어디가 같은지 나는 알 수 없다

남한 거주자 하종오 씨는 남북전쟁 후에 출생했는지
직장에 비정규직으로 다니며 불안장애 앓는지
북한 거주자 하종오 씨는 남북전쟁 전에 출생했는지
협동농장에서 삽질하며 배곯는지
개인정보를 전혀 알 수 없지만
내가 아는 건 하종오 씨들도 나를 모른다는 것이다

그래도 하종오 씨들은 각각 남한에서도 북한에서도
하종오 씨로 살아남았다는 것이 소중하니
일 없이도 남한과 북한을 오갈 수 있게 되는 날,
가로수 그늘 아래에서 만나 쉬며 통성명하다가
남한 거주자 하종오 씨와 북한 거주자 하종오 씨가
동명이인인 줄 알고 얼싸안으면

슬그머니 내 이름도 하종오라고 밝혀야겠다

그래서 하종오 씨들이 하, 하, 하, 웃으며
말이나 트고 지내자고 이구동성 말하면
남한 밖에나 북한 밖에나 다른 하종오 씨가
더 있는지 찾아보자는 의견을 나는 내겠다
새 붙잡아 날갯짓 시늉하는 하종오 씨든
바람 붙들며 사지 흔들거리는 하종오 씨든
구름 움켜쥐고 빗소리 듣는 하종오 씨든
하종오 씨들이 다 찾아지면 그중에서
연소자 하종오 씨를 앞에 불러내
앞으로 열심히 살라고 박수쳐주고
연장자 하종오 씨를 앞에 모셔 앉히고는
그간 사느라 고생 많았다며 큰절하겠다

—(『남북상징어사전』, 2011)

□ '하종오 시편'의 한 생각

분단이니 통일이니 하는 주제를 담은 시가 사라진 지 얼마나 되었는지 모르겠다. 슬그머니 자취를 감추었다고 말하는 게 계면쩍지도 않다. 그런 시를 쓰는 것이 시대착오적이라는 경멸을 받기가 십상인 시절이기도 하다. 하지만 가만 헤아려보면 과거에도 그런 시를 쓴 시인이 많지 않았고 그런 시가 많이 쓰이지도 않았다. 분단 이후 시단에서 활동한 시인과 발표된 시의 숫자에 비하면 극소수라고 할 수도 있다. 또한 사회와 시대를 풍미한 분단과 통일 담론의 질량에 비해서 실제로 창작된 시의 질량은 풍성하지 않다. 그러니 분단이니 통일이니 하는 주제를 담은 시가 나타나지 않는 작금 시단의 실정이 전혀 이상한 것도 낯선 것도 아니다.

그러나 개인적 시력詩歷에서, 나는 이 주제에 관한 한 관점과 입장의 변화가 있기에 그것을 시적으로 형상화함으로써 과거와 달라진 현재의 내 세계관을 밝혀두고 싶었다. 「벼는 벼끼리 피는 피끼리」로 대표되는 나의 탈분단시는 민족주의적 당위성에 입각한 통일의식이 담겨 있었으며 그런 정서를 고양시켰다는 것이 일반적인 견해일 것이다.

그 작품 이후 수십 년 흐르는 동안 남북 관계는 지속적으로 변해왔고, 그 변화 속에서 남북 주민들의 삶 또한 천차만별로 변해왔다. 나의 탈분단시가 보살펴야 할 대목이 대단히 추상적인 민족 정서에서 아주 구체적인 남북 주민들의 생애로 옮겨오지 않으면 안 되는 원인이 거기에 있었다. 그러니까 시 「하종오 씨」는 근래 그런 나의 탈분단의식의 진화의 일단을 적확하게 형상화했다고 감히 말할 수 있다.

「하종오 씨」가 수록된 나의 시집 『남북상징어사전』에는 '하종오 시편'이라고 명명되는 여러 편의 탈분단시가 수록되어 있다. 나와 너, 자신과 남, 주체와 대상을 때로는 하나된 '하종오'로 때로는 여럿인 '하종오'로 때로는 제각각인 '하종오'로 등장시켰다. 즉, 그 어떤 때든 그때마다 '하종오'는 분단 체제에서 살아온 남북 주민들 그 전체이고 개인이며, 시적 상징인 것이다. 물론 이 상징 속에는 시를 쓴 시인 하종오와 시를 읽은 독자 하종오가 내포되어 있다.

나의 시가 그러해도, 어쨌거나, 남북 주민들은 너무나 다른 삶을 오래 살아왔고, 그런 삶일망정 남북 어느 국가에서든 돈이 없으면 대단히 처참한 생활을 해야 하는 조건 속에 놓여 있다. 전 지구의 주민들이 실제로 국경 없는 세계 자본주의 체제를 살아가는 시대에 남북 주민이 어떻게 함께하는 생애를 살 수 있을지, 즉 통일이 어떻게 가능할지 통찰할 능력이 나에겐 없다.

다만 아무리 이질적이며 상이한 정치경제 체제에서 생존한 남북 주민들이라고 할지라도 모두가 결국은 남북 권력자들이 제공한 분단의 환경과 여건 속에서 각자의 운명대로 목숨을 살아낸 것만은 분명해 보인다. 그러므로 이제는 그러했던 남북 주민들이 고유한 인간적 권리를 획득하여 직접 만나 대화하고 위무하고 의논해서 탈분단의 형식을 만들어야

한다는 나의 생각만은 더욱 선명해졌다고 스스로 믿고 있다. □

고형렬

1954년 강원도 속초 출생. 1979년 『현대문학』으로 등단. 시집으로 『大靑峯 수박밭』 『해청』 『성에꽃 눈부처』 『마당식사가 그립다』 『사진리 大雪』 『김포 운호가든집에서』 『밤 미시령』 『나는 에르덴조 사원에 없다』 『유리체를 통과하다』, 장시 『리틀 보이』 『鵬새』 등이 있다.

장자莊子

바다 속에는 화채봉花菜峯이 있다.

바다를 들면 같이 늙어가는 소년을 만난다. 비가 오다가 금색 노을이 가득한 화채봉, 밀랍향기 아득히 해가 진다.

바다 속에는 해가 지는 집이 있다.

산호숲을 지나서 어머님 고운 관棺의 물결무늬 그리는 그곳에서 파도치는 아침, 고향이 있다.

바람을 따라 너의 마음을 풀어줄 수 있다면 서쪽으로 가거라.

선정사禪定寺 곱게 단청 날고 단풍 지는 가을로 5, 60년 떠나면, 같은 세월이 날아갈 듯 흐른다.

그 몸에도 마음이 있어서 숨을 헤쳐내는 전생의 아침 하늘에서, 날아가는 새가 울고 싶다.

섬기린초麒麟草 피는 설악산 미명未明이 흐르는 입구,

두 번째 노란 꽃잎 밑으로 돌아오면, 흰 제비옥잠 지는 길에서 만나는 바다가 출렁인다.

줄을 당기며 당기며 어머니 음곡陰谷으로

몸부림치던 소년, 세상에 몸 버리지, 선홍빛 해와 달 넘기지.

낚시에 걸린 새들이 절망하는 꿈의 해변

눈치 챈 누가 밤 자갈을 밟으며 꿈 밖에서 돌고 있다.

멀리서 깜박거리는 나의 생가生家, 영마루 이른 새벽 이슬 젖어 그 호롱불 책상에 졸고 있는데,

어머님이 산에서 나를 불렀다.

지금까지 달고 다닌 탯줄을 끊어버리고, 개울에서

혼자 피 흘리며 아픈 길을 묶을 때,

솔쟁이꽃 환한 연봉連峰으로 달은 지고

꽃창포 터진 아침 물결로 흘러가고

떠나던 서산 어깨로 노을이 피어오른다.

어머님, 저는 이제 바다 속에 살고 있는 나를 그리워하며

철썩이는 해안에서 시달립니다.

영원히 타고 있을 까만 화채봉,

말라붙은 나의 배꼽을 만지면

내 어머니 어디선가 흙이 되어 있으리.

나를 다시 잉태孕胎하여 달라고 아주 착하게 장자莊子는 그때부터 울고 있었다.

해 떨어지던 천공天空의 산 앞에

바람소리 들리던

집만 비어 있고,

—(『대청봉 수박밭』, 1985)

□ 대표작을 말한다

허기와 눈물과 피가 함께했던 「장자莊子」를 다시 본다는 것에는 반성이 따른다. 아직 출발점을 돌아볼 때가 아닌 만큼 갈 길이 멀다. 해는 얼마 남지 않아 발걸음은 더 바빠진다. 더 고투하고 가야 한다. 시를 쓰는 마음은 편하고 느긋한 마음이 아니라 다급한 마음이고 상처 받는 길이다.

그 옛날 살기 어려운 시절에 어미는 먼 산간마을로 행상을 갔다. 삽짝 밖 동해로 해가 떨어지고 땅거미가 졌다. 마중을 하러 끊어진 철길을 걸어 어둠속으로 멀리까지 나아갔다. 침묵하고 있는 산들이 크고 무서웠다. 수런대며 사람들이 산속에서 가끔 나타났고, 얼마 뒤 어머니는 달음박질쳐 왔다. 둘은 서로 얼마나 반가웠는지. 그때의 발걸음이 시를 쓰는 마음일 것이다.

십대 후반 집이 싫어서 세상 밖으로 뛰쳐나갔다. 북방한계선이 없었다면 원산, 청진 쪽으로 갔을 것이다. 그때 다른 아버지를 찾아 나섰던 게 아니었을까. 대구, 부산, 제주도, 진도, 해남, 구례 쪽에서 화부, 쇄석장 인부, 불목하니의 일을 했다. 신명이 났고 즐거웠다. 집으로 돌아가고 싶지 않았다. 하지만 부친의 죽음으로 1974년 속초로 올라갔다. 그해 분단된 현내면에서 면서기 생활을 시작했다. 치유가 불가한 영북嶺北과 동해와 설악의 심상적 풍경이 5년 뒤의 데뷔작이 되었다.

나에게 이 시는 슬프다. 아직도 내가 그 바다 속의 소년으로 있다는 것을 부정할 수 없다. 매일 연봉連峰으로 해는 지고 설악이 어두워지는 것이 아프다. 신인시절의 독창獨唱이 저녁 산과 아침 바다와 꽃을 넘어가던 음률을 음미한다. 대표시는 저기 혼자 남고 주인은 먼 길을 떠나온 것 같다. 완만하지 않는 숨차고 새된 말소리가 들린다. 우리는 숨차고 가슴 아픈 숨소리로 이 세상을 살다가 간다. 그렇다. 세상이 어떻게 돌아가든 대표시는 나에게 정서적 언어의 공간을 선물했다.

나날이 위태로워도 언제나 「장자」의 풍경 속에서 파도는 친다. 속초로 가지 못하고 나이를 먹어가지만 시는 예전대로 패기와 서정성을 간직하고 있다. 황순원 문학관에서 만난 양수리의 정호영 씨가 지난봄 나에게 뜻밖의 선물을 주었다. 그것은 섬기린초麒麟草였다. 어제(2012/6/16) 꽃을 피웠다. 아름답다. 이것이 33년 전 「장자」에 등장한 나의 설악의 꽃이다. 기이하게도 꽃은 나를 찾아왔다.

나는 아내와 첫딸과 함께 살러 갔던 서울을 2008년에 벗어났다. 회귀의 단서일까. 중앙선 철길이 멀리 내다보이는 이 집은 시의 구절처럼 언제나 '해가 진다'. 어리지만 대단한 한 그루의 나무줄기와 고갱이를 올리고 싶다. 말할 수 없는, 다르고도 새로운 절망이 나에게서 사라지지 않고 자라길 바라면서 나는 나를 더 멀리 추방하고 소외시키려 한다. 거기에서 내가 써야 할 시가 반짝이는 것 같다.

1974년 그 무렵에 한 나와의 약속을 지켜서 2004년부터 『장자(내편內篇)』를 읽고 있다. 작년에 '소요유편' 끝내고 '제물론'을 다듬고 있지만

「장자莊子」는 가장 먼 곳에 있는 나의 근원적 작품이다. 혼신을 바친 20대의 초기 대표작을 다시 타자打字하면서 욕망을 고치고 열정을 찾아 나는 다시 육십다운 문청文靑으로 걸어가길 바란다. □

최두석

1955년 전남 담양 출생. 1980년 『심상』으로 등단. 시집으로 『대꽃』 『성에꽃』 『사람들 사이에 꽃이 필 때』 『꽃에게 길을 묻는다』 『투구꽃』 등과 서사시 『임진강』이 있다.

달팽이

임진강물이 역류해 들어오는 문산천, 초병의 총구가 무심히 햇빛에 빛나는 유월 어느 날, 기슭에 수양버들 한 그루, 그 아래 화강암 돌비 하나, 너무 한적해서 간혹 물거품을 터뜨리는 냇물 속에 조용히 잠겨 있던 달팽이 무리, 그 달팽이 무리가 뻘흙 위로 상륙한다. 굼실굼실 기슭의 수양버들 밑둥으로 기어오른다. 제각기 등에 집을 진 채 동둑으로 뻗은 밋밋한 가지를 타고 달팽이의 느릿한 행렬이 이어진다. 마침내 가지 끝에서 온몸을 집 속에 감추고 굴러 떨어진다. 한 마리 두 마리 세 마리…… 달팽이는 계속 눈을 감고 귀를 막고 코를 쥐고 떨어진다. 버들가지 속잎이 파르르 파르르 떨리는 그 아래 풀밭에 떨어진 놈은 다시 물을 찾아 굼실거리고 돌비 위로 떨어진 놈은 당장 깨져 죽는다. 달팽이의 시신이 널어 말려지는 돌비, 돌비에는 핏빛 글씨로 '간첩사살기념비'라 씌어 있다. 그때 초병이 걸어와 돌비 앞에서 거수경례를 붙이고 그의 군화 밑에는 굼실거리던 달팽이 몇 마리 깔려 있다.

-(『성에꽃』, 1990)

□ 임진강 달팽이

이 땅에서 시인의 길을 가면서 통절하게 느끼는 한계 가운데 하나는 내 시의 공간이 휴전선 이북을 두루 끌어안고 있지 못하다는 것이다. 북조선 지역을 자유롭게 답사하지 못하는 나의 발길은 자주 임진강 부근에서 막혀 배회하였으니 임진강을 배경으로 하는 시편들은 그러한 배회의 산물들이다. 임진강 시편들로 인해 나의 출신지를 파주나 문산으로 오해하는 이가 있는데 그것은 사실과 전혀 다르다.

사람마다 편차는 있겠으되 오늘날 임진강은 분단을 상징하는 강으로 널리 인식되고 있다. 역사의 흐름을 연상하게 하는 강이 휴전선을 통과하며 흐르기 때문이다. 임진강이 이러한 달갑지 않은 상징의 멍에를 풀게 될 날이 언제일지 아직도 막막한 실정이다. 그런데 임진강의 멍에는 서사시 「임진강」과 임진강 시편들을 쓴 나의 회피할 수 없는 멍에이기도 하다. 나아가 시대가 부과하는 멍에는 회피하지 않아야 시다운 시를 쓸 수 있다는 생각도 없지 않다.

위에서 배회의 산물들이라고 한 이유는 발품을 많이 팔았기 때문이다. 명상이나 도취를 통해 영감을 부르기보다는 소재를 직접 찾아나서는 것이 나의 창작방법인데 성과 없이 헤매고 마는 경우가 허다하다.

요즈음은 자유로가 뚫리고 운전을 하고 다니니 훨씬 수월하지만 예전에는 문산까지 시외버스를 타고 가서 군내버스로 갈아타고 다음에는 각 지역을 걸어 다니다가 검문에 걸리기 십상이었다. 그런데 발품을 생략하고 운전만으로 시가 쓰인 경우는 거의 기억에 없다.

임진강 시편 가운데 하나인 「달팽이」도 발품의 과정을 거친 시이다. 공간적 배경은 문산천이 임진강으로 흘러들기 바로 전에 놓인 다리 임월교이다. 1983년 6월 이 다리 아래에서 남파공작원 세 명이 사살된 사건이 있었다. 밀물 때면 임진강이 역류하기에 그 물길을 따라 잠입하던 공작원들이 다리 아래 새로 설치된 철책에 막혀 걸려든 것이다. 다리 옆 동둑에는 쑥돌 위에 음각으로 간첩사살기념비가 서 있었는데 나는 이 사건의 현장을 답사만 할 뿐 한동안 시로 쓸 수 없었다.

그런데 이 사건을 시적으로 변환시킬 착상을 얻게 된 것은 사건의 현장과는 동떨어진 민방위훈련 정훈교육장에서이다. 분단 이데올로기를 강변하는 안보 약장수의 마이크 소리는 손으로 귀를 막아도 차단할 수 없고 대신 눈을 감고 고역의 시간을 견디고 있었는데 불현듯 수양버들을 타고 오르는 달팽이의 행렬이 동영상으로 떠오른 것이다. 그러한 동영상이 강렬해서 우선 습작시 한 편을 쓰게 되었으니 그 민망한 실상은 아래와 같다.

> 둠병의 수백 마리 달팽이가 굼실굼실 기슭의 버드나무 밑둥으로 기어오른다. 제각기 집을 등에 지고 둠병 쪽으로 벋은 밋밋한 가지를 타고 달팽이의 느릿한 행렬이 끊임없이 이어진다. 마침내 가지 끝에서

달팽이는 온몸을 집 속으로 감추고 물속으로 떨어진다. 수면에는 엷은 파문이 흩어지고 버들가지 속잎이 잠깐 파르르 떨린다. 한 마리 두 마리 달팽이는 계속 물속으로 눈을 막고 귀를 막고 코를 막고 떨어진다. 떨어진 달팽이는 다시 집을 등에 지고 천천히 기슭의 버드나무 밑둥으로 기어오른다.

나는 시방 안보 약장수의 소음을 귓바퀴로 흘려보내는 훈련 중이다.

–습작시 「달팽이」, 전문

함량미달임에도 불구하고 1985년에 간행된 『현대시』 2집에 성급하게 발표까지 하고 말았는데 불행 중 다행으로 그러한 실수 덕분에 창작과정을 좀 더 소상하게 되짚어볼 수 있게 되었다. 인용한 습작시에서 드러나듯 나는 처음에 달팽이의 영상과 사건의 현장을 연결시키지 못하고 있었다. 그러다가 달팽이가 기어오르는 수양버들의 자리가 간첩사살기념비가 서 있는 문산천 동둑으로 잡히면서 비로소 개작이 원활하게 진행될 수 있었다.

비극의 현장과 달팽이 영상의 융합을 통한 개작을 진행하면서 전경으로 내세운 것은 달팽이의 이미지이고 후경으로 약화시켜 처리한 것은 간첩 사살 사건이다. 실상 정상적인 상황이라면 살인이 정당화될 수 없다. 그런데 분단 상황이라는 것 때문에 인간 생명이 달팽이처럼 짓밟히고 기념비까지 세운다. 그것은 북파공작원도 마찬가지이다. 남북 모두 분단 상황이기에 왜곡된 사건도 많고 일단 간첩이라는 낙인이

찍히면 목숨을 건지기 힘들다. 그러니까 달팽이를 전경으로 내세운 이유는 하나의 사건에 붙박이지 않고 비극적 상황의 보편성을 부각시키기 위해서이다.

전면적 개작을 거쳐 완성한 시 「달팽이」는 1988년 『문학사상』에 재발표했고 1990년에 나온 시집 『성에꽃』에 수록하였다. 이후 세월이 흐르면서 임월교도 번듯하게 새로 놓고 조악한 간첩사살기념비도 사라졌다. 임진강이 한강과 합류하는 모습을 굽어보는 오두산 전망대에는 문산천에서 사살된 공작원들의 소지품들이 전시되고 있었는데 지금은 개성공단 제품들이 전시되고 있다. 하지만 앞으로도 커다랗게 벌어진 분단의 아가리가 얼마나 많은 목숨을 희생시킬 것인지 생각하면 눈앞이 아득해지면서 으스러지는 달팽이의 영상이 어른거린다. □

곽재구

1954년 광주 출생. 1982년 <중앙일보> 신춘문예로 등단. 시집으로 『사평역에서』 『전장포 아리랑』 『서울 세노야』 『참 맑은 물살』 『꽃보다 먼저 마음을 주었네』 등이 있다.

와온臥溫 가는 길

보라색의 눈물을 뒤집어 쓴 한 그루 꽃나무*가 햇살에 드러난 투명한 몸을 숨기기 위해 애를 쓰고 있다

궁항이라는 이름을 지닌 바닷가 마을의 언덕에는 한 떼기의 홍화꽃밭**이 있다

눈 먼 늙은 쪽물쟁이가 우두커니 서 있던 갯길을 따라 걸어가면 비단으로 가리워진 호수가 나온다

–(『와온 바다』, 2012)

* 멀구슬나무라고 불리며 초여름에 보라색의 꽃이 온 나무에 핀다. 꽃이 진 뒤 작은 도토리 같은 열매가 앵두 열 듯 열리는데 맛은 없다. 겨울이 되면 잎 진 가지에 황갈색의 열매가 남는다. 눈이 온 산야를 덮게 되면 먹을 것이 없어진 산새들이 비로소 이 나무를 찾아와 열매를 먹는다. 남녘 산새들의 마지막 비상식량이 바로 멀구슬나무 열매인 것이다. 깊은 겨울 누군가를 끝내 기다려 식량이 되는 이 나무의 이미지는 사랑할 만한 것이다.

** 삼베나 비단에 분홍빛 염색을 할 때 사용한다. 연분홍 치마가 봄바람에 휘날리더라, 할 때의 연분홍의 근원이 바로 이 꽃인 것이다. 시인 김지하는 천연 염색으로 빛어진 한국의 빛들을 꿈결이라고 말한 적이 있는데 홍화로 염색된 이 분홍빛이야말로 꿈결 중의 꿈결이라 할 것이다.

□ 지상에 남은 그리움의 시간

12년 전 전업작가로서의 일상을 포기했을 적 만난 마을의 이름이 와온臥溫이었다. 여자만汝自灣 안쪽의 이 작은 갯마을은 개펄이 넓었고 석양빛이 좋았다.

온몸을 뻘에 적신 동네 아낙들이 널을 밀며 고막이나 맛조개들을 채취하는 모습을 보며 나는 글품을 팔아 쌀도 사고 자동차 기름을 넣던 시절을 그리워했다.

지금도 생각하면 신비하고 아름답다. 하루하루 쓴 시나 산문 원고를 팔아 밥을 먹고 아이들 인형도 사고 먼 나라를 여행할 비행기표를 샀으니 말이다.

와온의 노을은 날물의 기운이 조금 남은 개펄 위가 제일 보기 좋다. 물이 나가고 난 뒤 개펄 위에는 작은 웅덩이들이 남아 있고 그 위에 노을빛이 빛난다.

하늘뿐만 아니라 개펄 위에도 노을의 꿈이 펼쳐지는 것이다. 지상의

모든 생령들에게는 그들만의 이루지 못한 꿈이 있다. 멀고 가까운 바닷가 마을들의 집들이

하나씩 불을 켤 때 그 불빛들이 물살 위에 드리운 긴 불이랑을 바라보며 나는 그 집들이 이루지 못한 꿈들과 이승에서 겪었을 아픔들에 대해 생각한다.

생각하면 꿈이란 살아 있음의 또 다른 징표인지도 모른다. 살아 있으니 꿈꾸고 그리워하고 아쉬워하는 것 아니겠는가. 고통과 아픔의 강은 살아서 건넜을 때,

그리고 세월이 흘렀을 때 이야기의 여운이 따스하게 전해지지 않겠는가? 와온의 작은 물살들이 소곤소곤 내게 얘기를 건네 올 때 나는 물 곁으로 다가가 잠시 손을

적신다. 달빛과 별빛이 촉촉하게 느껴진다. 설령 다시 돌아갈 수 없을지라도 그리워 할 시간이 이 지상 어딘가에 있다는 것은 행복한 일이다. □

윤재철

1953년 충남 논산 출생. 1981년 동인지 <오월시>로 등단. 시집으로 『아메리카 들소』 『그래 우리가 만난다면』 『생은 아름다울지라도』 『세상에 새로 온 꽃』 『능소화』 등이 있다.

인디오의 감자

텔레비전을 통해 본 안데스산맥
고산지대 인디오의 생활
스페인 정복자들에 쫓겨
깊은 산 꼭대기로 숨어든 잉카의 후예들
주식이라며 자루에서 꺼내 보이는
잘디잔 감자가 형형색색
종자가 십여 종이다

왜 그렇게 뒤섞여 있느냐고 물으니
이놈은 가뭄에 강하고
이놈은 추위에 강하고
이놈은 벌레에 강하고
그래서 아무리 큰 가뭄이 오고
때아니게 추위가 몰아닥쳐도
망치는 법은 없어
먹을 것은 그래도 건질 수 있다니

전제적인 이 문명의 질주가
스스로도 전멸을 입에 올리는 시대
우리가 다시 가야 할 집은 거기 인디오의
잘디잘은 것이 형형색색 제각각인
씨감자 속에 있었다

—(『세상에 새로 온 꽃』, 2004)

□ 맨손으로 콘도르를 사로잡는 사람들

역시 텔레비전 다큐멘터리 프로에서 본 이야기다. 역시 안데스 고산지대의 인디오 이야기이다.

인디오들이 축제를 준비하는 데 있어 제일 먼저 해야 할 일은 콘도르를 사로잡아 오는 일이다. 그건 축제의 성패를 좌우할 정도로 가장 중요한 일이다. 마을의 좌장이랄까 지도자 한 사람이 예닐곱 인디오들과 함께 말 여러 마리를 끌고 산으로 올라간다. 하룻길은 아니었던 것 같다. 이삼일 아니 그 이상 걸어 올랐던 것 같다. 하긴 콘도르가 살 만한 곳이니 높고 천길 절벽이 있는 곳이다.

마침내 콘도르를 사로잡을 만한 작은 분지 같은 곳에 도착한 그들은 고사를 지내고 데리고 온 말 중의 한 마리를 잡아 콘도르를 유인할 희생으로 삼는다. 그리고는 기다리는 일. 콘도르가 나타나기를 기다리는 일. 하루 이틀 사흘 기다리는 일. 나흘 닷새 엿새 기다리는 일. 하루 한 끼 저녁밥만 말린 야마고기로 국 끓여 먹고, 영하 십 몇도 고산의 추위 속에 허름한 임시 움막에서 몸 웅크리고 쪽잠 자고, 해가 뜨면 아침부터 저녁까지 바위틈에 모포 둘러쓰고 들어 앉아 소리내지 말고 하루 종일 하늘을 지켜보는 일. 한눈팔 수 없는 일. 콘도르를 잡지 못하면 축제를 망치는 일. 그건 신이 자신들을 저버리는 일.

하루 종일을 코카 잎 씹으며 졸음과 배고픔 쫓으며 기다리는 일. 콘도르가 오지 않으면 자신들의 정성이 부족한가 싶어 다시 향을 사르고 술을 따르고 고사를 지내며 이레 여드레 아흐레 기다리는 일. 열흘 열하루 열이틀 기다리는 일. 열사흘 열나흘…….

그리고 드디어 콘도르가 나타났다. 세상에서 가장 큰 새. 가장 태양 가까이 나는 새. 신의 말소리를 전하는 새. 콘도르가 나타났다. 하늘을 한참 선회하고 사람들은 숨을 죽이고. 선회하다 그냥 날아가 버리면 끝이다, 도로아미타불이다. 그러나 신의 부름에 응했는지 콘도르가 내려앉고. 또 한참을 기다린다. 콘도르가 배불리 먹도록. 그리고는 서로의 눈짓으로 지금이 그때다 손발 맞추어 일제히 모든 소리 지르며 말 달리며 어떤 인디오는 두 발로 바위틈 기어오르며 내닫고, 콘도르를 놀래키고 당황시키며 콘도르를 몬다. 배가 부른 콘도르는 더구나 상승 기류가 없으면 날아오르기 어려운 콘도르는 어쩔 줄 몰라 하며 있는 힘을 다해 저만큼쯤 바위 위로 날았다가 다시 쫓겨 바닥으로 내려앉았다가 몇 번쯤 그러다가 점차 거리가 좁혀지고 마지막엔 지쳐 더 이상 날아오르지를 못하다가 온몸으로 덮치는 인디오의 맨손에 사로잡히고 만다. 의기양양. 올 축제의 성공을 기대하며 마을로 돌아와 며칠을 좋은 고기와 물로 콘도르를 먹이고 진정시킨다.

그리고는 축제. 광란의 도가니다. 여러 마리의 황소를 흥분시키고 쫓아 다니고 도망 다니고 한참을 놀다가 가장 사납고 용맹한 소를 가려 축제의 하이라이트, 황소 등에 바로 그 콘도르를 묶어 매단다. 황소는 이리저리 날뛰고 콘도르는 날개를 퍼덕이며 균형을 잡으려고 용을 쓰고 사람들은 황소를 어르다가 도망질치고 난장판을 피우며 정신없이 논다. 더러 사람이 다치고 죽기도 하는 위험을 더불어 신나게 놀다 이윽고 콘도르를 풀어 날려 보낼 시간. 아마 콘도르를 날려 보내는 것으로 축제가 끝나리라. 그때까지 콘도르는 살아 다시 하늘로 날아오를 수 있어야지 그렇지 않으면 재앙.

어찌됐든 밧줄에서 풀려난 콘도르는 한참을 날지 못한다. 그렇게 사람들에게 휘둘렸으니 제정신일까. 사람들은 숨죽이며 콘도르가 다시 날기를 기다리고. 물론 콘도르가 날기 좋게 상승기류가 넘치는 천길 골짜기를 바라보는 산꼭대기 비탈. 콘도르는 사람들 애를 한참을 태우다 한 걸음 한 걸음 비틀거리며 걷다가 이윽고 상승기류를 느꼈는지 몸을 두둥실 기류에 싣고 천길 골짜기 위로 날아간다. 이윽고 가물가물 보이지 않고. 축제가 무사히 끝났다. 내레이터는 황소는 스페인 압제자들을, 콘도르는 인디오의 정신을 상징한다고 했다.

「인디오의 감자」도 나의 이런 안데스와 인디오와 잉카문명에 대한 관심을 배경으로 쓰였다. 지금도 마찬가지이지만 그것은 단순 회귀나 동경을 바탕으로 하는 것은 아니다. 나는 그들에게서 문명의 원형질 같은 것을 보며, 본받을 만한 지혜나 삶의 방식을 보고 싶은 것이다. 그들을 통해 현재의 우리를 보는 일은 사실은 고통스러운 일이다. □

이문재

1959년 경기 김포 출생. 1982년 『시운동』 4집으로 등단. 시집으로 『내 젖은 구두 벗어 해에게 보여줄 때』 『산책시편』 『마음의 오지』 『제국호텔』 등이 있다.

소금창고

염전이 있던 곳
나는 마흔 살
늦가을 평상에 앉아
바다로 가는 길의 끝에다
지그시 힘을 준다 시린 바람이
옛날 노래가 적힌 악보를 넘기고 있다
바다로 가는 길 따라가던 갈대 마른 꽃들
역광을 받아 한 번 더 피어 있다
눈부시다
소금창고가 있던 곳
오후 세 시의 햇빛이 갯벌 위에
수은처럼 굴러다닌다
북북서진하는 기러기 떼를 세어보는데
젖은 눈에서 눈물 떨어진다
염전이 있던 곳
나는 마흔 살

옛날은 가는 게 아니고
이렇게 자꾸 오는 것이었다

—(『제국호텔』, 2004)

□ 장소가 우리의 미래다

'대표작이 무엇이냐'는 질문은 낯설지 않다. 하지만 질문이 낯익다고 해서 답변이 수월한 것은 아니다. 수월하기는커녕 당혹스러울 때가 많다. 저 난데없는 '공격'과 마주칠 때마다 떠오르는 장면이 있다. 1980년대 후반, 내가 기자 초년병 때였다. 전화 통화조차 제대로 하지 못하던 어리숙한 기자가 마침 당대 최고의 소설가를 인터뷰해야 했다. 이런저런 질문을 던지다가 더 이상 말을 이어가지 못했다. 그만 자리에서 일어나야겠다는 작정을 하고 이렇게 물었다. "선생님은 자신의 대표작이 뭐라고 생각하십니까?" 즉각 돌아온 답변이 내 뒤통수를 후려쳤다.

"나는 아직 대표작을 쓰지 않았습니다."

올해로 시를 쓴 지 30년째다. 그간 묶은 시집이 네 권이다. 거기에 실린 시가 250여 편. 한 달에 한 편 이상 쓰지 못했다. 이런 걸 과작이라고 하면 거짓말이다. 게을렀던 것이다. 시에 무심한 시절이 더 많았다. 시를 써야 할 이유보다 시를 쓰지 않는 것이 더 당당할 수 있는 시대를 지나왔다. 시에 대한 생각, 시인에 대한 자의식도 수시로 변해왔다. 형용사와 부사에 큰 기대를 걸었다가 동사와 목적어가 훨씬 더 근원적이라고 선회하기도 했다. 문학의 쓸모없음이 문학의 쓸모라는 역설을 오래 신념하다가 최근에는 시보다 시인이, 시인보다 시인의 삶이 더 커야 한다는 '반문학적' 상상을 할 때가 잦아졌다.

별 어려움 없이 「소금창고」를 골랐다. 문학 담당 기자 시절, 많은 문인들을 만났는데 그때 확인한 공통점 가운데 하나가 '가장 애착이 가는 작품은 최근작'이라는 사실이다. 하지만 나는 최근작에 선뜻 손이 가지 않는다. 최근 일 년 사이 발표한 시들을 살펴보았더니 대부분 2%가 부족했다. 시에서 화자(요즘은 주체라는 말을 더 애용한다)가 너무 높은 위치에 있었다. 독자를 가르치려는 '교사의 목소리'가 자주 엿보였다. 아니면, 성찰로 승격하지 못하는 반성과 후회가 범람하고 있었다. 오래된 질병이다. '지구적 상상력'을 독자와 공유하면서 인간과 세계의 변화에 이바지하겠다는 시인의 의식 과잉이 행간에서 질척거렸다. 눈 밝은 젊은 평론가가 나의 세기말/세기초에 대해 다음과 같이 지적한 적이 있다.

"세 번째 시집(『마음의 오지』, 1999)을 편애하면서 나는 네 번째 시집 『제국호텔』에 대해 조금 허전해한다. 누가 봐도 이문재의 시일 수밖에 없는 「소금창고」나 「일본여관」 같은 시들이 있었지만, 저 시집의 한가운데를 차지하고 있는 「제국호텔」 연작은 내게는 서걱거렸다. (……) 그의 섬세한 언어는 냉소나 풍자와는 어울리지 않는 것처럼 보였다."(신형철, 「반성, 몽상, 실천 — 이문재 시의 근황」, 『물의 결가부좌, 제7회 노작문학상 수상작품집』, 2007)

나는 인용한 대목에서 옳고 그름을 따지려는 것이 아니다. 나는 다른 관점을 환영한다. 옳고 그름은 같고 다름이라는 보다 큰 범주의 부분에 해당한다. 옳고 그름을 잣대로 하는 윤리학은 때로 다양성에 대한 폭력일 때가 있다. 나는 윤리학을 인정하면서도 같고 다름의 정치학에 더 큰 기대를 거는 편이다. 윤리학은 물론 미학까지 끌어안는 정치학. 그래서 냉소와 풍자와 어울리지 않는 나의 '섬세한' 언어에 대한 비평을 흔쾌히 받아들이면서도, '제국호텔'과 같은 현실-신자유주의적 세계화의 거대한 그늘을 외면할 수가 없다. 뒤집어 말한다면, 제국호텔의 현실을 직시하지 않는 한 우리가 바라마지 않는 윤리적 품위, 미학적 세련은 불가능하다고 나는 생각한다.

내가 존경하고 사랑하는 비평가의 저 비판을 나는 권유로 이해한다. 냉소와 풍자를 넘어 문명의 급소를 타격하는 섬세하고도 강렬한 언어를 구사하라는 충고로 받아들인다. 이와 같은 맥락에서 「소금창고」를 다시 읽으면, 저 길지 않은 시에는 너무 많은 이야기가 들어 있다. 먼저 장소상실placenessless이다. 염전과 소금창고라는 오래된 장소의 탄생과 죽음은 근대성에 의해 추진되어온 한국의 현대사와 정확하게 겹친다. 염전은 일제 식민통치에 의해 조성되었고, 군사정권의 근대화 프로젝트에 의해 공단이나 농지, 택지로 전환되었다. 불행하게도 내가 나고 자란 염전은 수도권 쓰레기 매립지가 되고 말았다. 나의 장소상실은 심각한 수준이다. 내 고향은 생태적으로 파괴되었을 뿐만 아니라 행정적으로도 말소되었다. 내 고향은 완전하게 박살났다. 사라졌다. 내 고향은 이제 나의 기억에만 존재한다.

'살아생전에' 고향이라는 원초적, 근원적 장소를 잃어버린 자아가 사태를 견뎌내는 거의 유일한 방식은 시간 여행이다. 시간을 거슬러

올라가면서 상상 속에서 장소를 복원하는 것이다. 위 시에서 '북북서진'은 아버지의 고향이 있는 방향이다. 내 부모는 황해도 해주 서쪽 옹진반도에서 피난을 내려왔다. 한반도 남쪽에서 고향을 상실한 피난민 2세는 자신의 삶을 아버지의 생애에 포개면서 더 먼 고향을 떠올리지만, 저 북의 고향은 본 적도 없고, 당장 가 볼 수도 없다. 부재로써 존재하는 이상한 고향이다. 소금창고가 있던 자리에서 기억할 수도, 기대할 수도 없는 아버지의 고향을 떠올리는 마흔 살의 실향민 2세. 그러니까 시의 화자에게 장소상실은 곧 시간상실이었다.

제국호텔의 현실에서 어떻게 인간을 인간답게 하는 장소를 만들어낼 것인가. 산업 자본주의문명의 절정에서 어떻게 장소성을 창출할 것인가. 이것이 내 최근 시의 문제의식이다. 장소를 장소답게 하는 핵심 요건은 인간과 땅의 관계를 재발견하는 것이다. 산업문명이 '역광을 받아' '한 번 더' 눈부신 이때, 우리가 땅을 재정의하지 못한다면, 우리에게 바람직한 미래는 없다. 우리가 도시에서 장소를 만들어내지 못한다면, 우리는 이 도시에서 공멸할 것이다. 장소가 공동체를 형성하는 기반이다. 장소가 관계를 만들어내기 때문이다. 장소가 건강한 공동체의 토양이다. 내가 표현하고 공감하고자 하는 '지구적 상상력'은 땅에서 출발한다. 땅과 인간, 장소와 공동체, 문명과 지구와의 관계를 새롭게 바라보려는 시도가 내 시의 최근이다. 그런데 내 시의 근황은 아직 땅에 뿌리를 내리지 못하고 있다. 그러니 나 역시 아직 대표작을 쓰지 못하고 있는 것이다. 앞에서 말한 당대 최고의 소설가와 전혀 다른 의미에서. □

이재무

1958년 충남 부여 출생. 1983년 『삶의문학』으로 등단. 시집으로 『섣달 그믐』 『온다던 사람 오지 않고』 『벌초』 『몸에 피는 꽃』 『시간의 그물』 『위대한 식사』 『푸른 고집』 등이 있다.

팽나무가 쓰러, 지셨다

우리 마을의 제일 오래된 어른 쓰러지셨다
고집스럽게 생가 지켜주던 이 입적하셨다
단 한 장의 수의, 만장, 서러운 곡도 없이
불로 가시고 흙으로 돌아, 가시었다
잘 늙는 일이 결국 비우는 일이라는 것을
내부의 텅 빈 몸으로 보여주시던 당신
당신의 그늘 안에서 나는 하모니카를 불었고
이웃마을 숙이를 기다렸다
당신의 그늘 속으로 아이스께끼장수가 다녀갔고
방물장수가 다녀갔다 당신의 그늘 속으로
부은 발등이 들어와 오래 머물다 갔다
우리 마을의 제일 두꺼운 그늘이 사라졌다
내 생애의 한 토막이 그렇게 부러졌다

―(『위대한 식사』, 2002)

□ 나의 누이, 나의 어머니였던 당신에게
–팽나무에 부쳐

당신이 영면하신 지도 어느새 20년이 지나버렸군요. 시간도 공간에 의해 총량과 성질이 결정되는 시대입니다. 서울에서의 한 시간과 타클라마칸 사막이나 몽골 초원 혹은 티벳 고원에서의 한 시간은 길이와 넓이와 깊이에서뿐만 아니라 성질에서도 큰 차이가 나게 마련입니다. 당신과 더불어 살던 수십 년 전의, 무 시간(시간의 흐름을 의식하지 않는 상태)에 가깝던 시절이 그립습니다. 워낭소리처럼 느리고 살갑게 오고 가던 그 시간들 말입니다. 나는 당신의 생몰 연대를 모릅니다. 내가 태어나기도 전에 당신은 이미 우리 마을의 가장 오래된 터줏대감으로 자리하고 계셨고 당신이 소리 소문 없이 영면하셨을 때는 내가 타관 객지를 정처 없이 떠돌 때였기 때문입니다. 대략 수령 300년으로 당신의 나이를 기억하고 있습니다만 그마저도 정확하지는 않습니다. 하긴 당신을 추억하는 이 마당에 그깟 숫자에 불과한 나이가 그리 대수겠습니까. 우리 속담에 '든 자리는 몰라도 난 자리는 안다'라는 말이 있는데 당신이 부재한 이후에야 속담의 진의를 뼈아픈 회한 속에서 더욱 실감하고 있는 중입니다.

동네 우물이 있던 자리가 당신의 거처였지요. 그 우물을 마시고 자란 무병의 마을 사람들은 죽어 산으로도 갔지만 더 많이는 대처로 떠나갔더랬습니다. 그 우물곁에서 스무 평 그늘 밭을 일구시어 노동에 지쳐 부은 발등을 불러들여 쉬게 하시던 당신. 어릴 적 공부나 심부름에 게으른 날은 어머니께서 손수 당신의 몸 일부 꺾어 들어와 종아리를 파랗게 물들이며 아프게 하곤 하였지요. 그래서 철없던 그 시절 난 까닭 없이 당신을 미워하곤 하였답니다. 아주 당신이 마을에서 사라졌으면 좋겠다고, 끔찍한 생각에 젖은 적도 있었답니다. 하지만 매 맞고 사립을 나서 찾아간 곳은 정말 어이없게도 당신의 품이었습니다. 딱히 갈 데가 마땅치 않았던 터라 당신에게 발길이 절로 갔던 것입니다. 그런 나를 당신은 물끄러미 바라보다가 단 열매를 떨궈 주곤 하였습니다. 단것에 주린 시절인지라 당신이 내주는 열매가, 우리 또래에게는 더 할 수 없이 귀한 주전부리가 되었답니다. 한여름 밤 당신의 목에 무등 타고 앉아 과년한 고모들이며 큰 누이들이 등목하는 것을 몰래 훔쳐보며 성에 눈을 떠가기도 하였습니다. 그렇게 오랜 세월 나는 당신의 품 안에서 자랐습니다. 그 시절 당신은 나의 누이였고 어머니였습니다. 그러다가 더 이상 신발의 문수를 바꾸지 않아도 되는 나이에 들어서는 나도 여느 청년들처럼 당신을 떠나 대처로 나갔습니다. 대처에서 학교를 다니고 직장을 구하고 살림을 부리며 사는 동안 나는 당신을 떠올리지 못했습니다. 대처에서의 생활 습속을 익히고 따르느라 당신을 그리워할 새가 없었기 때문입니다. 이른바 상경파들의 주소가 긴 생활이 시작된 것이지요. 하지만 대처에서의 싸움에 져 서럽고 괴로울 때는 불쑥 얼굴을 내밀어 오는 당신으로 인해 전전반측하며 날밤을 새기도 하였답니다. 어쩌다 의무에 이끌려 고향을 찾아가면 맨 먼저 당신이 달려와 반겼습니다. 처진 어깨를 두드리며 괜찮다, 아직은 괜찮다, 고 가지를 내밀어 등을 두드려주곤 하였습니다.

스무 해 전 나는 당신의 몸을 자세히 들여다보고 깜짝 놀랐습니다. 그 우람하던 당신의 몸이 볼품없이 마르고 줄어들었기 때문이었습니다. 내부는 텅 비어서 더 이상 수액을 빨아올리지 못했고 여기저기 부스럼딱지며 종양으로 성한 곳이 없었던 것입니다. 그해 봄 안간힘으로 잎과 꽃을 피우던 당신의 피골이 상접한 몸으로 몇 마리 나비가 날아왔습니다. 늙은 몸이 피우는 잎과 꽃은 여전히 젊고 환했습니다. 그 잎과 꽃을 마지막으로 당신은, 한 장의 만장도 수의도 없이 돌아가시었습니다. 내 생의 반 토막이 그렇게 사라지고 만 것입니다. 그러나 내 몸속에서 당신은 여전히 살아계십니다. 생활이 나를 흔들 때마다 당신은 내 안에서 나를 격려하고 호되게 혼을 내기도 하십니다. 당신은 영원한 나의 연인입니다.

나는 그동안 예의 '팽나무'를 소재로 세 편의 시를 썼다. 회초리가 되어 내 유년의 종아리를 아프게 다녀간 그에 대한 푸른 추억과 다 늙어 내부를 텅 비운 채 시름시름 앓던 그에게서 얻은 생의 성찰과 지상의 삶을 마감하고 火水地風으로 돌아간 그에 대한 회한의 정을 시의 형식으로 담아냈던 것이다. 위 편지 형식의 글은 그에 대한 이러한 나의 총체적 감정을 담은 것이다. □

고재종

1957년 전남 담양 출생. 1984년 실천문학 신작 시집 『시여 무기여』로 등단. 시집으로 『바람 부는 솔숲에 사랑은 머물고』 『새벽 들』 『사람의 등불』 『날랜 사랑』 『앞강도 야위는 이 그리움』 『그때 휘파람새가 울었다』 『쪽빛 문장』 등이 있다.

들길에서 마을로

해거름, 들길에 선다. 기엄기엄 산그림자 내려오고 길섶의 망초꽃들 몰래 흔들린다. 눈물방울 같은 점점들, 이제는 벼 끝으로 올라가 수정방울로 맺힌다. 세상에 허튼 것은 하나 없다. 모두 새 몸으로 태어나니, 오늘도 쏙독새는 저녁들을 흔들고 그 울음으로 벼들은 쭉쭉쭉쭉 자란다. 이때쯤 또랑물에 삽을 씻는 노인, 그 한 생애의 백발은 나의 꿈. 그가 문득 서천으로 고개를 든다. 거기 붉새가 북새질을 치니 내일도 쨍쨍하겠다. 쨍쨍할수록 더욱 치열한 벼들, 이윽고는 또랑물 소리 크게 들려 더욱더 푸르러진다. 이쯤에서 대숲 둘러친 마을 쪽을 안 돌아볼 수 없다. 아직도 몇몇 집에서 오르는 연기. 저 질긴 전통이, 저 오롯한 기도가 거기 밤꽃보다 환하다. 그래도 밤꽃 사태 난 밤꽃 향기. 그 싱그러움에 이르러선 문득 들이 넓어진다. 그 넓어짐으로 난 아득히 안 보이는 지평선을 듣는다. 뿌듯하다. 이 뿌듯함은 또 어쩌려고 웬 쑥국새 울음까지 불러내니 아직도 참 모르겠다, 앞강물조차 시리게 우는 서러움이다. 하지만 이제 하루 여미며 저 노인과 나누고 싶은 탁배기 한 잔. 그거야말로 금방 뜬 개밥바라기별보다도 고즈넉하겠다. 길은 어디서나 열리고 사람은 또 스스로 길이다. 서늘하고 뜨겁고 교교하다. 난 아직도 들에서 마을로 내려서는 게 좋으나, 그 어떤 길엔들 노래 없으랴. 그 노래가 세상을 푸르게 밝히리.

―(『앞강도 야위는 이 그리움』, 1997)

□ 길은 어디서나 열리고 사람은 또 스스로 길이다

요사이 들길은 장관이리라. 어린모가 뿌리를 잡고 땅 맛을 알아가는 시절이니 그 씩씩하게 사운거리는 벼들로 들은 무척이나 넘쳐나겠다. 아침저녁으로 '쪽쪽쪽쪽' 소를 모는 쏙독새는 들을 흔들어 벼들을 무장무장 자라게 하고, 사방에서 풍겨오는 밤꽃 향기는 싱그럽다 못해 어질머리를 일으키리라.

나는 건강문제가 생기기 전까지만 해도 그런 절기에 예민한 농사꾼이었다. "풍증 있는 사람이 비오면 미리 알듯이 그들은 일자무식이라도 생리로 절기를 안다. 물소리만 듣고도 해빙머리의 물소리인지 여름철의 물소리인지를 용하게 구별하고…… 갖은 짐승의 털만 보고도 못자리를 할 때인지, 갈보리를 심을 때인지를 짐작하며, 또 그것은 정확도 하다." 고 일찍이 이무영은 그의 작품 『농민』에서 갈파했던바, 나는 그런 농사꾼이었다.

농사에 나서기 전 나는 서울과 부산에서 4~5년간 여러 일을 했다. 그런데 곳곳에서 사용자의 인간 이하의 대접에 대해 고개를 꼿꼿이 세우는 태도로 일관한 나는 그들과 끝내 함께 할 수 없었다. 또 나는 독학하던 당시 많은 독서로 형이상학의 미로를 헤매고 있었는데, 그토록 도도한 인간존재의 본질에 대한 탐구는 항상 죽음의 한계상황에

처하는 허무한 모습이나 혹은 신을 만나지 못해 허덕이는 처지의 관념으로 귀착되곤 하였다. 결국 현실적으로는 독립적 인간이 되고, 형이상학적으로는 관념의 실제적 점검을 해볼 수 있는 일이 뭘까 하는 고민이 귀향과 함께 농사를 선택하게 하였다.

그런데 그 농사는 해마다 나에게 몇 백만 원씩의 빚더미만 안겨주었다. 나는 처음엔 그에 대한 분노 때문에 농사를 그만둘 수가 없었다. 조국근대화와 산업입국 정책을 위한 저농산물가 그리고 저임금노동력으로 헤아릴 수 없는 희생을 감당하며 살아온 농민들의 처지가 너무도 참담하였다. 그래서 농민운동에 나서기까지 했다. 그럼에도 "어쩌면 그들이 영위하는 소업이 아무리 단조롭고 힘든 일이기는 하지마는, 그들이 애써 힘들이는 가운데는, 무수한 곡식이 심으면 자라고 영그는 그 생명의 생장에 대한 말할 수 없는 기쁨이 있어, 그것이 그들을 이 생활에 집작케 하는 가장 큰 이유인지도 모른다"고 한 유치환의 짐작대로 생명의 씨를 뿌리고 가꾸고 거두는 오진 기쁨이 날 농사에서 손을 떼지 못하게 하였다.

그랬다. 농사는 나에게 천지신명과 자연 외에는 어느 누구에게 고개 숙이지 않아도 되는 삶을 허락하였고, 엘리아데의 말대로 씨앗이 땅속에서 변화하는 모습을 통해 사람도 죽은 뒤 지상에서와는 다른 형태로 재생할 수 있다는 낙관적 믿음을 가져다주었다. 또한 오로지 심는 대로 거두는 것밖에 모르는 사람들의 사회 경제적 소외에 대한 의분을 갖게 했고, 한 톨의 곡식에 작은 우주가 잠들어 있는 그 농사를 짓는 것은 마치 신이 우주를 창조한 것과 닮은 데가 있어 나날의 삶에 자긍심까지 갖게 해주었다.

그런 내가 궁극적으로 꾸는 평생의 꿈은 해종일 일을 하고 저물녘 정정해지는 들을 돌아보며 귀가하는 백발성성한 농부였다. 실제로 나는 십 수 년의 농사일을 하는 동안 그런 백발노인들과 잘도 어울렸다. 얼굴에 깊이 팬 주름살이 그들이 평생 일구었던 논밭고랑을 닮은 노인들은 현실적으로는 탁배기 한 되 값을 아까워하는 사람들이었다. 나는 그들과 늘 파안대소로 어울렸다. "마을 주막에 나가서 / 단돈 오천 원 내놓으니 / 소주 세 병에 / 두부찌개 한 냄비 // 쭈그렁 노인들 다섯이 / 그것 나눠 자시고 / 모두들 볼그족족한 얼굴로 // 허허허 / 허허허 / 큰 대접 받았네그려!"(「파안」)

그들은 너무도 순순했다. 창호문을 두드리는 일단의 새소리에 벌떡 깨어나 이슬 젖은 논길을 헌걸차게 내딛던 그들, 삼복염천의 한낮에 알 밴 팔뚝을 검게 구우며 곡식 포기포기를 끝없이 쓰다듬던 그들. 그들의 발자국 소리만 들어도 벼들이 한 뼘씩이나 자라고, 그들의 손길 한 번에 온갖 숨탄것들이 일파만파로 사운거렸다. 산 능선 선명해지는 해거름 녘, 문득 그들이 허리를 펴면 모든 들과 산과 나무와 풀도 함께 우수수 몸을 털며 새삼 새로워졌다. 그리하여 푸르디푸른 잎새들 끝에 맑은 수정방울을 달고 무한궁륭에 빛을 쏘아 별들을 깨우게 하는 그들은, 소주 몇 잔도 큰 대접으로 여기며 너무도 순순한 파안대소를 했다.

날로 악화되는 건강 때문에, 함께 일하지 못하는 자괴감 때문에, 그들을 떠나올 때 나는 목이 메었다. 그들도 예의 손등으로 눈시울을 비볐다. 하지만 그들이 나의 영혼 속에 끝까지 존재하는 한 길은 어디서나 열리고 그 길은 서늘하고 뜨겁고 교교하리라는 생각은 오늘도 여일하다. 자연과의 끝없는 조화를 꾀하며, 뜨거운 노동으로 생명을 길러내고, 결국엔 하늘에 감사를 올리는 그들. 그들처럼 세상에는 어느 곳에서나 자기 길을 꿋꿋하게 가는 사람들이 있어 세상을 푸른 노래로 바꾸리라는 나의 믿음은 오늘도 여일하다. □

도종환

1954년 충북 청주 출생. 1984년 동인지 『분단시대』로 등단. 시집으로 『고두미 마을에서』 『접시꽃 당신』 『지금 비록 너희 곁을 떠나지만』 『당신은 누구십니까』 『사람의 마을에 꽃이 진다』 『부드러운 직선』 『슬픔의 뿌리』 등이 있다.

담쟁이

저것은 벽
어쩔 수 없는 벽이라고 우리가 느낄 때
그때
담쟁이는 말없이 그 벽을 오른다
물 한 방울 없고 씨앗 한 톨 살아남을 수 없는
저것은 절망의 벽이라고 말할 때
담쟁이는 서두르지 않고 앞으로 나아간다
한 뼘이라도 꼭 여럿이 함께 손을 잡고 올라간다
푸르게 절망을 다 덮을 때까지
바로 그 절망을 잡고 놓지 않는다
저것은 넘을 수 없는 벽이라고 고개를 떨구고 있을 때
담쟁이 잎 하나는 담쟁이 잎 수천 개를 이끌고
결국 그 벽을 넘는다

—(『당신은 누구십니까』, 1993)

□ 나의 대표시를 말한다

아이들 앞에 부끄럽지 않은 선생이 되어야 한다고 생각하며 뜻을 같이 하는 이들과 모임을 시작했다가 해직이 되고 감옥을 갔습니다. 이런 일 한다고 학교에서 쫓겨나리라고는 생각하지 못했습니다. 감옥에서 나온 뒤 살길이 막막했습니다. 우선 학교로 돌아가야 하는 일이 제일 중요한 과제였습니다. 학교로 돌아가기 위해 항의 방문도 하고, 행정소송도 하고, 집회도 하고 할 수 있는 건 다 하자고 했습니다. 그러기 위해 수없이 모여서 대책회의를 하곤 했습니다.

그런데 한번은 회의 중에 답답한 생각이 들었습니다. 나도 나 혼자 살길 찾는 게 낫지 않을까 하는 생각이 슬며시 솟아오르는 것입니다. 힘이 없는 우리들끼리 아무리 회의를 해 봐야 뾰족한 수도 찾아지지 않고 이것이다 싶은 정답도 없는 상황에서 그냥 혼자 살길 찾는 게 빠르겠다는 생각도 들었습니다. 그래도 아직 내겐 수백만의 독자가 있는데 그들이 원하는 글을 쓰면서 살면 경제적으로는 걱정 없이 살 수 있을 텐데 하는 계산을 해 보기도 하였습니다.

답답해서 고개를 돌려 창밖을 내다보았습니다. 창밖으로 보이는 옆 건물 벽에는 담쟁이가 가득 출렁이고 있었습니다. 저 담쟁이는 벽에 살면서도 저렇게 푸르구나 하는 생각을 하며 쳐다보았습니다.

그러다 다시 생각해보니 담이란 곳은 흙 한 톨도 없고 물 한 방울도 나오지 않는 곳이 아닙니까. 저런 데서 살아야 한다고 했을 때 어린 담쟁이는 얼마나 원망을 했을까 하는 생각이 드는 것입니다. 주위엔 산도 있고 숲도 있고 비옥한 땅도 널려 있는데 왜 우리만 이런 곳에서 살아야 하느냐고 얼마나 원망을 했을까 하는 생각으로 이어졌습니다. 그러나 원망만 하고 있었다면 담쟁이는 말라죽었을 겁니다. 원망만 하지 않고 앞으로 나아간 거지요.

뿌리로 벽을 뚫고 들어갈 수는 없었지만 붙들고는 있었던 거지요. 붙들고 포기하지 않았던 거지요. 나도 힘들지만 나만 힘든 게 아니라 옆에 있는 다른 이파리들도 다 힘들 거라고 생각했던 거지요. 그래서 저렇게 손에 손을 잡고 있는 거겠지요. 자기만 살 길 찾겠다고 백 발짝을 달려가지 않고, 백 개의 이파리들과 손에 손을 잡고 한 발짝씩 나아가느라 저렇게 느리게 가는 거겠지요. 정말 견딜 수 없이 힘든 날도 있지만 말없이 벽을 오르는 거겠지요. 저는 벽에 살기 때문에 성장의 속도가 늦는 것을 서두르지 않고, 조급해 하지 않으며 살아가는 모습이라고 생각했습니다. 힘들고 어려울 텐데도 그 어려움을 과장하거나 떠들어대지 않고 말없이 그 벽을 오르는 모습에 대해서도 생각했습니다. 자신을 믿기 때문이겠지요. 그러면서 비슷한 처지에 놓여 있는 다른 이파리들과 함께 연대하고 협력하며 벽을 오르는 거겠지요.

그래서 마침내 절망적인 환경을 아름다운 풍경으로 바꾸어 놓고 있는 거겠지요. 생각이 거기에 이르자 저는 회의 서류 뒷면에다 연필로 조그맣게 시를 쓰기 시작했습니다.

저것은 벽

어쩔 수 없는 벽이라고 우리가 느낄 때

그때

담쟁이는 말없이 그 벽을 오른다

(……)

담쟁이처럼 살기로 했습니다. 나 혼자 살길 찾으려고 하지 말고, 함께 손잡고 이 어려운 벽을 헤쳐 나가자고 마음먹었습니다. 사는 동안 우리는 반드시 벽을 만나게 되어 있습니다. 힘이 있으면 힘으로 벽을 무너뜨리고 가면 됩니다. 피 흘리고 희생을 하며 싸워서 벽을 넘는 길입니다. 혁명적인 방법입니다. 위대한 인물이 나타나서 한 시대의 벽을 넘어가는 때도 있습니다. 영웅이 나타나거나 위대한 과학자나 의학자가 나타나서 벽을 넘게 해 주는 때도 있습니다. 아니면 멀리 우회해서 가는 길도 있고 그것도 아니면 포기해야 합니다. 그러나 아무 때나 혁명이 가능한 것도 아니고, 구원의 인물이 기다리고 있는 것도 아닌, 나날의 일상에서 벽을 만났을 때 우리는 어떻게 해야 합니까? 그럴 때 벽을 벽으로 인정하고 받아들이면서, 그러나 포기하지 않으면서, 오래 걸릴 거라고 생각하면서, 서로 연대하고 협력하여, 마침내 절망적인 환경을 아름다운 풍경으로 바꿀 수 있다면 담쟁이처럼 벽을 넘는 것도 한 방법일 수 있겠다고 생각했습니다. □

백무산

1955년 경북 영천 출생. 1984년 『민중시』 1집으로 등단. 시집으로 『만국의 노동자여』 『동트는 미포만의 새벽을 딛고』 『인간의 시간』 『길은 광야의 것이다』 『초심』 『길 밖의 길』 『거대한 일상』 『그 모든 가장자리』 등이 있다.

노동의 밥

피가 도는 밥을 먹으리라
펄펄 살아 튀는 밥을 먹으리라
먹은 대로 깨끗이 목숨 위해 쓰이고
먹은 대로 깨끗이 힘이 되는 밥
쓰일 데 쓰인 힘은 다시 밥이 되리라
살아 있는 노동의 밥이

목숨보다 앞선 밥은 먹지 않으리
펄펄 살아오지 않는 밥도 먹지 않으리
생명이 없는 밥은 개나 주어라
밥을 분명히 보지 못하면
목숨도 분명히 보지 못한다

살아 있는 밥을 먹으리라
목숨이 분명하면 밥도 분명하리라
밥이 분명하면 목숨도 분명하리라
피가 도는 밥을 먹으리라

살아 있는 노동의 밥을

–(『만국의 노동자여』, 1988)

□ 완전히 환원되는 삶을 꿈꾸다

찰리 채플린은 자신의 대표작은 '다음 작품'이라고 했다 한다. 철저한 작가라면 이전에 쓴 작품들은 불만투성이일 수밖에 없으리라. 하지만 연륜은 아무것도 보장하지 않는다. 인생을 좀 알 만한 나이가 되었다 해서 만족스런 작품을 쓰는 것도 아니다. 경험과 지혜가 쌓였다 싶지만 작품은 어긋나기 일쑤다. 시는 지식과 경험 위에서 축조되는 것이 아니라, 모든 바탕이 다 제거되었을 때 허공에서 피어나는 것인지도 모른다. 흔히 꽃에 비유되는 것은 그래서다. 꽃은 뿌리와 줄기의 경험 위에 그 경험을 다 비운 다음에 피어난다. 몸은 어떤가? 우리의 몸에도 많은 것들이 기입되고 있다. 몸에는 몸의 경험과 지식이 축적되어 있다. 몸에서 꽃을 피울 수 있을까?

최초의 시는 어떤가? 이제 막 모태에서 핏덩이로 나온 시는? 걸음마도 못하고 말도 못하겠지만 그래도 자신의 전 존재를 토해낸 울음의 시는? 최초의 시를 대표시라고 말할 수는 없겠지만, 나의 '다음 시'는 최초의 시와 닮지 않을까? 「노동의 밥」은 1988년에 낸 첫 번째 시집의 첫 페이지에 실린 시다.

이 시를 쓸 무렵 나는 어떤 시인에게 이런 말을 했던 기억이 난다. 몸이 말을 하고 있는 것 같다, 고. 그에게서 아무런 반응을 얻지 못했지만 나는 절실했다. 그 무렵 나는 매일 몸 안의 에너지를 다 소진하고서야 하루를 마무리했는데, 그럴 때마다 내 몸은 거의 허공이 되는 느낌이었다. 몸과 의식의 문턱이 사라지는 것 같았다. 그리고 내 안에서 스스로 나오는 소리는 몸의 소리라는 것을 분명히 느낄 수 있었다. 그 무렵 나를 괴롭힌 건 바람이었는데, 바람은 내 피부도 거치지 않고 곧장 내 의식 속으로 들어오는 것 같았다.

펄펄 살아 있는 밥을 먹겠다는 건 죽은 노동으로 밥을 먹지 않겠다는 각오였다. 노동에 기생하고 남의 수고를 훔친 밥을 먹지 않겠다는 선언이었다. 노동은 삶을 생산한다지만, 자본주의 노동은 살아있는 생명을 바쳐 죽은 밥을 벌어 오는 짓이었다. 그 밥으로는 삶이 생산되지 않는다. 하지만 그 정도의 생각은 사회학적 사유에 지나지 않을지도 모른다. 나는 목숨의 정화에 대해서, 목숨의 환원에 대해서 생각했다.

그것은 곧 나는 아무것도 되지 않겠다는 선언이었다.

나는 그을음을 일으키지 않는 완전연소의 삶을 생각했다. 목숨에서 행위로, 행위에서 목숨으로 이어지는 순환 과정에 잉여가 발생하지 않아야 한다고 생각했다. 그 과정에서 생겨날 수 있는 잉여가 소멸과 죽음을 생산한다고 생각했다. 완전연소는 완전한 환원을 가져올 수 있다. 흘러가고 또 흘러갈 뿐, 온전히 흘러가는 것이야말로 환원이다.

영원이란 그런 것이리라.

환원되는 삶!

나는 몸을 통해서 영원을 생각했다. □

안도현

1961년 경북 예천 출생. 1984년 <동아일보> 신춘문예로 등단. 시집으로 『서울로 가는 전봉준』 『모닥불』 『그대에게 가고 싶다』 『외롭고 높고 쓸쓸한』 『그리운 여우』 『바닷가 우체국』 『아무것도 아닌 것에 대하여』 『너에게 가려고 강을 만들었다』 『간절하게 참 철없이』 『북항』 등이 있다.

무말랭이

외할머니가 살점을 납작납작하게 썰어 말리고 있다
내 입에 넣어 씹어 먹기 좋을 만큼 가지런해서 슬프다
가을볕이 살점 위에 감미료를 편편 뿌리고 있다
몸에 남은 물기를 꼭 짜버리고
이레 만에 외할머니는 꼬들꼬들해졌다

그해 가을 나는 외갓집 고방에서 귀뚜라미가 되어 글썽글썽 울었다

-(『간절히 참 철없이』, 2008)

□ 무말랭이 같던 우리 외할머니

어릴 적에 나는 방학이면 외갓집에 가서 살다시피 했다. 그 당시 우리 집은 연탄을 땠지만 외갓집의 부엌은 아궁이에 불을 지펴 밥을 지었다. 외할머니와 부엌 아궁이 앞에서 불을 지피며 밥 익는 냄새를 기다릴 때, 나는 마치 붉은 불을 운전하는 듯 착각에 빠지기도 했다. 무엇보다 외할머니가 음식을 만드는 과정을 옆에서 가만히 지켜보는 게 그렇게 좋을 수 없었다. 칼국수와 만두를 만들기 위해 반죽을 주무르는 일은 신기했고, 하나밖에 없는 사위인 우리 아버지가 처가에 온 날, 암탉의 목을 비틀고 털을 뽑는 손놀림을 바라보는 일은 늘 아슬아슬한 즐거움이었다.

외갓집에 머물다가 집으로 돌아가는 날, 외할머니는 늘 새벽에 나를 깨우시곤 하였다. 비포장도로를 달리는 완행버스로 불과 삼십 분 거리 정도밖에 안 되는 곳에 우리 집이 있었음에도 불구하고 급한 일도 없는데 왜 그렇게 서두르곤 했을까. 눈을 비비며 세수하고 뜨거운 국에다 밥을 조금 말아먹고 옷을 다 입어도 마당에 밤새 들어차 있던 추위는 물러가지 않았다. 외할머니는 고무줄로 이은 토끼털 귀마개를 채워주었다. 그러면 마치 외할머니의 따스한 손이 내 귀에 붙어 있는 것만 같았다.

어느 해 여름이었다. 외할아버지와 외할머니는 밭을 매다가 산그늘이 내릴 때쯤이면 돌아오셨다. 헛간에 호미를 걸어 놓고 우물가에 엎드린 채 외할아버지는 나를 불렀다. 등목을 하시려는 거였다. 나는 바가지로 물을 퍼서 외할아버지의 등에 끼얹었다. 한 손으로는 땅을 짚고 한 손으로는 가슴께를 문지르며 외할아버지는 어린아이처럼 소리를 지르셨다.

그 다음은 외할머니 차례였다. 손등으로 이마에 흐르는 땀을 훔친 뒤에 외할머니는 외할아버지와 똑같은 자세로 우물가에 엎드리셨다. 그런데 뭔가 확연하게 달랐다. 외할아버지는 하루의 노동의 끝을 찬물로 식히기 위해 당당하게 엎드려 계셨지만, 외할머니는 마치 벌 받는 자세로 엉거주춤 엎드려 있는 것이었다. 그리고 바로 그 순간에 나는 보고 말았다. 외할머니의 가슴에는 바람이 다 빠지고 구겨진 라면봉지 같은, 형편없이 쪼글쪼글해진 것이 아래로 축 처져 있었다.

아주 어릴 적에 내가 빨아먹으며 잠들기도 했다는, 그, 가슴이라는 말을 붙이기에는 너무 미안한 그, 가슴에 가까운, 오래 전에는 진정 가슴이었던 그것! 거기에다가 부지깽이같이 말라버린 두 팔과 다리가 잠깐 엎드려 있는 것도 힘에 겨워 바들바들 떨고 있는 게 아닌가. 나는 그 등에다 찬물을 끼얹는 일조차 죄스러웠다.

어른이 되어 밥벌이를 하면서부터 외갓집에 갈 때는 외할머니께 담배 한 보루를 사 드리는 걸 잊지 않았다. 속병 때문에 이십대 초반부터 담배를 피웠다는 외할머니는 나하고 둘이 맞담배 피우는 걸 좋아하셨다. 어쩌다가 외할아버지가 마당으로 갑자기 들어서면 당신의 담배를 재빨리 끄고 내 손에 든 담배를 태연하게 당신의 손으로 옮기셨다.

손자에게는 그렇게 너그러울 수 없는 외할머니였지만 외할아버지와 외삼촌들에게는 대쪽같이 차갑고 엄한 분이었다. 외할아버지는 술을 좋아하셨는데 평생 외할머니하고 약속해 놓은 술잔 이상을 비우는 걸 보지 못했다. 젊은 날 여치처럼 놀기를 좋아하던 외삼촌의 기타를 마당에 조각조각 나게 만든 것도 외할머니였다. 돌아가시기 전에는 치매에 걸려 무말랭이처럼 말라가던 외할머니. 해마다 가을이면 곱게 말린 무말랭이를 보내주시던 그분을 생각하며 쓴 시 한 편이다. □

이은봉

1953년 충남 공주 출생. 1984년 창작과비평 신작 시집 『마침내 시인이여』로 등단. 시집으로 『내 몸에는 달이 살고 있다』 『길은 당나귀를 타고』 『책바위』 『첫눈 아침』 등이 있다.

패랭이꽃

앉아 있어라
쪼그려 앉아서 피워 올리는 보랏빛 설움이여
저기 저 다수운 산빛, 너로 하여, 네 아픈 젖가슴으로 하여 한결 같아라
하나로 빛나고 있어라

보랏빛 이슬방울이여
눈물방울이여
언젠가는 황홀한 보석이여
앉아서 크는 너로 하여, 네 가난한 마음으로 하여 서 있는 세상, 온통 환하여라
환하게 툭, 터지고 있어라.

—(『내 몸에는 달이 살고 있다』, 2005)

□ 하나로 빛나는 보랏빛 설움

앞에 예시한 것은 졸시 「패랭이꽃」의 전문이다. 이 시 「패랭이꽃」은 내 다섯 번째 시집인 『내 몸에는 달이 살고 있다』에 실려 있다.

이렇게 모두冒頭에 예시를 하고 있으니 이 시 「패랭이꽃」이 내 대표시라는 것인가. 대답하기 어려운 일이다. 여러 사화집에 실려 있으니 그저 나는 독자들이 이 시를 꽤 좋아하는가 보다, 하고 생각할 따름이다.

이런 기준으로 보면 다른 많은 내 시들도 대표작이라고 해야 하지 않을까. 「부활」, 「투망」, 「돌멩이 하나」, 「초록 잎새들」, 「무화과」, 「빨래하는 맨드라미」, 「접는 의자」, 「불타는 나무」, 「첫눈 아침」 등도 여러 사화집에 실려 있으니 말이다. 기준을 이렇게 정하면 이들 시 역시 대표작이라고 할 수 있기 때문이다.

그럼에도 불구하고 대표시를 고르라고 하니 언뜻 이 시가 떠오르는 것은 무슨 까닭인가. 무슨 큰 까닭이 있겠는가. 그냥 내가 이 시를 좀 더 좋아하기 때문이리라.

이 시 「패랭이꽃」은 나를 노래한 시가 아니라 너를 노래한 시이다. 곧 '패랭이꽃'을 노래한 것이 이 시이다. 물론 '그'라고 호명하지 않고 '너'라고 호명한 것은 '패랭이꽃'을 좀 더 인간적으로 받아들이고 있기 때문이다. '그'라고 하는 것보다는 '너'라고 하는 것이 훨씬 '나'와 가깝지 않은가.

그런데 이 시에서 너라고 부르는 '패랭이꽃'은 어떤 존재인가. 우선은 '패랭이꽃'이 서 있지 않고 앉아 있는 존재라는 것을 알 수 있다. "쪼그려 앉아서 피워 올리는 보랏빛 설움"의 존재가 '패랭이꽃'이라는 것이다.

이쯤 되면 이 시에서의 '패랭이꽃'이 패랭이꽃이면서도 패랭이꽃이 아니라는 것을 알 수 있다. 패랭이꽃이 아니라는 것은 그것이 패랭이꽃이면서도 패랭이꽃으로 비유될 수 있는 사람이라는 뜻이다. 그러니까 패랭이꽃과 사람이 불이不二의 관계에 있는 셈이다

물론 이 시에서 패랭이꽃은 "보랏빛 설움"의 존재이기도 하고, "아픈 젖가슴"의 존재이기도 하다. 젖가슴이 아프다니? 패랭이꽃이 유방암 환자인가. 하지만 패랭이꽃은, 그리고 그의 아픈 젖가슴은 "저기 저 다수운 산빛"을 언제나 한결같이 만드는 역할을 한다. "하나로 빛나"게 하는 역할을 한다.

따라서 내가 이런 패랭이꽃에 감탄하고 감사하는 것은 당연하다. 내가 이 시에서 '패랭이꽃'에게 "보랏빛 이슬방울이여", "눈물방울이여", "언젠가는 황홀한 보석이여"라고 호명하는 것도 바로 이런 이유에서이다. 내가 보기에는 앉아 있는 패랭이꽃으로 하여, 패랭이꽃의 가난한 마음으로 하여 "서 있는 세상, 온통 환"해지기 때문이다.

앉아 있는 것들 없이 어떻게 서 있는 것들이 있겠는가. 한편으로 이 시는 "서 있는 것들"이 실제로는 "앉아 있는 것들"로 하여 존재한다는 것을 강조하고 있다. "앉아 있는 것들"이야말로 "황홀한 보석"이라고

역설하고 있는 것은 다름 아닌 이 때문이다.

물론 앉아 있는 것들은 이 세상의 작고 보잘것없는 것들, 미미하고 소소한 것들을 총칭한다. 그렇다면 이 시는 세상의 작고 보잘것없는 것들, 미미하고 소소한 것들에 대한 지극한 애정과 연민을 담아내고 있는 시라고도 할 수 있지 않을까.

내가 좋아하는 내 시 「패랭이꽃」에 대해 이렇게 중언부언 몇 마디 써본다. □

정일근

1958년 경남 진해 출생. 1984년 『실천문학』, 1985년 <한국일보> 신춘문예로 등단. 시집으로 『바다가 보이는 교실』 『유배지에서 보내는 정약용의 편지』 『그리운 곳으로 돌아보라』 『처용의 도시』 『경주 남산』 『누구도 마침표를 찍지 못한다』 『마당으로 출근하는 시인』 『오른손잡이의 슬픔』 『착하게 낡은 것의 영혼』 『기다린다는 것에 대하여』 등이 있다.

날아오르는 산

영축산은 영락없는 독수리 형상이다.
날개 크게 펼쳐 하늘 허공을 돌며
먹이를 낚아채기 직전, 저 거침없는 몰입의 긴장을
나는 느낀다, 무진장 무진장 눈이라도 퍼붓는 날이면
흰 날개 파르르 떨리는 것이 보이고
산의 들숨 날숨 따라가다 나도 함께 숨을 멈추고 만다.
명창의 한 호흡과 고수의 북 치는 소리 사이
그 사이의 짧은 침묵 같은, 잠시라도 방심한다면
세상 꽉 붙들고 있는 모든 쇠줄들
한순간에 끊어져 세차게 튕겨 나가버릴 것 같은,
팽팽한 율에 그만 숨이 자지러지는 것이다.
겨울산을 면벽 삼아 수좌들 동안거에 들고
생각 놓으면 섬광처럼 날아와 눈알 뽑아버릴
독수리 한 마리 제 앞에 날려놓고
그도 물잔 속의 물처럼 수평으로 앉았을 것이다.
조금이라도 흔들리면 잔 속의 물 다 쏟고 마는
그 자리에 내 시를 들이밀고, 이놈 독수리야!

용맹스럽게 두 눈 부릅뜨고 싶을 때가 있다.
나도 그들처럼 죽기를 살기처럼 생각한다면
마주하는 산이 언젠가는 문짝처럼 가까워지고
영축산은 또 문짝의 문풍지처럼 얇아지려니
그날이 오면 타는 손가락으로 산을 뻥 찔러보고 싶다.
날아라 독수리야 날아라 독수리야
산에 구멍 하나 내고 입바람을 훅 불어넣고 싶다.
산 뒤에 앉아 계신 이 누구인지 몰라도
냉큼 고수의 북채 뺏어 들고
딱! 소리 나게 산의 정수리 때려
맹금이 날개로 제 몸을 때려서 하늘로 날아가는 소리
마침내 우주로 날아오르는 산을 보고 싶은 것이다.

—(『마당으로 출근하는 시인』, 2003)

□ 여전히 겨울 통도사에는 독수리가 난다

내가 나의 대표시로 정한 「날아오르는 산」은, 책상 위에서 쓴 시가 아니라 길 위에서 오랜 시간을 투자한 체험과 나름 깊은 사유에서 얻었다. 내 집필실이 있는 은현리에서 영축산 통도사를 찾아가려면 지름길인 산골이며 시골인 산현~출강~왕방~조일마을을 지나야 한다.

그 길을 가노라면 1,000m급 산군이 이어지는 이른바 '영남알프스'의 산정을 보며 달리게 된다. 통도사로 가는 길이 있는 마을들이 산골마을이라 산마루쯤에서 보는 좁은 하늘 사이로 영남알프스가 얼핏얼핏 보인다. 내가 사는 곳은 눈이 귀한 곳이지만 영남알프스 산군의 정상에는 겨우내 눈을 이고 있는 날들이 많다.

이 시가 쓰일 무렵 친구인 도심 스님이 마흔 중반에 통도사 승가학교에 입학했다. 도심과 오랜 벗인 '나팔꽃' 동인인 백창우와 막역지교인 황토 스님의 곡진한 부탁이 있어 도심 스님 후원회장을 자처할 수밖에 없었다. 그래서 자주 그 길을 따라 통도사를 찾았다.

가까이에서 지켜보면 조계종 스님이 되기 위해 승가학교 4년을 다니는 일은 지독한 고행이었다. 특히 추운 겨울이면 추위가 혹독했다. 승가대학 스님들이 목욕하는 날 잠시 시간이 나면 우리는 만나 차를 마셨다. 군불을 때 바닥이 쩔쩔 끓는 방이 있는 단골다실이었다. 그 나이라면 큰 절을 맡아 주지를 할 나이인데 어린 도반들과 공부하는 그의 이야기를 듣고, 부탁한 것을 전하고, 필요한 것이 있으면 주문을 받는 시간이었다.

겨울이 오면 통도사를 찾아가는 길은 온통 산에 눈을 이고 있는 길을 걸어야 한다. 특히 조일마을을 지나 지방도에서 국도를 만나기 위해 언덕길을 오르는데 그때마다 정수릴 치듯 딱 하며 영축산(1,081m)이 눈에 들어온다.

겨울, 눈을 인 영축산은 한 마리 독수리다. 독수리 '취鷲'자를 쓰며 '축'자로 읽는 이름 때문이지 산은 영판 날개를 펼친 독수리였다. 능선 위에 쌓인 눈들이 바람에 날리는 모습에서 나는 독수리가 날개를 파르르 떠는 모습이 보였다. 그 모습에서 시가 시작되었다.

나는 동안거에 든 선방 스님들을 생각했다. 영축산을 마주하고 앉은 그들의 용맹정진에 대해 생각했다. 내 친구 도심 스님을 생각했다. 시는 아프지 않고 쉽게 쓰였다.

나는 진해에서 태어났지만 할아버지가 계신 통도사 아래 마을에서 유년을 보냈다. 그만큼 나에게 통도사는 친숙한 가람이다. 아버지가, 고모님들이, 통도사가 만든 보광중학교를 다녔다. 어린 시절, 사월초파일이면 할머니를 따라 통도사에 다녔다. 통도사는 내 마음의 절이었고, 나는 어머니의 뱃속에서부터 통도사 신도였다.

통도사로 가는 겨울 풍경과 통도사와의 인연과 도심 스님에 대한 내 마음이 더해져 이 시가 쓰였다. 이 시를 발표하자 유일하게 섬진강의 김용택 시인이 전화를 했다. 좋은 시를 읽었다고. 도심 스님이 큰 쥘부채에 그 시 전문을 다 적어 선물했다. 나는 여전히 눈이 내리는 겨울이면 통도사 뒤에서 날개를 펼친 독수릴 본다.

사족이지만, 1,000편 이상의 시를 발표한 사람에게 '나의 대표시'를 정하라는 요청은 어렵다기보다 난감했다. 나름 한 편 한 편 최선을 다했기에 더욱 그렇다. 신춘문예에 당선한 등단시가 있고, 여러 문학상을 수상한 수상시가 있다. 또 중, 고등학교 문학교과서에 실려 학생들 사이에 알려진 시가 있다. 또 독자가 좋아하는 시가 있고 시를 쓴 내가 좋아하는 시가 있다. 이 시들 중에서 나의 대표시가 있을까? 물론 없다.

그렇다면 나에게 대표시는 무엇일까? 생각 같으면 백지를 발표하고 싶다. 내 대표시는 미래에 쓰일 것이니 발표하지 못하겠다고 밝히고 싶다. 하지만 이 질문은 피할 수 없다. 고민 고민하다 나의 대표시는 내가 좋아하는, 발표한 후에도 지금까지 내가 좋아하는 시편들 중에서 찾아보았다. 그 결과 「날아오르는 산」으로 정했다는 것을 밝힌다. 당신도 나의 결정에 동의해주실 것을 믿으며. □

문인수

1945년 경북 성주 출생. 1985년 『심상』으로 등단. 시집으로 『늪이 늪에 젖듯이』 『세상 모든 길은 집으로 간다』 『뿔』 『홰치는 산』 『동강의 높은 새』 『쉬!』 『배꼽』 『적막 소리』 『그립다는 말의 긴 팔』 등이 있다.

만금이 절창이다

물들기 전에 개펄을 빠져나오는 저 사람들 행렬이 느릿하다.

물밀며 걸어 들어간 자국 따라 무겁게 되밀려 나오는 시간이다. 하루하루 수장되는 저 길, 그리 길지 않지만

지상에서 가장 긴 무척추동물 배밀이 같기도 하다. 등짐이 박아 넣는 것인지,

뻘이 빨아들이는 것인지 정강이까지 빠지는 침묵, 개펄은 무슨 엄숙한 식장 같다. 어디서 저런,

삶이 몸소 긋는 자심한 선을 보랴, 여인네들…… 여남은 명 누더기 누더기 다가온다. 흑백

무성영화처럼 내내 아무런 말, 소리 없다. 최후처럼 쿵,

트럭 옆 땅바닥에다 조갯짐 망태를 부린다. 내동댕이치듯 벗어 놓으며 저 할머니, 정색이다.

"죽는 거시 낫것어야, 참말로" 참말로

늙은 연명이 뱉은 절창이구나, 질펀하게 번지는 만금이다.

-(『배꼽』, 2008)

□ 저 할머니의 이름이 '만금'이다

적막의 몇 대 손이 침묵일까. 적막은 '자연'이고, 침묵은 '인간'이다. '적막강산'이라고 하지 않는가. 새소리 물소리 바람소리, 강산에 어찌 소리가 없겠는가. 그렇게 "적막이 소리를 더 많이 낸다." 그래도 적막이다. 적막이 강산을 품고 있어서 그렇다. 그러니까 침묵은 되레 큰 설렘이자 웅변이요, 놀라운 메시지다. 아직 태어나지 않았기 때문이다. 적막은 소리를 감싸고 있고, 침묵은 말을 감싸고 있는 것이다. 그러니까 소리의 껍질이 적막이고, 말의 껍질이 침묵이다. 또한 그러니까 '숲'은 적막이고, '눈빛'은 침묵이다. 적막은 당연히 침묵까지도 감싼다. 그 어떤 사물이나 생각, 시간과 공간, 우주까지도 감싼다. 적막이라는 미지, 그 종국의 침묵이야말로 마침내 신성일까. 그 무한한 둘레 속엔 도무지 없는 게 없다. 적막이 내는 소리를 듣고, 침묵 속의 어떤 말을 읽는 것이야말로 시의 진정한 묘미일 것이다.

2006년도 가을이었을 것이다. 나는 대구의 몇몇 시인들과 함께 그 큰 개펄, '새만금'을 보러 갔다. 대대적인 개발을 앞둔, 아니 이미 상당 부분 간척사업이 진행된 새만금을 한번은 봐야 할 것 같은 마음에서였다. 그것이 새만금이라는 대자연, 그 장엄에 대한 최소한의 도리일 것 같기도 했다. 아직 손대지 않은 쪽부터 가봤다. 넓었다. 개펄은 최대한으로 비어있었다. 적막이었다. 아니, 멀리 뻘을 뒤지는 열 두어 명 사람들의 동작이 거기 개입하고 있어서 그것은 거대한 침묵이기도 했다. 인간의 경제, 그 개발논리에 무참히 뒤덮일 개펄은 이제 무엇으로 숨 쉴 것이며, 떠밀려 나갈 그 멍든 바다는 또한 어디서 시퍼렇게 부풀어 오를 것인지.

나는 여기서 어쭙잖게 뻘의 뭇 생명에 대해, 또 뻘에 기댄 여러 생계에 대해 걱정하진 않겠다. 다만 그 '대규모의 최후'에 대한 목격담을 시로써 기록하고 싶었고, 그 이기적 욕망을 여기서 돌이켜보고자 하는 것이다. 그래, 이 시가 최소한의 완성도를 지녔다고 친다면, 그렇다면 이 시의 무엇이 새만금의 그 적막과 침묵을 열고 들어갈 수 있었는지 말하려고 하는 것이다. 대개 그러하겠지만, 나의 경우 거의 모든 시가 단 한 마디의 말(이미지)에서 촉발된다. 아시는 바와 같이 소위 시의 싹눈, 즉 배아胚芽라는 것인데, 이것이 드물게는 한 편의 시로서 활착하기도 하는 것이다. 누구에게나 이러한 과정이 바로 시 쓰는 기쁨일 터. 시의 배아, 그것은 갑자기 섬광과 같이 오기도 하고, 때론 대상을 물고 늘어지는 끈덕진 질문(관찰) 끝에 오기도 하지 않던가.

"물들기 전에 개펄을 빠져나오는 저 사람들 행렬이 느릿하"였다. 온종일 뻘밭을 헤매고 뒤지느라 많이 지쳤으리라. 저들의 힘이 민 썰물, 이제는 곤죽이 된 그들의 몸을 곧 들이닥칠 먼 바다, 그 밀물의 힘이 밀어주는 듯했다. 그러나 저 사람들의 느린 걸음걸이는 그 "등짐이 박아 넣는 것인지, / 뻘이 빨아들이는 것인지 정강이까지 빠지는 침묵,"

이었다. 그 침묵의 말은 굉장히 엄숙했다. 그것은 오늘 하루도 기어이 살아냈다는 어떤 의식이요, 만금 개펄은 그 어두운 식장 같았다. "무척추 동물 배밀이 같"은 먼 행렬은 남녀노소가 딱히 구분되지 않더니, 우리 일행이 기다리고 서있는 제방 가까이 그들이 다가왔을 때에야 비로소 전원이 여자 분들이라는 것을, 그것도 모두 늙은이들임을 알 수 있었다.

생고생, 그들은 별 말이 없었다. 우선 등짐부터 쿵 내려놓고, 다시 허리 굽혀 뻘밭 여기저기에 괸 짠물에 손이며 신발에 묻은 뻘을 대강 씻고 있을 뿐이었다. 그러느라 여기저기 삐댄 그들의 발자국이 키조개처럼, 생활에 대한 '험구'처럼 어지럽게 파였다. 그때였다. 한참이나 뒤처져, 맨 마지막에 도착한 한 할머니가 깡마른 어깨의 등짐을 벗어부치고 있었다. 그리고 거친 한숨과 함께 한 마디 토해냈다. "죽는 거시 낫것어야, 참말로" 참말로 나는, 그 할머니의 그 외마디가 단박, 그러나 천천히 새만금 전반에 널리 번지는 것을 볼 수 있었다. 새만금은 그렇게 의인화, '만금'이란 촌스런 이름의 고된 인생이 되었다. 나는 옆에 서있던 한 일행에게 말했다. "저 할매의 저 탄식이야말로 '절창'이다." 일행은 고개를 끄덕였다.

'절창'이라는 한 마디가 새만금의 적막과 침묵 속으로 들어가 볼 수 있는 열쇠가 되었고, 또한 이 시의 우듬지까지 보게 한 씨앗이 되었다. □

송재학

1955년 경북 영천 출생. 1986년 『세계의문학』으로 등단. 시집으로 『얼음시집』 『살레시오네 집』 『푸른빛과 싸우다』 『그가 내 얼굴을 만지네』 『기억들』 『진흙얼굴』 『내간체를 얻다』 등이 있다.

흰뺨검둥오리

그 새들은 흰 뺨이란 영혼을 가졌네
거미줄에 매달린 물방울에서 흰색까지 모두
이 늪지에선 흔하디흔한 맑음의 비유지만
또 흰색은 지느러미 달고 어디나 갸웃거리지
흰뺨검둥오리가 퍼들껑 물을 박차고 비상할 때
날개소리는 내 몸 속에서 먼저 들리네
검은 부리의 새떼로 늪은 지금 부화 중,
열 마리 스무 마리 흰뺨검둥오리가 날아오르면
날개의 눈부신 흰색만으로 늪은 홀가분해져서
장자를 읽지 않아도 새들은 십만 리쯤 치솟는다네
흰뺨검둥오리가 떠메고 가는 것이 이 늪을 포함해서
반쯤은 내 영혼이리라
지금 늪은 산산조각나기 위해 팽팽한 거울,
수면은 그 모든 것에 일일이 구겨지다가 반듯해지네

-(『기억들』, 2001)

□ 늪의 시간

1990년 중반 어떤 사진작가를 따라 70만평 쯤 되는 넓고 황량한 늪을 찾아갔다. 황무지에 가까운 늪이었다. 가을의 늪은 우선 갈대의 울타리를 둘렀다. 희고 부드러운 울타리는 제 영지를 견고하게 가둘 의도가 전혀 없는 듯 바람 따라 그 속을 자주 드러내는데 그 안이 어떤지 가늠할 때마다 새들의 필법이 모이거나 흩어졌다. 하늘과 맞닿은 높이와 깊이가 서로 팔짱을 끼고 처연했다. 길이 없어 온몸이 젖어버린 그곳은 천지불인의 중심이었다. 결국 쪽배를 빌려 늪의 심연에 도달한 일행은 탄식을 토했다. 호수의 생을 지나 늪의 후반부에 도달한 이 지형의 윤리학은 늙고 삭아버린 사람의 침식과 비슷했다. 이제 굳어가는 몸들의 뜻이 곳곳에 드러나고 있었다. 과연 그 후 20년 동안 드문드문 이곳을 방문할 때마다 늪지 일부는 육지화가 진행되었다. 일억 사천만 년의 세월이 천천히 흘러간 시간 화석의 풍경이기도 했다. 풍화와 침식의 결과물이기도 했다. 이 늪에 이름이 새겨지기 전의 모습을 상상하는 하루나들이였다.

그 늪에서 만난 것들 중 가시연꽃을 잊을 수 없다. 가시연꽃을 보기 위해 매년 그곳을 찾아갔다. 8월에 꽃피는 가시연꽃은 꽃이 물속의 줄기부분에서 치솟아 넓은 연잎을 찢고 나온다. 여름의 늪은 마냥 넓은 연잎만 보여주었는데, 도판 그림으로만 본 가시연꽃이 상상이 되어서 온몸이 소스라쳤다. 문득 가시처럼 아픔의 방향으로 고뇌를 몰아간 누군가 생각난다. 내 몸과 꽃에 돋은 가시가 같은 방향인 것도 생각난다. 무언가에 대한 그리움이 사무치면 가시연꽃의 간절함과 비슷해지는 걸까. 꽃에서 돋은 가시의 이미지는 오랫동안 나를 사로잡았다. 그건 자신을 희생해서 제례를 올리는 샤머니즘의 어떤 형태와도 비슷했다. 이듬해 그 늪에서 결국 가득 찬 개구리밥과 꽃핀 가시연의 비교를 보았다.

그리고 고니, 딱새, 백로들을 만났다. 늪의 새들은 풍경의 일부처럼 자주 정지화면으로 각인된다. 그리고 문득 알아버린 흔하디흔한 흰뺨검둥오리. 검은 부리와 주황색의 다리와 흰 뺨! 늪을 떠나니 흰뺨검둥오리의 커다란 날갯짓만 끼욱끼욱 따라왔다. 그러고 보니 흰뺨검둥오리는 기러기목의 새이다. 흰뺨검둥오리의 영혼 같은 희고 맑은 것이 며칠 내내 나를 간섭했다. 늪의 주인처럼 늪과 같이 늙어가는 텃새이다. 아주 늙긴 했지만 아직은 몇 만 리쯤 치솟는 커다란 텃새의 모습, 그게 흰뺨검둥오리가 떠메고 와서 내 안팎에 부린 늪의 앞뒷면이다. 늪은 파닥거리지 않는다. 일렁일 뿐이다. 그 소용돌이 속에서 졸시 「흰뺨검둥오리」는 받아쓰기처럼 쓰였다. 그건 늪의 생명체이기도 했고 늪이기도 했다.

이십 년 가까이 늪을 방문하면서 나는 늪의 관찰자이자 친구였다. 그동안 늪은 끊임없이 바뀌었다. 많은 사람들에게 알려지면서 이곳은 관광화되면서 몸살을 앓게 되었다. 은자의 모습이 사라지면서, 고독감이나 깊이 또한 사라졌다. 휑하니 넓이만 그대로 남아서 순한 반추동물처럼 수면을 일렁거리고 있다. 그러고 보니 이 늙은 늪 또한 반추동물의 위가 나뉘는 것처럼 몇 개의 늪으로 나누어진다. 반추동물의 활동시간이 이른 아침이나 해질 무렵인 것처럼 이 곳 또한 그 시간이 아름답다. 하지만 작은 늪들은 점점 사라지고 있다. 큰 위 몇 개만 되새김질하는 이 늙은 짐승의 시간이 사무친다. □

최영철

1956년 경남 창녕 출생. 1986년 <한국일보> 신춘문예로 등단. 시집으로 『찔러본다』『호루라기』『그림자 호수』『일광욕하는 가구』 등이 있다.

풍장

멀리 갈 것도 없이
그는 윗도리 하나를 척 걸쳐놓듯이
원룸 베란다 옷걸이에 자신의 몸을 걸었다
딩동 집달관이 초인종을 누르고
쾅쾅 빚쟁이가 문을 두드리다 갔다
그럴 때마다 문을 열어주려고 펄럭인
그의 손가락이 풍장되었다
하루 대여섯 번 전화기가 울었고
그걸 받으려고 펄럭인
그의 발가락이 풍장되었다
숨넘어가는 해를 바라보려고
창을 조금 열어두길 잘했다
옷걸이에 걸린 그의 임종을
해가 그윽이 내려다보았고
채 감지 못한 눈을 바람이 달려와 닫아주었다
살아 있을 때 이미 세상이 그를 묻었으므로
부패는 이미 상당히 진행된 상태였다

진물이 뚝뚝 흘러내릴 즈음
초인종도 전화벨도 더 이상 울리지 않았다
바닥에 떨어지는 눈물을
바람이 와서 부지런히 닦아주고 갔다
몸 안의 물이 다 빠져나갈 즈음
풍문은 잠잠해졌고
그의 생은 미라로 기소중지되었다
마침내 아무도 그립지 않았고
그보다 훨씬 먼저
세상이 그를 잊었다는 것도 알게 되었다
식아 희야 하고 나직이 불러보아도
눈물 같은 건 흐르지 않았다
바람만 간간이 입이 싱거울 때마다
짠물이 알맞게 밴 몸을 뜯어먹으러 왔다
자린고비 같은 일 년이 갔다
빵을 꿰었던 꼬챙이만 남아
그는 건들건들 세월아 네월아
껄렁한 폼으로 옷걸이에 걸려 있었다
경매에 넘어간 그를 누군가가 구매했고
쓰레기봉투에 쑤셔 넣기 전
쓸데없는 물건으로 분류된 뼈다귀 몇 개를
발로 한번 툭 걷어찼다

-(『찔러본다』, 2010)

□ 처음이자 마지막으로 주어진 생, 오늘

생의 중요한 두 국면은 태어나고 죽는 것이다. 인간을 포함한 모든 생명체는 자기 생의 절정을 향해 나아가는 것이지만 태어나고 죽는 순간의 절정에는 미치지 못한다. 절정은 그래서 과정에 있는 것이 아니라 처음과 끝에 있다. 삶의 과정은 그것을 보상받으려는 행위이고 죽음 이후는 그것을 덮어두거나 변호하려는 후반작업이다. 그 일은 대체로 무의미하다.

큰일일수록 자력으로 되는 게 크게 없다. 이런저런 성취와 패배가 왔을 때 우리는 잠시 어깨를 으쓱하거나 스스로를 책망하지만 그것은 정밀하게 부여된 시나리오의 일부일 경우가 많다. 길을 가고 있을 때는 길이 보이지 않는 법이다. 지나고 나서 돌아보면 비로소 길이 보인다. 그 즈음에 피할 수 없는 수렁이 있었고 그 즈음에 찬란한 꽃비가 퍼붓고 있었으며 그 즈음에 무서운 날강도가 잠복해 있었다. 그것들이 나에게 특별한 호의를 가지거나 악의를 가진 게 아니라는 것도 알게 된다.

그것은 순응이고 수락이다. 그것을 허무로 이해하지 않았으면 좋겠다. 허무는 그것들을 고되고 거추장스럽게 맞이하지만 수락은 나를 찾아온 운명의 외피가 어떠하든 무던하게 맞이한다. 하나는 무력無力하고 하나는 유력有力하다. 그런 점에서 가치 없는 일상은 무기력하게 받아들인 일상이고 가치 있는 일상은 나날이 새롭게, 유기력하게 받아들인 일상이다.

단순한 생물학적 섭리인지 하늘의 점지인지 끊을 수 없는 윤회의 수레바퀴인지 알 수 없으나 태어나고, 살고, 죽는 한 인간의 과정이 생각처럼 그렇게 거대한 서사가 아니다. 짧은 서사라도 되려면 기승전결의 구조가 어렴풋이나마 갖추어져야 하지만 그에 부합되지 않는 요행과 불운 투성이다. 그처럼 납득되지 않는 사건으로 뒤엉켜 있다. 시는 그것을 푸는 과정의 소산이다.

상승과 추락은 나의 몫이 아니다. 탄생과 죽음이 나의 몫이 아니니 당연한 일이다. 그런데 오만방자하게도 그 수레바퀴를 이탈한 적이 있다. 열다섯이었다. 이다지도 무겁게 짐 지워진 굴레에서 벗어나고 싶었다. 허기진 채 낯선 도시를 끝도 없이 걸었다. 깨어나니 내 몸은 석고붕대에 갇혀 있었다. 무례하게 선로를 이탈한 죄과는 컸다. 세 번 수술대에 오르고 2년여 만에 겨우 혼자 걸을 수 있게 되었다. 추월이나 역주행에 가해진 응징이었겠지만 부여된 형량이 너무 컸다.

그리고 또 한 번, 마흔 즈음 나답지 않게 빠르게 걷다가 집 앞 골목에서 호되게 머리를 맞았다. 전봇대였을 것이다. 운명은 참 가혹한 녀석이다. 좀 빠르게 걷는다고 그렇게 큰 전봇대로 내 머리를 내려쳤으니 말이다. 좀 얼토당토않다는 생각, 왜 나만 가지고 그러느냐는 불만이 없지는 않았지만 나는 그것도 달게 받아들였다. 다음날 저녁 뇌수술을 받고 있는 병원 앞 대폿집에서 글동무들 몇이 앉아 나의 장례절차를 의논했다고 한다. 그 이야기를 들으며 나는 바보처럼 웃었다. 후유증을 막으려고 맞고 있던 모르핀주사 때문이었을 것이다. 삶과 죽음은 그렇게 느닷없이, 우습게 교차하기도 한다. 죽음은 두어 번 나를 찾아온 손님이었지만 고맙게도 이렇게 슬쩍 옐로우 카드만을 보여주고 갔다. 가면서 내 귀에 대고 조용히 말했다.

그러니까 까불지 마, 까불지 말고 내가 다시 올 때까지 잠자코 살고 있으란 말이야.

그 말이 맞다. 태어나고 죽는 게 한 생의 절정이 맞는다면 그것은 자력으로는 어찌 할 수 없는 일이다. 내가 할 수 있는 일이란 태어날 때는 철이 없어 하지 못했던 일을 죽을 때라도 할 수 있기를 바라는 것이다. 죽음을 기꺼이 영접하는 것, 그래서 나는 매일이 마지막 날이다. 어제 저녁 나는 멀어지는 친구의 뒷모습을 오래 물끄러미 바라보았다. 이게 마지막일지도 모르는데 그에게 잘못한 게 없는지 생각했다. 오늘이 마지막이라는 생각을 망각하지만 않는다면 세상은 얼마나 찬란하게 아름다울 것인가. 절실하고 절박하게 세상이 건네는 쓴맛까지도 달게 음미할 수 있을 것이니까.

도저히 더는 견딜 수 없어 스스로 생을 마감한 이의 심정도 이해는 간다. 하지만 그랬다간 저 세상에 가서 탈옥죄로 또 중형을 선고받을지 모른다. 나는 별 수 없이 찬란한 감옥이며 즐거운 지옥인 이승을 건들건들 지나간다.

오늘은 새소리가 유난히 경쾌하다. □

고진하
1953년 강원 영월 출생. 1987년 『세계의문학』으로 등단. 시집으로 『지금 남은 자들의 골짜기엔』 『프란체스코의 새들』 『얼음수도원』 『거룩한 낭비』 등이 있다.

즈므마을 1

푸른 이정표 선명한
즈므마을, 그곳으로 가는 산자락은 가파르다
화전을 일궜음직한 산자락엔 하얀 찔레꽃 머위넝쿨 우거지고
저물녘이면, 어스름들이 모여들어
아늑한 풀섶둥지에 맨발의 새들을 불러모은다
즈므마을, 이미 지상에서 사라진
성소聖所를 세우고 싶은 곳, 나는
마을 입구에 들어서며 발에서 신발을 벗는다
벌써 얄팍한 상혼商魂들이 스쳐간 팻말이
더딘 내 발걸음을 가로막아도
울타리 없는 밤하늘에 뜬 별빛 몇 점
지팡이 삼아, 꼬불꼬불한 산모롱이를 돈다
지인이라곤 없는 마을, 송이버섯 같은
집들에서 새어나오는 가물거리는 불빛만이
날 반겨준다 저 사소한 반김에도
문뜩 눈시울이 뜨거워진다, 내 지나온
산모롱이 쪽에서 들려오는 부엉이 소리

저 나직한 소리의 중심에, 말뚝 몇 개
박아보자, 이 가출家出의 하룻밤!

-(『우주배꼽』, 1997)

* 즈므마을: '저무는 마을'에서 유래된 강릉에 있는 작은 산골 마을.

□ 내 시의 방랑과 정주의 발원지

그때의 기억이 어렴풋하다. 이 시를 쓸 때의 기억 말이다. 벌써 십 수 년이 흘렀으니까. 즈므마을. 사실 나는 이 마을보다 '즈므마을'이란 지명을 먼저 알았다. 길가에 표기된 이정표를 통해. 지명을 보고 나서 나는 지명의 유래를 찾아보았다. '즈므'는 '저무는 마을'에서 유래되었다고 했다. 즈므→저무, 저무→즈므를 입으로 되풀이하여 중얼거려 보았다. 유래에 대한 오래된 설명이 그럴듯하게 느껴졌다. 입으로 즈므, 를 발음하면 입을 꾹 다물고 묵상에 잠겨야 할 것 같았다. 하지만 나는 금방 시를 쓰지는 못했다.

하여간 그 이름에 끌려 즈므마을을 마음에 두고 있다가, 어느 날 견학을 가는 학생처럼 그 마을로 불쑥 찾아들었다. 강릉 시내에서 멀지 않은 곳이었다. 해안 쪽은 아니고 대관령 방향의 산간 쪽이었다. 늦은 오후, 꼬불꼬불한 산모롱이를 몇 번 돌아 마을로 들어가는데 나지막한 집들이 드문드문 산자락 아래 웅크리고 있었다. 마을사람들의 모습은 별로 눈에 띄지 않았다. 마을길은 소나무들이 우거진 낮은 산자락들 사이사이로 이어져 있었다. 별로 특별할 것이 없는, 강릉 땅에서 흔히 볼 수 있는 평범한 마을이었다. 다만, 병풍 같은 산자락에 둘러 싸여 있어 마을은 늦게 해가 뜨고 일찍 해가 질 것 같았다. 그날,

아직 저물녘도 아닌데, 집이 드문드문 있는 작은 마을에는 산그늘이 드리우고 있었다. 해 지는 광경을 마을 어귀의 한 느티나무 아래 앉아서 한참 바라보다가, 어두워지면 돌아오기 어려울 것 같아 천천히 발길을 돌렸다.

즈므마을. 나는 마을 이름을 제목으로 삼아 시를 쓰면서 "이미 지상에서 사라진 성소聖所를 세우고 싶은 곳"이라고 했다. 왜 나는 그 마을에 성소를 세우고 싶다고 썼을까. '즈므'라는 지명의 고즈넉함 혹은 쓸쓸함 때문이었을까. 우리나라 모든 시골이 그런 느낌을 자아내지만, 즈므마을의 소외된 느낌 때문이었을까. 사실 나는 젊은 시절을 즈므마을 비슷한 시골에서 보냈다. 첫 시집 『지금 남은 자들의 골짜기엔』의 시세계의 배경 또한 이 마을과 별반 다르지 않다. 지금 생각하면, 이 시는 '희망'이 없고 '사람'이 없고 '내일'이 없는 농촌의 황량함을 노래한 「빈들」이란 시의 연장선상에 있는지도 모른다.

그러면 왜 하필 '성소'를 세우고 싶다고 했는가? 이런 물음에 대해서도 나는 딱히 할 말이 없다. 그래도 굳이 말하라면, 나에게 있어서 '성소'란 말이 갖는 의미는 다른 장소와 구별된 곳이라기보다는 내 영혼이 보금자리 칠 수 있는 곳이랄까. 그렇다. 나는 외롭고 쓸쓸하고 조금은 소외된 즈므마을 같은 곳이 내 마음에 안온함을 안겨준다. 즈므, 라는 지명을 입으로 되뇌면 산그늘이 가까이 다가오는 것 같고, 입을 꾹 다물고 그 산그늘에 파묻히는 나 자신의 모습 또한 다가오는 것 같다. 곰곰이 생각해 보면, 내가 그 마을에 찾아 들었을 때, 나는 그 쓸쓸한 공간에서 나 자신의 깊은 내면을 들여다보았던 것 같다.

그리고 그 당시 내가 살던 곳을 떠나면 그 마을로 가야 할 것만 같았다.

시인 노발리스가 "마음이 외부의 현실적이며 개별적인 모든 대상에서 놓여나서 스스로를 느낄 때, 이상적인 본연의 마음자리가 찾아온다."고 했는데, 어쩌면 나는 그때 즈므마을에서 그런 본연의 마음자리를 발견했는지도 모르겠다. 사실 그런 본연의 마음자리를 발견할 때 거의 항상 시가 찾아오곤 했다. 그러니까 내 시가 깃을 치는 보금자리는, 그곳이 어디든, '즈므마을'인 셈이다. 나는 산은 높고 골이 깊어 다소 햇볕이 적게 드는 곳이 좋고, 존재의 바깥으로 시선이 덜 쏠리는 창이 작은 고독한 공간이 좋고, 끊어질 듯 말 듯 멀리서 들리는 밤새 울음소리의 중심에 내 존재의 '말뚝'을 박을 수 있는 곳이 좋다. 이런 곳이면 모두 즈므마을이다.

그렇게 즈므마을에서 내 마음자리를 발견한 이래, 지금도 이따금 내가 가출하여 깃드는 곳은, 즈므마을이다. 그리하여 여직 내 시의 방랑과 정주의 발원지는 즈므마을인 것이다. 누구 말마따나 낙원 한 조각의 기억을 갈무리하고 있는, 즈므마을. 내 침묵과 발언 사이로 꼬불꼬불 난 시의 오솔길 끝에, 없는 듯 있고 있는 듯 없는, 즈므마을. □

임동확

1959년 광주 출생. 1987년 첫 시집 『매장시편』을 펴내며 등단. 이후 시집으로 『살아있는 날들의 비망록』 『운주사 가는 길』 『벽을 문으로』 『처음 사랑을 느꼈다』 『나는 오래전에도 여기 있었다』 등이 있다.

구성폭포九聲瀑布

이루지 못한 것들이 내는 소리가
어찌 아홉 가지뿐이겠는가
눈 쌓인 계곡 얼음장 속에서도
연신 목숨처럼 이어져 흘러내린 슬픔들이
이제야 한껏 소리 내어 울어보기라도 하듯
그만 넋을 놓아버린 그 자리
수직의 절벽마다 흰 거품이 상사뱀처럼 엉겨붙는다
그나마 잊혀지지 않기 위해 한켠의 돌탑으로 똬리를 틀거나
흔적도 없이 휩쓸려 가버린 세월들을 기억하며
다시는 거슬러가거나 반복할 수 없는 것들이
저를 부르는 적막 속으로 망명도생亡命圖生하고 있다
오로지 단 한 번의 순간만 있는,
그러기에 마음대로 처분할 수 없는
나누거나 가늠해볼 수 없는 것들이
그 어디 아홉 가지뿐이겠냐며
그때마다 겨울 폭포는 가눌 수 없는 울음을 토해내듯
더욱 깊어진 제 안의 물소리를 들려주고 있다.

잠시나마 붙잡거나 되돌릴 수 없는 것들이
살아 솟구쳐 오르다가 더러 얼음기둥이 되어,

—(『나는 오래 전에도 여기 있었다』, 2005)

* 강원도 춘천시 북산면 오봉산 계곡에 있는 폭포.

□ 겨울 폭포, 침묵의 소리

폭포에서 무수히 물방울들이 떨어진다. 그러나 저 물방울들은 금방 떨어져 내린 다른 물방울들과 다른 것일까? 이전에도 같은 물방울이었고, 아주 오래 전이나 아주 오랜 세월이 지난 뒤에도 존재했거나 존재할 물방울이 아니던가. 나는 무슨 일로 그때까지 낯선 땅으로 남아있던 강원도 춘천시 소재의 오봉산 청평사 근처에 있는 구성폭포와 마주치는 순간, 무엇에 홀린 듯 흠칫 놀란 적이 있다. 한 겨울인지라 하얗게 얼어붙은 수직의 폭포 밑으로 힘겹게 떨어지는 물방울들이 내는 소리 너머로 들려오는 소리. 그러나 정작 들려오지 않았을 소리가 더욱 분명하고 선명하게 들려오기 시작하면서 나는 알 수 없는 전율戰慄에 사로잡힌 바 있다.

그때서야 나는 동행한 일행으로부터 '구성폭포'가 한자어漢字語로 '아홉 가지 소리'라는 의미를 갖고 있었다는 것을 알았다. 또한 그 근처의 한 탑이 당나라 공주를 사랑했지만 결국 사랑을 이루지 못해 상사뱀이 되었다는 전설과 얽혀 있다는 것을 알았다. 자주 그런 것은 아니지만, 이렇듯 나는 보이는 것 속에서 보이지 않는 것들 또는 들려오는 소리 너머로 들려오지 않는 소리에 더욱 크게 눈을 열고 귀를 연다. 그리고 나는 그 순간부터 매우 자유로워지며, 무엇보다도 시인으로서 존재감을 느낄 때는 바로 이때부터라고 할 수 있다. 사실 전혀 무관해 보이는 겨울 폭포와 돌탑, 흰 물거품과 상사뱀이 아무런 장애도 없이 결합하고 춤추기 시작한다. 이미 흘러가버린 과거의 시간들이 현재의 폭포로 쏟아져 내리는가 하면, 미래의 시간까지 생생하게 수직의 빙벽氷壁으로 서 있는 즐거운 착란이 일어난다.

그러나 그것들은 이미 존재하지 않는 것들이다. 오로지 단 한 번의 순간만이 있었을 뿐이다. 극히 짧기만 한 희열과 긴 고독과 침묵. 시인된 자로서 고뇌는 또한 여기서 비롯된다. 그야말로 마음대로 할 수 없어 함께 나누거나 가늠해볼 수 없는 나만의 체험을 말하려는 시도로서 시들이 필연적으로 부딪치는 세계. 내가 구성폭포 앞에서 마주친 것은 바로 그러한 시의 한계이자 가능성이다. 분명 열려 있으되 확정 불가능하고 표상 불가능하기에 섬뜩하기조차 한 폭포가 나의 의식과 몸속에 새겨놓은 침묵하는 소리. 또는 소리하는 침묵의 극단적인 역설의 벼랑 끝에 기꺼이 나를 세우는 아슬아슬한 곡예로서 시.

결국 시는 말하면서 말하지 못하고, 말하지 않으면서 말한다. 달리 말해, 우린 글을 쓸수록 명확하고 투명해지는 것이 아니라 더욱더 불투명해지고 이해 불가능한 그 어떤 세계. 끈질기게 다가서도 결코 다가설 수 없는 그 어떤 저항점을 발견할 뿐이며, 그래서 언어를 유일한 무기로 사용하는 모든 시인들은 궁극적으로 패배자이다. 모든 의미를 남김없이 드러낼 수 있다는 믿음이야말로 자기기만이며, 그러기에 진정한 시인들일수록 일부 의미노출증에 걸린 시들과 달리 결국 언어의 한계를 절실하게 체험할 수밖에 없다. 나 역시 그렇다. 나는 구성폭포가 내는 '아홉 가지 소리'는커녕 한 줄기 물소리조차 제대로 표현해낼 수 없다. 한 번 흘러가버리면 그뿐인 소리들 너머 소리들을 잠시나마 붙잡을 수 없다는 것에 그저 절망하고 또 절망하고 있을 뿐이다.

따라서 말해지지 않을 것을 말하고자 나의 시들이 유일하게 의지하는 방법론은, 엇나갈 수밖에 없는 것들을 엇나가게 말하는 방식에 있다. 엇나갈 수 없는 것들을 꾸밈없이 눈여겨보고 귀 기울려 듣는 것이 시인으로서 나에게 남겨진 일. 그때나 지금이나 겨울 구성폭포는 적막 속에서 가장 꾸밈없고 가장 부드러운, 그러나 마음대로 처분할 수 없는 생기生氣. 소리 가운데서 가장 희미한 소리, 가장 가까우면서도 가장 먼 제 안의 풍경들이 보여주거나 들려주고 있다. □

장석남

1965년 인천 출생. 1987년 <경향신문> 신춘문예로 등단. 시집으로 『새떼들에게로의 망명』 『지금은 간신히 아무도 그립지 않을 무렵』 『젖은 눈』 『왼쪽 가슴 아래께에 온 통증』 『미소는, 어디로 가시려는가』 『고요는 도망가지 말아라』 『우리가 사랑에 빠졌을 때』 『파란 돛』 등이 있다.

물맛

물맛을 차차 알아간다
영원으로 이어지는
맨발인,

다 싫고 냉수나 한 사발 마시고 싶은 때
잦다

오르막 끝나 땀 훔치고 이제
내리닫이, 그 언덕 보리밭 바람 같은,

손뼉 치며 감탄할 것 없이 그저
속에서 훤칠하게 뚜벅뚜벅 걸어 나오는,
그 걸음걸이

내 것으로도 몰래 익혀서
아직 만나지 않은, 사랑에도 죽음에도
써먹어야 할

훤칠한

물맛

—(『뺨에 서쪽을 빛내다』, 2010)

□ 자유의 걸음걸이

–「물맛」에 대하여

시는 자유이다. 시는 헐벗은 떠돌이이고 자유이다. 시의 출처는 완전한 자유이다. 시는 자유에서 나왔으므로 다시 자유를 향한다. 시는 불안이고 자유이다.

나는 자유이다. 그리스인 조르바의 말을 빌려도 그렇고 김수영의 어투를 빌려도 그렇다. 나의 출처는 자유이다. 나는 자유이지만 자유는 지금 소월의 「산유화」에서처럼 '저만큼' 있고 나는 여기서 젖먹이처럼 젊은 어미인 자유를 향하여 있다. 시라는 뗏목을 붙잡고 있다. 시라는 칭얼댐으로 있다. 아무튼 시는 자유이고 자유에 복무한다. 지금까지의 시에 대한 나의 결론이다.

자유라는 것은 말할 것 없이 관념이다. 그것은 억압에 대한 건너편의 언어다. 모든 억압에 대하여 저항하고 해체하고 초월한다. 모든 기억과 습속이 우리를 억압한다. 인류 전체의 것을 함께 가지고 그렇게 한다. 인류 전체가 억압하고 인류 전체가 억압 받는다. 억압은 무섭다.

자유라는 말은 무엇인가. 스스로 비롯됨이니 내가 이 자리에 있는 까닭을 안다는 것이고 이 자리에 있는 까닭이 지금 여기에 분명히 있다는 뜻이다. 그 모든 것에서 놓여난다 함이겠고 세계 전체가 모두

나라고 체감하고 인식하는 것이겠다. 그러나, 그러나 그것 또한 저쪽 멀리 있는 관념에 불과한 것이 된다. 인식하는 것과 실감으로 전체인 것은 명백하게 다른 것이 아닌가. 또한 그것은 순간에 불과한 것이 아닌가. 하여 그 간극 사이에 시는 놓여 있다고 할 수밖에 없다. 시는 자유이지만 우리가 쓰는 시는 자유에 도달하지 못하며 영원히 도달하지 않는다. 오직 자유를 향하는 것이어서 시다.

「물맛」은 어쩌면 그 자유에 대한 소박한 관찰을 노래한 시다. 자유라고 하는 관념을 눈으로 볼 수 있고 손으로 만질 수 있는 한 가지 사물로 제시해보라 하면 그건 물이 가장 근사한 것이 아닐까?

물은 자유이다. 그것은 겸허하여 자유이고 불평하지 않음으로 자유이다. 수평水平의 자세를 보라. 평화의 모양이 그러하고 정결함의 모양이 그러하고 그에 이르는 소리가 그러하다. 그것의 맛은 어떤가.

모든 맛의 출발은 무맛이다. 맛 없는 것. 없는 맛, 그것에 미세한 맛의 입자가 시작될 때 물맛이 되며 곧 맛의 뿌리요 기준이 된다. 그렇게 출발한 맛은 그것의 모든 희로애락의 절정들을 거쳐 맛의 최종점에 이르는데 그 또한 물맛일 게다. 물맛은 갈증의 해방(해결이 아니라)이며 실체가 없는 깨우침이며 그 무엇과도 비교할 수 없으니 절대 선의 입장에 선다.

그 물맛을 알아간다. 그건 여하튼 나이와 관계없이 노경의 맛이다. 젊음의 혀는 단맛을 찾으나 노경은 해를 더할수록 담담한 것을 찾아간다. 젊음은 갈증이 오면 콜라병을 찾지만 중년이 넘어가면 물대접을 찾는다.

피를 삭히지 않는다면 어떻게 지혜가 찾아오겠는가. 지혜의 노櫓는 가뜬한 것이어서 탁한 물을 건너오지는 못할 것이다. 바닥이 훤히 들여다보이는 물만을 건너오는 것이 지혜의 오만한 사공이다.

육체의 최후의 양식이 물일 것이고 정신의 최종(정신에 최종이 어디 있을까만)의 목표가 갈증의 해방일 테니 물이라는 사물은 곧 영원으로 건너가는 아무 치장 없는(맨발의) 판대기인 셈이다.

깨달은 이의 아무 거칠 것 없는 행보를 상상해 본다. 무애无涯한 걸음걸이의 그 아득하고 아득한, 그러면서 명징하고 명징한 걸음새. 헌걸스런 걸음새. 나는 갈증 끝의 물맛에서 그것을 본다. 일생 일대사인 사랑과 죽음에 꼭 필요한 그 걸음이 제 신체와 정신에서 나오기까지 나는 아직 제자리에 서지도 못한 게 아닌가 자괴에 빠질 때가 있다.

누가 물맛을 모를까. 그러나 정신의 물맛을 찾기 위해 갈증을 자초하기란 간단하지 않다. 앞뒤사방이 꽉 막혔다. 생사고락이 꽉 막았다. 세속의 향기를 털어버리지 못한다. 시름은 끝이 없으나 의심은 어느덧 굳어지고 그리고 어느 날 터져나갈 것이다. 그 절정 끝의 '내리닫이'에서 감탄 없이, 호들갑 없이 그것들의 속도보다 훨씬 더 빠르게 속으로 만나는 광대한 환희를, 아니 좁쌀만 한 환희를 '자유'라고 해야 할지 '물맛'이라고 해야 할지 모르겠다.

숙취에 시달리는 아침, '저편'에 훤칠한 물맛이 있다. 그 전 나를 대취로 이끈 세속 잡사의 조무래기 위인들이 들끓는다. 물대접을 손아귀로 움켜쥐어 기울이며 나는 저편으로 간다. 정신의 청산靑山이다. □

허수경

1964년 경남 진주 출생. 1987년 『실천문학』으로 등단. 시집으로 『슬픔만 한 거름이 어디 있으랴』 『혼자 가는 먼 집』 『내 영혼은 오래 되었으나』 『청동의 시간 감자의 시간』 『빌어먹을, 차가운 심장』 등이 있다.

흑백사진 한 장

도시 거리에는 때때로 장이 선다 수박을 실은 수레가 있고 수레를 끄는 나귀는 똥을 누느라 고요하다 닭과 소와 돼지의 피냄새는 신선하고 짐승의 창자를 들여다보는 백정의 눈은 고요하다 해가 뜨고 달이 지고 별은 도시의 이마를 스치고 지나가고 붉은 콩과 검은 깨는 자루에서 쏟아져나온다 하얀 국수는 무쇠솥에서 더운 춤을 추고 대사리에는 넓적한 물고기들이 마르고 있다 누가 이 시장 한가운데 눈이 맑고 다리를 저는 소년을 세워두었는가 어미와 누이를 한없이 기다리는 소년을 세워두었는가

—(『내 영혼은 오래되었으나』, 2001)

□ 세계 한 귀퉁이의 시장

나에게 시리아라는 나라는 각별한 나라이다. 오리엔트에 있는 나라 가운데 첫 번째로 방문해서 고고학 발굴을 했고 그곳 사람들을 알게 되고 벗이 되고 그리고 이 시가 씌어진 곳이었기 때문이다. 1998년 여름이었다. 알렙포 공항에 내려 에마르라는 폐허 도시가 있는 곳까지 가는 길에는 줄이어 서있는 목화밭과 밭 가장자리를 장식하는 해바라기가 만발해 있었다. 그리고 그 사이사이에는 시멘트로 지어진 가난한 집들이 있었고 아이들은 지나가는 차를 향하여 달려오며 손을 흔들었다. 그 아이 가운데 하나는 다리를 절었고 눈이 몹시 커서 유난히 인상에 남았다. 아이는 절뚝거리며 우리가 탄 차를 따라오다가 결국은 넘어졌다. 넘어지고도 아이는 함빡 웃으며 계속 손을 흔들었다. 발굴 숙소의 첫날 밤, 나는 꿈을 꾸었다. 그 아이가 내가 태어나고 자란 고향의 중앙시장 귀퉁이에 서있는 꿈이었다.

내 고향 진주는 남해바다와 지리산에 가깝고 너른 평야에 둘러싸인 곳이라 옛부터 물산이 풍부한 곳이었다. 내가 자라난 장대동은 중앙시장 근처에 자리 잡고 있어서 나는 시장을 지척에 두고 자라났다. 밤시장에서는 마지막 야채와 과일과 생선을 떨이로 팔고 사는 이들로 복작거렸고 밤과 새벽 사이, 잠깐의 휴식이 있고 난 뒤에는 새벽시장이 섰다.

새로 들어온 물품을 들고 시장을 찾은 상인들의 허기진 배를 위하여 줄줄이 국수집이 섰고 밥집들의 솥에서는 각가지 탕이 끓고 있었다. 말린 채소와 생선, 덩어리 채 정육점에 걸려있던 소와 돼지의 다리들, 이제 막 남해바다에서 건져 올린 해물들은 전열등 아래에서 벌떡거렸다. 상인들의 걸쭉한 입담에 섞여 시장으로 날라져 온 물품들은 온갖 냄새를 새벽의 하늘에 부려놓았다. 이렇게 풍성한 시장이지만 시장 귀퉁이에는 가난한 노점상들도 많았다. 나물 몇 가지, 생선 몇 마리, 알감자 몇 알을 놓고 새벽의 어둔 공기 속에 쪼그리고 앉은 아낙들 가운데는 아이를 데리고 시장에 나온 이도 있었다. 아이들은 어머니의 치마 녘에서 꾸벅이며 졸거나 마른버짐이 피어난 볼을 긁적거리며 칭얼대기도 했다. 내가 발굴 숙소에 오기 전에 보았던 시리아의 아이와 내 고향의 아이들은 마른 바람이 더운 열 속에서 불어대는 밤의 꿈속에서 혼동되고 섞였다.

그 다음 날 발굴지로 가는 길에 문득 떠올랐다. 에마르라는 곳은 기원전 14~13세기에 상업의 요충지로 유명했던 곳이었다는 것을. 그 폐허 도시에서 이제는 사라진 시장들을 나는 발굴하러 가는 중이었던 셈이었다. 하지만 시장은 발굴되지 않는다. 그렇게 많은 사람들이 복작거렸을 그곳은 대부분 시장이었던 흔적을 남기지 않는다. 아무 건축물 없이 섰다가 없어지고 없어졌다가 다시 서는 것이 시장이기 때문이다. 발굴지에 태양이 떠오를 때 수많은 토기조각과 이제는 축대만 남은 담장들 사이에서 나는 문득 이곳에도 기원전의 한 아이가 어머니를 따라 시장에 나왔을 거라는 생각을 했다. 시간과 공간을 뛰어넘어 들려오는 인간의 목소리가 환청으로 들리는 듯했다. 환청 속에서 나는 참, 내 고향이 그립다는 생각을 했다. 아주 조금 감상적이 되어 멀리 있는 고향의 시장을 그리워했다. 그곳, 시리아가 지금 내전 중이다. 하루에도 수십 명씩 사람들이 죽어나가고 아이들마저 전쟁에 참여하고 고문을 당하고 스파이로 이용되며 심지어 탱크 앞에서 보호대로 이용당한다고 한다. 끔찍한 이 전쟁이 내 꿈에 들어올 때면 나는 다리를 절고 차를 따라오며 손을 흔들던 아이를 떠올린다. 이미 어른이 되었을 그 아이는 이 전쟁을 어떻게 겪고 있을까.

시장은 이 세계 곳곳에 있다. 거대한 자본주의 시장이라는 괴물이 있는가 하면 우리들의 마음속에 깊숙이 남는 시장들도 많다. 어느 낯선 도시를 방문하다가 시장을 발견하면 그곳에서 한나절 노는 것을 나는 좋아한다. □

정끝별

1964년 전남 나주 출생. 1988년 『문학사상』으로 등단. 시집으로 『자작나무 내 인생』 『흰 책』 『삼천갑자 복사빛』 『와락』 등이 있다.

불멸의 표절

난 이제 바람을 표절할래
잘못 이름 붙여진 뿔새를 표절할래
심심해 건들대는 저 장다리꽃을
어디서 오는지 알 수 없는 이 싱싱한 아침냄새를 표절할래
앙다문 씨앗의 침묵을
낙엽의 기미를 알아차린 푸른 잎맥의 숨소리를
구르다 멈춘 자리부터 썩어드는 자두의 무른 살을
그래, 본 적 없는
달리는 화살의 그림자를
용수철처럼 쪼아대는 딱따구리의 격렬한 사랑을 표절할래
닝닝 허공에 정지한 벌의 생을 떠받치고 선
저 꽃 한 송이가 감당했던 모종의 대역사와
어둠과 빛의 고비에서
나를 눈뜨게 했던 당신의 새벽노래를
최초의 목격자가 되어 표절할래
풀리지 않는, 지구라는 슬픈 매듭을 베껴 쓰는
불굴의 표절작가가 될래

다다다 나무에 구멍을 내듯 자판기를 두드리며
백지白紙의 당신 몸을 표절할래
첫 나뭇가지처럼 바람에 길을 열며
조금은 글썽이는 미래라는 단어를
당신도 나도 하늘도 모르게 전면 표절할래
자, 이제부터 전면전이야

-(『와락』, 2008)

□ 불멸을 카피하다

〈사랑을 카피하다〉(2010)라는 영화가 있다. 스무 살 시절부터 '카피'하고 싶은 배우의 으뜸이 줄리엣 비노쉬였고, 평생을 지치지 않고 '카피'하고 싶은 것 중 으뜸이 사랑 아니던가. 게다가 나는 '합법적이고 전략적인 카피', 이른바 '패러디'에 대해서라면 한두 마디쯤은 거들 수 있는 전공자이기도 했으니 이 영화는 내가 봐야만 할 삼박자를 갖추고 있었던 셈.

불어 원제는 'Copie Conforme(Certified Copy, 인증된 복제)'. 이탈리아어로 번역 출간된, 남자 주인공(영국 작가)의 책 제목 『*Copia conforme*』과 동일하다. 이 원제가 '사랑을 카피하다'라는 제목으로 변신했으니 가히 수준급 카피다. 이탈리아 번역본 출간을 기념해 이탈리아 투스카니에 강연을 온 한 남자가 골동품 가게를 하는 한 여자를 만나면서부터 영화는 시작된다. 남자의 애독자인 여자가 투스카니 안내를 자청하며 함께 보낸 반나절이 영화의 전모다.

나도 한때 카피와 표절에 대해 공부한 적 있다. 카피한 사실을 전략적으로 드러내는 게 패러디라면 카피한 사실을 숨기는 게 표절이다. 표절은 남의 것을 의식적으로 카피한 후 카피한 것을 자기 것인 양 속이는 행위다. 헌데, 표절은 발각될 때만 표절이다. 그러니 최고의 표절은 자기 자신조차도 카피한 사실을 전혀 모르는 표절일 것이다. 지금도 그렇지만 습작시절에는 특히 이 카피나 표절로부터 자유롭지 못했다. 영향과 모방, 합법과 불법의 경계는 모호했으며 생각과 표현이 짧아 쓰다 보면 독서의 흔적들이 끼어들기 일쑤였다. 읽었던 것들은 적지 않아 원저자가 누구인지 자주 헷갈렸고, 읽고 읽다보면 번번이 더 이전의 원저자가 등장하곤 했다. 세상엔 내가 미처 읽지 못한 것들이 너무 많아 진정한 원저자를 확정하기 어려웠다. 해답과 위안은 엉뚱한 데서 발견되었다. "서투른 시인은 훔치고 능란한 시인은 빌린다"라는.

<사랑을 카피하다>는 여러 층위의 '카피'에 대해 이야기한다. 남자의 책도 현대사회의 카피 문제를 다루고 있으며, 여자의 골동품 가게에도 모조품이 가득 차 있다. '원본과 다름없는 복사본'이 가득한 자신의 골동품 가게를 보여주고 싶어 남자에게 가게 명함을 건넸듯, 여자는 '원본과 다름없는 복사본'이 가져다주는 예술적 감흥을 공유하기 위해 미술관의 모사화, 광장의 모조 조각물을 보여준다. 그러나 남자에게 여자의 골동품 가게는 지하창고처럼 답답하고, 모사화나 모조품은 그냥 복사본일 뿐이다. 여자는 한사코 카피한 것들이 가진 완벽함과 진정함, 그리고 그것들이 유발하는 예술적 감동과, 카피된 것들의 오리지널한 풍경과 인간과 감정들에 대해 역설한다. 원본보다 더 훌륭한 복사본도 있고, 예술적 감흥을 받았다면 복사본이 원본보다 훌륭해서이고, 복사본을 보고 감동을 받았다면 그것으로 충분하다면서.

그러나 남자는 원본을 카피한 복사본은 원본이 가진 시간과 의미를 가질 수 없다고, 원본과 같은 생명을 가질 수 없다고 생각한다. 여자는

복사본의 감동에, 남자는 복사본의 유통 과정과 그 역사에 관심이 있다. 실제 삶과 사랑에서는 더욱 크게 부딪친다. 여기서 카피의 문제는 자연스럽게 사랑과 삶의 문제로 넘어간다. 처음 만난 두 남녀는 가게 주인의 오해에 의해 어느새 부부가 되어 잠시 헤어졌다 우연히 다시 만난 부부처럼 행동한다. 토라지고 화내고 운다. 그들은 우연한 역할놀이를 하는 걸까? 서로 무관했던 각자의 삶을 고백하는 걸까? 함께 했던 과거의 시간을 회상하는 걸까?

영화는 이렇게 원본과 복사본, 오리지널과 복제, 진품과 모조품. 원작과 번역(각색), 진짜와 가짜, 사실과 허구, 진실과 거짓의 경계를 흩트려 놓는다. 엔딩 자막이 올라가면 영화 속 무엇이 진짜이고 무엇이 가짜인지, 아니 처음부터 모든 것이 진짜이기나 했던 건지 혼란스러워진다. 그러나 두 남녀가 투스카니에서 반나절을 함께 보냈다는 것만은 변함없는 사실이다. 영화는 남녀 간의 사랑을 이야기하면서 예술과 삶의 본질에 대해서 묻고 있었던 셈이었다.

내가 「불멸의 표절」을 썼던 건 2006년이었다. 그때나 지금이나 나는, 인간이 언어를 발견한 이래 시(시적인 것)는 늘 존재해 왔다고 믿는다. 인간이 언어를 사용하는 한 시(시적인 것)는 늘 존속할 것이라 믿는다. 단지 시라는 양식이 달라지는 것일 뿐이니 기실 시(시적인 것)란 불멸하는 것이라고 믿는다. 또한 카피든 표절이든, 모방이든 허구든, 예술은 그것들로부터 탄생한다고 믿는다. 삶도 마찬가지다. 시가 불멸하는 존재이고, 표절로부터 자유로울 수 없는 게 시의 조건이라면, 그래, 표절하자! 대신, 표절할 수 없는 걸 표절하자! 영원한 오리지널리티를 카피하고, 남들이 쉽사리 볼 수 없고 들을 수 없는 것들을 베껴 쓰자, 나의 '시적인 것'들을 표절하자! 이를테면 표절의 역설, 표절의 아이러니랄까? 그러니까 이 시는 등단 20년을 즈음하여 내 시에 대한 스스로의 물음이었던 셈이고, 내 시의 시적 갱신을 위한 출사표였던 셈이다.
□

채호기

1957년 대구 출생. 1988년 『창작과비평』으로 등단. 시집으로 『지독한 사랑』 『슬픈 게이』 『밤의 공중전화』 『수련』 『손가락이 뜨겁다』 등이 있다.

얼음

곤충 채집하듯 책의 숲속에서
날아다니는 글자 한 마리를 잡아
유리판 위에 올려놓는다. 아직
숨이 끊어지지 않아 파닥이는 날개를
붙잡아 뒤집어놓자, 한 꽃잎의 문장에서
버르적거리는 다리들 사이로
앞 글자 뒤 글자와 비슷한 보호색이었던
색깔이 천천히 그 빛을 잃는다.

꼼지락거리는 불쾌한 감촉을 누르며
메스로 글자의 얇은 꺼풀을 잘라낸다.
글자 안에 푸른 호수의 동결, 천년의
물 결정이 흰 피부 아래 푸른 불꽃을
숨기고 있다. 그 눈빛은 낭가파르바트 루팔 벽의
검은 돌 앞으로 바람이 지나가던 그때
그 허공의 거울에 제 얼굴을 비춰본
차가운 고독의 시선. 눈부신 눈 더미, 한낮의 별.

차갑게 식은 돌 아래 내부는 불타오른다.
글자 행성과 글자 행성 사이에 무중력의
영혼이 떠돈다. ***얼***
정신
영혼의 사면에 음악이 물든다.
층층의 ***음***에 새로운 루트를 개척하는 분홍 저녁 빛.
검은 창공에 얼어붙은 글자들의 은하.

혀끝에서 녹아 사라지는 물이 침묵의 희박한
높이로 휘발한다. 이명의 날카로운 철선이
꿰뚫는 침묵의 빙점.

얼을 잡아 속살을 메스로 펼치면 투명한 침묵이
반짝인다. 만질 수 없는 그것은 수심이 깊어
멍멍한 물질 구멍 속으로, 볼 수 없는
덩어리가 되어 한없이 가라앉는 느낌. 마침내
음에 닿으면 입술이 닫히고 모든 게 고정된다.
만년설 종이 위에 우뚝 선 침묵의 빙괴.

깊은 거울 중심에는 고독한 침묵이
숨 쉬는 숨소리를 숨소리가 듣는 자기

반영이 있다. 침묵의 속삭임을 속삭임이
듣고 고독이 고독을 바라보고
침묵이 침묵으로 되돌아온다.
한 면이 다른 면을 비추고 다른 면이
한 면에 비치는 사이에 거대한 신기루는
천천히 녹아내린다. 고독의 투명한 입체가
사라진다. 사라진 자리에 바짝 마른 정적이
햇빛에 눈부시게 탄다 탄다 탄다 탄다.

사라지는 물의 건축물,
전체가 유리창인 건물에 모든 게 비친다.
앞 글자의 투영으로 색깔이 변하고
뒤 글자의 발성이 고스란히 울린다.
말과 침묵이 버무려져 기화하는,
차가운 대기에서 투명하게 진동하는,
마침내 천천히 사라지는 글자를 담고 있는
다면체의 불룩한 눈이 바라본다.

-(『현대문학』, 2012년 6월호)

□ '얼음'을 만났을 때

청년 시절에 경험한 일이다. 도시 근교에 있는 그림 그리는 선배의 작업실에서 자고 일어났을 때였다. 작업실이라고 하지만 시골 농가에 딸린 조그마한 방이 전부였다. 초겨울이었는데, 그 어느 날보다 깨끗하고 화창한 아침이었다. 밤새워 작업한 선배가 자고 있는 모습을 뒤로하고 산책을 나갔다. 논두렁길로 걷다가 어느덧 조그마한 숲과 만나는 지점에 이르렀다. 숲 옆으로 잡풀더미에 숨어서 흐르고 있는 작은 도랑이 있었다. 물이 너무나 맑아서 바닥의 모래와 주황색 돌이 선명하게 보였는데, 손으로 만져보기 전에는 눈치 챌 수 없는 투명한 살얼음이 아주 가볍게 물을 덮고 있었다. 그 깨끗함과 순수함에 이끌려 나도 모르게 발길을 멈추고 물속을 들여다보고 있었는데, 갑자기 머릿속에 악상이 떠오르고 귓가에 매혹적인 선율이 들리는 듯했다. '아, 영감이란 이런 식으로 오는 것이구나' 하는 생각과 함께 그 소중한 악상을 잊어버리지 않기 위해, 하던 산책을 포기하고 입 안으로 그 선율을 계속 흥얼거리며 작업실로 급히 되돌아왔다. 그런데 선배가 내가 떠올린 악상을 들어보더니 싱긋 웃으며, "야, 임마, 그건 슈베르트의 <숭어>잖아"라고 말했다. 그 아침의 호들갑은 그렇게 끝났지만, 내게는 악상이 떠오르는 감흥을 진짜처럼 직접 느껴본 최초의 경험이었다. 그 경험은 시에서의 영감이 어떤 식으로 오는지를 알게 해주었다.

시에서의 영감도 막연한 어떤 느낌으로 오는 것이 아니라 어떤 단어나 구절, 문장으로 온다. 내가 여기 소개한 「얼음」이라는 시를 쓰기 시작했을 때 첫 출발은 두 개의 동사로부터였다. 그 '자르다'와 '들여다보다'라는 동사가 나를 찾아오게 된 것도 우연이라면 우연이었다. 바슐라르의 『대지 그리고 휴식의 몽상』을 천천히 게으르게(저자와 역자에게는 죄송한 말이지만, 나는 이 책을 지식을 얻기 위해 읽고 있었던 게 아니라 긴장을 풀고 휴식을 얻기 위해 들여다보고 있었다) 읽다가, 두이노 성의 여주인이었던 탁시스 후작 부인이 쓴 『라이너 마리아 릴케에 대한 추억들』에서 인용하고 있는 "그는 칼을 가지고 이 흙덩어리의 얇은 조각을 들어내야만 한다. 그것을 잘라내면서 그는 그것의 내부가 외부보다 더 끔찍하지 않을까 하고 자문한다. 그러다가 몹시 주저하면서 그가 방금 벗겨낸 안쪽 부분을 들여다보는데, 거기에 있는 것은 그 모습과 색이 사랑스럽기 그지없는, 날개들을 펼치고 있는 한 마리의 나비의 표면, 어떤 살아 있는 보석 세공품의 경이로운 표면이다"라는 부분에서, 갑자기 두 개의 동사가 나를 휘감았다. 엎드려 있던 내 상상을 일으켜 세우고 도화선에 불을 댕긴 것이었다. 나는 이 순간을 놓치지 않으려고 얼른 메모지에다 지금 1연의 모태가 된 문장들을 써두었다. 그러나 그 다음이 막혔고, 메모지에 그대로 방치한 채로 며칠이 흘렀다.

나는 문제가 무엇인지 분명히 알고 있었다. 수술대 위에 눕힐 단어를 찾는 것이었다. 그러나 그것은 영감의 형태로 오지는 않았다. 오히려

지적이고 수학적인 엄밀한 계산에 의해 골랐다고 하는 것이 정확할 것이다. 내게는 언어에 대해 내가 생각하고 있는 것을 마침맞게 상징할 수 있는 어떤 사물이 필요했다. 그것은 몸 그 자체이면서 몸의 연장으로서의 언어를 비유할 수 있는 것이어야 했다. 분명한 형태와 색깔 그리고 감각을 가지면서도 침묵에 가까운 것이어야 했다. 그 자체 말이면서 동시에 침묵인, 그 누구의 발화도 아니면서 언어인, 언어의 몸 그 자체인 것으로 나는 일찍이 돌(한국어의 어감상 돌은 돌멩이 같은 작은 돌을, 암벽 같은 큰 돌은 바위라고 부른다. 그러나 바위는 운율이 맞지 않는 것 같아, 나는 큰 돌이든 작은 돌이든 모두 돌이라고 부르는 편이다)을 생각해왔었다. 돌같이 영원히 지속할 것 같으면서도 한순간 사라질 수 있는 것, 영혼처럼 휘발하는 것이면서 동시에 또한 신체인 것, 투명하여 없는 것 같으면서도 타자를 비추고 자신까지도 비춰내는 언어 같은 것 등을 추적하다가 마침내 '얼음'을 찾아냈다. '얼음'은 이런 형이상학적인 속성의 정글 속에서 나를 이끌어 거대한 빙괴로 안내했다. 그 거대한 빙괴에 이르기까지 나의 상상력을 추동시킨 에너지는 내가 그토록 가보고 싶었던, 내겐 꿈으로 살아 있는 네팔과 파키스탄, 인도, 중국 네 나라에 걸쳐 우뚝한 히말라야 산맥을 이루고 있는 거대한 산들이었다. 그중에서도 유독 낭가파르바트로 나를 이끈 것은 두 개의 기억이었다. 하나는 김연수의 소설집 『나는 유령작가입니다』에 실린 중편소설 「다시 한 달을 가서 설산을 넘으면」에 대한 독서 기억이었고, 나머지 하나는 라인홀트 메스너의 낭가파르바트 등정 기록인 『검은 고독 흰 고독』에 대한 독서 기억이었다. 꽤 오래된 기억이라 한순간 그 책들을 다시 찾아보고 싶은 충동을 느꼈지만 애써 참았다. 그것으로 충분했다. 더 이상의 구체성은 내가 그곳에 가보지 않은 이상 내 것이 아닐 뿐만 아니라, 빙산 즉 얼음의 언어는 온전히 내 상상으로 채색하여 물질화시키고 싶었다.

그리하여 한 편의 시가 완성되었다. 이 시를 계기로 나는 이 '얼음'이라는 물질을, 이 '얼음'이라는 단어를 한동안 떠나지 못하고 배회할 운명에 빠지고 말았다는 것을 새삼스레 깨닫는다. 그리고 열심히 얼음의 눈으로 내 몸과 접촉하고 있는 얼음, 그 몸과 영혼을 차갑게 꼬나보고 있는 중이다. □

함민복

1962년 충북 중원 출생. 1988년 『세계의문학』으로 등단. 시집으로 『우울氏의 一日』 『자본주의의 약속』 『모든 경계에는 꽃이 핀다』 『말랑말랑한 힘』 『꽃봇대』 등이 있다.

밴댕이

팥알만 한 속으로도
바다를 이해하고 사셨으니

자, 인사드려야지

이 분이
우리 선생님이셔!

-(『꽃봇대』, 2011)

□ 귀 기울이면 다 큰 말씀

석모도 보문사 가는 길에 민예총 강화지부에서 전화가 왔다. '밴댕이축제'를 하는데 시화전에 쓸 시를 한편 보내달라는 전화였다. 그렇지 않아도 지금 외포리 선착장에서 석모도 가는 배를 기다리며 밴댕이 젓갈을 구경하고 있는데, 밴댕이도 양반되기는 다 틀렸다고 농담을 하며 전화를 받았다. 머릿속에 밴댕이에 대해 쓴 짧은 시 한편이 떠올랐다.

몇 년 전에 쓴 위의 시는 출판사에서 있었던 한 선배와 후배의 대화에 많이 영향을 받았다.

'그래요, 난 밴댕이 소갈딱지에요.'

나이가 나보다 많이 든 여자선배가 화가 나 토라졌다. 그러자 남자 후배가 바로 답했다.

'역시 선배님은 선배님이십니다.'

'뭐가요?'

'저는 오늘 아침에도 어머니한테 소갈머리 없는 놈이라고 혼났는데, 선배님은 밴댕이 속만 한 속이라도 갖고 있으니 역시 선배님이십니다.'

후배 말에 웃음을 터뜨리던 선배 모습이 떠올라 실없이 혼자 웃었다. 죽으면 붉던 밴댕이 눈동자가 잘 삭아 유리병 속에서 희고 검다.

차와 승객을 다 싣고 배가 머리를 돌렸다. 갈매기 떼가 배 꽁무니에 따라붙었다. 젊은 연인들이 준비한 새우깡을 뿌려주자 갈매기가 곤두박질치며 낚아챘다. 새우깡에 길든 갈매기와 길들이고 있는 연인들을 씁쓸한 마음으로 쳐다보다 시선이 멎었다. 연인들 반대편에서 배낭을 멘 할머니 한 분이 새우깡을 던져주고 주름이 쪼글쪼글한 손을 모아 갈매기들에게 합장을 했다. 기력이 쇠해 새우깡을 멀리 던지지 못하는 할머니가 서 있는 뱃전으로 갈매기들이 모여들어 공중 날갯짓을 했다. 할머니에겐 갈매기들도 부처로 보였나보다.

보문사 눈썹바위 마애불 보러가는 사백여 계단은 가팔랐다. 동해 낙산사 홍연암, 남해 보리암과 더불어 우리나라 삼대 관음도량이라는 명성에 걸맞게 보문사는 평일인데도 신도들과 관광객들로 붐볐다. 거대한 바위산에 눈썹처럼 생긴 바위가 거짓말처럼 융기되어 있고 그 밑에 영험해 보이는 부처님이 계셨다. 공양미를 탁발하러왔는가 산비둘기 몇 마리가 부처님 머리 위에 앉아 봄을 울고 있었다. 향내음에 젖은 비둘기 울음소리를 듣다가 문득 머리를 스치는 깨달음에 눈을 감았다.

눈썹바위 밑은 눈동자바위일 것이다. 눈동자바위에 부처님을 조상해 놓은 뜻을 알 듯 싶어졌다. 눈부처가 아닐까. 상대방 눈동자에 상이 매친 내 모습이란 뜻의 눈부처. 내가 바라다보는 눈동자바위에 내가 아닌 부처님이 보이게 해 놓았다니! 사람이 바라다보아도 부처님 형상으로 상이 맺히는 눈동자바위는, 부처님을 바라다보고 있는 일체 중생이, 허공을 지나는 새 울음소리가, 옅은 초록 잎 토하는 잡목들이다 부처로 비친다는, 부처라는 깊은 뜻이 아닐까.

밴댕이 소갈딱지만 한 속으로, 소갈딱지 없는 속으로 세상을 살아가는 우리 모두가 부처라는 말없는 커다란 말씀에 고개가 절로 숙여졌다. □

김기택

1957년 안양 출생. 1989년 <한국일보> 신춘문예로 등단. 시집으로 『태아의 잠』 『바늘구멍 속의 폭풍』 『사무원』 『소』 『껌』 『갈라진다 갈라진다』 등이 있다.

꼽추

지하도
그 낮게 구부러진 어둠에 눌려
그 노인은 언제나 보이지 않았다.
출근길
매일 그 자리 그 사람이지만
만나는 건 늘
빈 손바닥 하나, 동전 몇 개뿐이었다.
가끔 등뼈 아래 숨어사는 작은 얼굴 하나
시멘트를 응고시키는 힘이 누르고 있는 흰 얼굴 하나
그것마저도 안 보이는 날이 더 많았다.

하루는 무덥고 시끄러운 정오의 길바닥에서
그 노인이 조용히 잠든 것을 보았다.
등에 커다란 알을 하나 품고
그 알 속으로 들어가
태아처럼 웅크리고 자고 있었다.
곧 껍질을 깨고 무엇이 나올 것 같아

철근 같은 등뼈가 부서지도록 기지개를 하면서
그것이 곧 일어날 것 같아
그 알이 유난히 크고 위태로워 보였다.
거대한 도시의 소음보다 더 우렁찬
숨소리 나직하게 들려오고
웅크려 알을 품고 있는 어둠 위로
종일 빛이 내리고 있었다.

다음날부터 노인은 보이지 않았다.

—(『태아의 잠』, 1991)

□ 내면의 자화상

무엇을 내 대표시라고 해야 할지 몰라 등단작을 골랐다. 등단하던 해 나는 서른세 살의 회사원이었다. 12월 하순, 외출하고 사무실로 들어오니 신문사에서 전화가 왔었다는 쪽지가 책상에 놓여 있었다. 회사 업무와 관련 있는 전화이겠거니 생각했다가 곧 신춘문예에 시를 투고했었다는 게 생각났다. 몸에 1.5볼트의 전압이 흘렀다. 투고는 했지만 최종후보작으로 거론된 전례가 없었기에 곧 잊어버렸던 것이다. 매년 12월이면 신문마다 신춘문예 사고가 나오니까, 그걸 보면 야릇한 흥분이 생기니까, 그냥 넘어가면 괜히 손해 보는 것 같으니까, 떨어져도 본전이니까, 예전에도 그랬듯이 초고 몇 편을 서둘러 정리해서 보내긴 했지만 설마 당선되기야 하겠느냐고 곧 잊었던 것이다.

그때 나는 별 희망도 없이 밥벌이를 하고 있었고, 안양의 아마추어 시 동인들과 모여 시 습작을 하긴 했지만, 십 년 습작에 등단은커녕 심사평에 이름자 한번 거론된 적이 없어서 시 쓰기도 이미 시들해져 있었다. 그러니 신춘문예가 장원급제라도 되는 양 흥분했을 것이다. 당시에 그것은 안양에서는 사건이어서, 친구들이 거리에 현수막까지 걸어주었다. 한 텔레비전 프로그램에서 하던 신춘문예 당선자 대담에서는 '복권에 당첨된 기분'이라고 말했다. 그러나 그 기분은 문예지에서 시 청탁이 오자 눈 밝은 전문가들 앞에서 제대로 된 시를 보여줘야 한다는 스트레스로 바뀌었다.

이제 이 시를 무덤덤하게 들여다보면 꼽추 노인과 다를 바 없는 내 자화상이 보인다. 젊은 나이에 이미 나는 노인처럼 삶에 기댈 것이 아무것도 없었다. 꼽추는 아니었지만, 내 작은 몸은 기형적인 열등감과 미래에 대한 불안감과 아무런 대책이 없는 무능력으로 거의 불구와 다를 바가 없었다. 내가 시에 관심을 갖게 된 것은 내 비쩍 마르고 추한 몰골과 소심하고 우유부단한 성격, 한 번도 반항과 일탈을 저지르지 못한 삶에 대한 증오에서였다. 꼽추는 이 모든 것을 합친 내 모습과 유사하다.

이 시에는 꼽추에 대한 증오가 한껏 드러나 있다. 습작 초기에, 시가 되건 말건 나에 대한 증오를 과격하고 직설적인 말로 배설하듯 쏟아내고 후련해 하던 습관이 행간에 조금 보인다. 고등학교를 졸업한 후, 나는 먹고 사는 일에 대한 대책이 전혀 없다는 것을 알았다. 게다가 내 성격은 내성적인 것을 넘어서 거의 폐쇄적이었다. 그런 성격과 형편에 시는 매력적인 것이었다. 겉으로 대놓고 드러낼 수 없고 행동으로 옮길 수 없는 것을 시에서는 마음껏 할 수 있었으니까. 상상이라는 핑계로 마음속에 있는 말들을 막 쏟아내기만 하면 시가 다 받아주었으니까. 행갈이는 했지만 시라고 할 수 없는 그것은 배설하는 맛에 제법 재미가 있긴 하였다.

그래도 내 안에서 소리치는 것을 맘껏 받아줄 수 있는 도구가, 종이와 연필만 있으면 남에게 해를 끼치지 않고 괴성을 지를 수 있는 편리한 도구가 있다는 것만으로도 내게는 큰 위안이 되었다. 이 시에는 그 고약한 버릇이 거지에다 불구이고 삶의 벼랑 끝에 와 있는 노인을 사람이 아니라 '빈 손바닥'과 '작은 얼굴'과 '등뼈'로 내몰고 있다. 다행히도 알 이미지가 그 증오를 순화시켜 주고 있다. 둥근 것, 언제 깨질지 모르는 나약하고 위태로운 것, 아직 세상에 태어나지 않은 것이 불구에 틈입한다. 어두운 불구 위로 햇빛을 퍼붓는다. 불구를 발효시킨다. 알은 두근거린다. 부풀어 오른다. 곧 터질 것 같다. 그러나 터지지는 않는다. 터지지는 않았지만, 말들은 오랜 제 버릇대로 과격해지려 하고 괴성을 지르려 한다.

당선작에는 「꼽추」와 함께 「가뭄」이 올려졌다.

울음은 뜨거워지기만 할 뿐
눈물이 되어 나올 줄을 모른다
힘차게 목젖을 밀어 올리지만
아직도 가슴 속에서만 타고 있다
매운 혀 붉은 입을 감추고
더 뜨거워질 때까지 더 뜨거워질 때까지

나의 습작은 안에서 내지르는 소리를 배설하는 재미에 너무 오랫동안 빠져 있었다. 내 시는 그 강력한 욕구의 유혹을 뿌리치기 어려웠다. 「가뭄」은 그 유혹에 시달리면서 아슬아슬하게 그것을 비껴가고 있는 것 같다. □

나희덕

1966년 충남 논산 출생. 1989년 <중앙일보> 신춘문예로 등단. 시집으로 『뿌리에게』『그 말이 잎을 물들였다』『그곳이 멀지 않다』『어두워진다는 것』『사라진 손바닥』『야생사과』 등이 있다.

뿌리로부터

한때 나는 뿌리의 신도였지만
이제는 뿌리보다 줄기를 믿는 편이다

줄기보다는 가지를,
가지보다는 가지에 매달린 잎을,
잎보다는 하염없이 지는 꽃잎을 믿는 편이다

희박해진다는 것
언제라도 흩날릴 준비가 되어 있다는 것

뿌리로부터 멀어질수록
가지 끝의 이파리가 위태롭게 파닥이고
당신에게로 가는 길이 조금씩 보이기 시작한다

당신은 뿌리로부터 달아나는 데 얼마나 걸렸는지?

뿌리로부터 달아나려는 정신의 행방을

정확히 알 수는 없지만
허공의 손을 잡고 어딘가를 향해 가고 있다

뿌리 대신 뿔이라는 말은 어떤가

가늘고 뾰족해지는 감각의 촉수를 밀어 올리면
감히 바람을 찢을 수 있을 것 같은데
무소의 뿔처럼 가벼워질 수 있을 것 같은데

우리는 뿌리로부터 온 존재들,
그러나 뿌리로부터 부단히 도망치는 발걸음들

오늘의 일용할 잎과 꽃이
천천히 시들고 마침내 입을 다무는 시간

한때 나는 뿌리의 신도였지만
이미 허공에서 길을 잃어버린 지 오래된 사람

―(『문예중앙』, 2011 겨울)

□ 「뿌리에게」와 「뿌리로부터」

어떤 독자의 블로그에서 나를 "식물에 집착하는 시인"이라고 표현한 것을 읽었다. 아마도 나의 등단작이 「뿌리에게」라는 시였고, 그 후에도 줄곧 수많은 나무나 식물을 시의 소재로 삼아왔기 때문일 것이다. 나 자신도 한 산문에서 "나무를 분신이나 식솔처럼 여겨온 나에게 수목은 상상력의 주요 원천이자 삶의 이치를 발견하게 해주는 매개체"라고 쓰기도 했다.

그 이유는 우선 풀과 나무에 대한 관심이 많은 반면 동물이나 동물성의 세계를 생래적으로 싫어하는(두려워하는) 기질에서 찾을 수 있을 것이다. 그런 기질은 시를 쓸 때도 역동적이고 발산적이기보다는 정적이고 수렴적인 경향으로 기울게 했다. 또한 어릴 때부터 몸에 밴 종교적인 성향은 나무의 수직적 구조에서 정신의 닮은꼴을 찾아내곤 했다. 지상에 뿌리박고 있으면서도 허공을 향해 끊임없이 자신의 몸을 밀어 올리는 나무가 구도자에 비유되곤 하는 것도 그래서일 것이다. 이렇게 보면 내 시의 뿌리가 '뿌리'에서 시작되었다는 것은 우연이 아니다.

하지만 모든 시작은 고유한 필연성을 지니되, 그에 대한 부정과 모반의 출발점이기도 하다. 특히 시인에게 등단작이란 자신이 걸어온 길을 압축해서 보여주는 동시에 앞으로 새롭게 걸어갈 길에 대한 숙제를 담고 있는 그릇이라고 여겨진다. 그동안 내가 시를 써온 행로를 생각해보아도 거칠게나마 '뿌리로부터 멀어지기 위한 싸움'으로 요약할 수 있을 듯하다. 그러한 과정을 비교적 명료하게 드러내고 있는 시가 「뿌리로부터」라고 할 수 있다. 아마도 끝내 쓰이지 않을 나의 대표작 대신 이 시를 내놓은 것도 내가 첫 발걸음으로부터 얼마나 멀리 도망쳐 왔는지를 스스로 돌아보기 위해서다.

「뿌리에게」가 스무 살에 쓴 시이고 「뿌리로부터」가 마흔여섯 살에 쓴 시이니, 두 뿌리 시편 사이에는 이십육 년이라는 시간이 가로놓여 있다. 「뿌리에게」가 뿌리와의 합일을 꿈꾸면서 대지적 사랑과 헌신을 보여준다면, 「뿌리로부터」는 뿌리로부터 부단히 달아나면서 덧없는 허공에 자신을 맡긴다. '-에게'와 '-로부터'라는 조사 역시 정신의 구심적 지향과 원심적 지향을 각각 대변하고 있다.

또한 「뿌리에게」의 화자가 사랑에 대한 매혹과 두려움을 동시에 느끼고 있다면, 「뿌리로부터」의 화자는 사랑에 대한 회의와 불안을 동시에 느끼고 있다. 그런가 하면 「뿌리에게」를 지탱하던 종교적 신념은 「뿌리로부터」에 이르러 감각적 움직임에 기대고 있다. 이제는 얼마나 굳건한 뿌리를 내리느냐보다 얼마나 가늘고 뾰족한 촉수를 밀어 올리느냐가 중요하다. 그러기 위해서는 길을 잃어버린 자가 되어야 하고, 바람을 찢으며 온몸으로 흩날리는 존재가 되어야 한다. 그것은 결국 '희박함'과 '위태로움'에 나를 던지는 투신을 의미한다.

이 글을 쓰면서 뒤늦게 발견한 것은, 「뿌리에게」가 주로 과거형 동사를 쓰고 「뿌리로부터」가 현재형, 현재진행형, 미래형 동사를 주로 쓰고 있다는 점이다. 따라서 「뿌리로부터」의 도입부인 "한때 나는 뿌리의 신도였지만 / 이제는 뿌리보다 줄기를 믿는 편이다"는 스스로에 대한 선언이자 주문인 셈이다. 이십육 년 동안 부단히 도망친다고 해도 몇 걸음도 제대로 벗어나지 못한 자신을 좀 더 내몰기 위해 이 시를 썼는지 모르겠다. 언젠가 대표작이라고 할 만한 시가 쓰인다면, 그것은 「뿌리에게」에서 가장 먼 자리에서일 것이다. 「뿌리로부터」에 아직 남아 있는, 뿌리를 벗어나야겠다는 강박관념마저 벗어던진 그 어디쯤에서. □

이윤학

1965년 충남 홍성 출생. 1990년 <한국일보> 신춘문예로 등단. 시집으로 『먼지의 집』 『붉은 열매를 가진 적이 있다』 『나를 위해 울어주는 버드나무』 『아픈 곳에 자꾸 손이 간다』 『꽃 막대기와 꽃뱀과 소녀와』 『그림자를 마신다』 『너는 어디에도 없고 언제나 있다』 『나를 울렸다』 등이 있다.

제비집

제비가 떠난 다음날 시누대나무 빗자루를 들고
제비집을 헐었다. 흙가루와 함께 알 수 없는
제비가 품다간 만큼의 먼지와 비듬,
보드랍게 가슴털이 떨어진다. 제비는 어쩌면
떠나기 전에 집을 확인할지도 모른다.
마음이 약한 제비는 상처를 생각하겠지.
전깃줄에 떼 지어 앉아 다수결을 정한 다음날
버리는 것이 빼앗기는 것보다 어려운 줄 아는
제비 떼가, 하늘 높이 까맣게 날아간다.

―(『먼지의 집』, 1992)

□ 수원아이

"손해야, 손해야, 손해야, 어디 있는 거냐!"
할머니가 마당에 나와 목청껏 며느리를 부르는 소리였다. 할머니의 며느리는 고향이 수원 어디라고 하였다. 할머니의 사투리 발음은 '수원애'라고 부른다는 것이 번번이 '손해야'가 되었다. 아주머니를 볼 때마다 나는 손해를 보는 사람을 떠올렸다. 손해 보고 사는 사람. 손해를 감수는 사람. 손해 볼 것이 확실한 사람. 손해 본 것이 억울해 뒤꼍에 나가 울먹이는 사람. 가끔 집을 뛰쳐나가는 사람. 아주머니는 수원아이가 되기 위해 더 이상 손해 보지 않기 위해 친정집으로 도망가는 사람이었다.

할머니는 며느리가 집을 나갈 때마다 "주지랄 년, 주지랄 년"이라고 중얼거렸다. 자신이 밥하고 빨래하고 농사일을 할 때, "주지랄 년"을 달고 살았다.

아주머니가 집을 나가면 어색하게 양복을 차려입은 아저씨가 아줌마를 찾으러 나갔다. 다음날 저녁 무렵에 아주머니를 앞세우고 돌아오는 아저씨를 보았다. 기껏해야 삼사일 손해 보지 않고 산 아주머니가 돌아왔다. 얼굴이 퉁퉁 분 아주머니는 보따리로 얼굴을 가렸다.

그날 밤에는 어김없이 고깃국 끓는 냄새가 동네에 퍼졌다. 그 집

뒤꼍 감잎에 맺힌 이슬이 떨어지는 소리가 반복해서 들렸다. 소곤거리는 목소리가 담장을 넘어왔다.

그 집 뒤꼍에는 단감나무 한 그루가 있었다. 땡감일 때 먹어도 떫지 않은 감이 열리는 나무였다. 단감나무 곁으로 다가갈 때마다 아줌마가 떠올랐다. 언제나 손해를 보고 사는 아주머니의 흐느낌이 들렸다. 견디다 못 견디겠으면 잠시 집을 나가는 아주머니였다. 회유와 협박에 못 이겨 다시 손해 보는 자리로 돌아오는 아주머니였다. 내가 멀리서 고개를 숙여 인사하면 약간 뒤틀린 입으로 웃어주던 아주머니였다. 파랗게 멍을 달고 사는 아주머니였다.

내게는 아주머니 얼굴을 오래 볼 수 있는 용기가 없었다. 힐끔 쳐다보고 외면해버린 아주머니 얼굴에서 언뜻 지나가는 웃음을 보았다. 나는 언젠가는 아주머니에게서 '수원아이' 시절의 이야기를 듣고만 싶었다. 그러나 나는 아주머니에게 "안녕하세요?"란 인사밖에 할 수 없었다. 아주머니에게 무언가를 원한다는 건 아주머니에게 손해를 끼치는 거나 다름없어 보였다.

언젠가 아주머니가 걸어가는 뒷모습을 본 적이 있었다. 오른쪽 다리를 절면서 걸어가는 아주머니 뒷모습이었다. 헐렁한 엉덩이 부분에 부기처럼 엉겨있는 황톳물, 수건을 똬리 틀어 깐 머리에 인 고무다라에서 고구마 순이 비죽비죽 올라와 있었다.

그 집 사람들이 일을 나간 사이, 나는 그 집 주위를 어슬렁거렸다. 그 집 변소는 나의 도서관이었다. 예전에는 제법 떵떵거리며 살던 집안이어서 할머니가 낳은 자식들은 공부를 많이 했다. 그 집 변소의 박스에는 항상 책이 담겨있었다. 나는 그 집 변소에 들어가서 책을 빌리곤 했었다. 책장이 휴지로 뜯겨나가기 전에 책을 빌리곤 했었다. 빌린 책을 반납하고 새로 읽을 책을 골라 가슴에 품었다. 그곳은 지독한 냄새의 소굴이어서 그곳에서는 숨을 참아야 했다. 나는 언제나 빌린 책을 빠짐없이 기한 내에 반납하는 우수이용객이었다.

나는 그 집 다락방에 무슨 책이 얼마나 더 있는지 궁금했다. 책장이 누렇게 탈색된 세로쓰기 소설책들은 학교 도서관에는 없는 것들이었다. 구더기가 기어 나오고 혹독한 냄새가 송곳으로 코를 쑤셔대는 그 집 변소를 찾아갈 때마다 나는 아주머니의 얼굴에서 스쳐지나가는 속웃음을 느꼈다. 아주머니는 내게 아득한 물음표였다. 내게 아무것도 묻지 않는 물음표였다.

어느 날, 내가 호두나무에 올라가 책을 읽고 있을 때였다. 아주머니가 책 몇 권을 꺼내와 마당에서 책 먼지를 털어내는 광경을 볼 수 있었다. 아주머니는 먼지를 털어낸 책을 들고 오른쪽 다리를 절면서 변소로 향하고 있었다.

그 집 다락방에 있는 책들을 변소로 옮겨놓는 건 아주머니였다. 내가 만나보지 못한, 아니 영원히 만날 수 없는 '수원아이'의 짓이었다. □

이진명

1955년 서울 출생. 1990년 『작가세계』로 등단. 시집으로 『밤에 용서라는 말을 들었다』 『집에 돌아갈 날짜를 세어보다』 『단 한 사람』 『세워진 사람』 등이 있다.

그렇게 사탕을 먹으며

더 이상 삶의 그림을 그릴 수 없을 때
단순화시키고 시키고 시켜서
거의 백지와 다름없다 생각했을 때
오 아주 백지구나 하는 찰나에
온몸을 궁글리며 나는 탄식했다
사탕이 먹고 싶다
귀, 향, 하, 고, 싶, 다

참말 거짓말같이
몇 알의 사탕 살 돈도 없는 지 오래고
안에서는 시간만이 진행하는 때
밖의 넘쳐흐르는 햇살 한 자락 끌어
주머니 적시고 싶지도
얻어 바르고 싶지도 않고
드디어 투명하게 비춰 보이기 시작한
열 손가락의 뼈들
미친다 열 개의 집게이듯

쇠갈고리이듯

……

집게가 쇠갈고리가 덩그라니 떨어지고
창문 너머 지는 햇살이 아양 떨 듯
슬그머니 무릎 위에 와 앉는다
무릎 위에 와 앉은 햇살이 가냘피 가리키는 곳
연필꽂이통
그 속에는 동전 몇 닢이 먼지에 말려

……

사탕에는 색깔이 많다
단물도 단물이지만 빨간색 초록색 노란색 파랑

너 삶이라는 것
너 백지의 큰 입에
빨간색 사탕을 넣어 주련
초록색 사탕을 넣어 주련

귀향의 짧은 부딪는 소리 동그란
더없는 단순함이여
동전소리를 흘리는 세 살 적의 일요일이여

부스러지는 백지의 딱딱한 부스러지는

빨간

거짓말이여

-(『밤에 용서라는 말을 들었다』, 1992)

□ 첫 시집 제목으로 하고 싶었던 시였지만……

이 시는 첫 시집에 실린 시인데, 난 첫 시집의 제목을 이 시의 제목을 따와 하고 싶었다. 그때 그동안의 내 시들을 보아오고 계신 분이었던 모교의 오규원 선생님께 시집 제목을 정하려고 하는데 무엇으로 하면 좋을지 여쭤보았다. 여러 가지 뽑아진 제목들 중에서 망설이지 않고 이것으로 하라고 하셔서 속알몸을 들킨 것 같아 적이 놀랐다. 얼굴이 달아오르며 부끄럽기 그지없었다. 존재의 어떤 심부가 건드려져 간지러워지기 시작했고 계속 간지러워서 조금 조금씩 웃음을 흘릴 수밖에 없었다. 그때 나는 나를 소리 없이 웃었고, 그 웃음으로 나를 녹였다. 그때 내 나이 서른여덟. 서른여덟 살짜리 골드처녀는 엿새 일하고 하루 쉬는 일요일의 우주 운동장의 한복판에 쪼그려 들어앉아 한 알의 사탕을 빠는 것이다. 동그란 한 알의 사탕은 광막 허허한 대우주의 최축소 형상일 것도 같은데. 허허 광막한 우주는 애들 같은 항연놀이를 좋아하는지 저를 열 몇 개고 축소복제해 색색으로 물들여 투명하고 달콤하게 감미해 사탕이라는 이름으로 내 손바닥에 올라앉았다. 거대한 백열의 운동장에서 홀로 쪼그려 입속에 굴리며 내가 빤 것은 정말 사탕이었을까. 또 입속에서 부스러뜨린 것은 무엇이었을까. 사탕으로 형상된 알 수 없는 목숨의 맛 없는 맛, 무화無化,

영원 같은 거 아니었을까. 지금 요딴 식으로 쓰고 있는 것은 아무래도 좀 멋 부리는 일. 그거 그저 그렇고 그런 일. 현실 삶의 정지는 종종 내적 존재의 확장을 이끌어 그 진의를 드러내 주는가고 이제 와 헤아려 볼 뿐. 허나 그 진의라는 게 있긴 있는지, 또 참인지, 알 수 없으니 알 수 없어서 알 수 없는 시를 쓰는 우리들이 아닐 것인가.

출판사에다 시집 제목을 '그렇게 사탕을 먹으며'라고 하고 싶다고 말했더니 다들 웃었다. 한 어른은 애들도 아니고 사탕은 무슨…… 그래서 또 다들 웃고. 서른여덟이나 먹어갖고서 사탕 어쩌고 하는 스스로가 유치찬란 부끄러워 발음을 좀 우물거려야 했다. 이 시의 제목을 생각하노라면 너무나도 사적이어서 오직 나다워서 홀로 간직한 간지러움을 즐긴다. 이 즐거움 함부로 내놓지 말고 구슬처럼 숨겨놓아야 하리. 떡갈나무 잎으로 숲속의 샘물을 아무도 모르라고 몰래 덮어놓고 내려온다는 노래처럼 그 사탕을 결국 숨기게 됐다. 책제목으로 표면에 올리지 않았으니 그 사탕은 나 혼자만 온전히 떠 마시고 내려오는 숲속의 아무도 모르는 샘물이 됐다. 편집부 열 명쯤의 의견을 수렴한 결과 사탕 쪽은 나 한 사람. 시집 제목은 『밤에 용서라는 말을 들었다』로 정해졌다. 나는 출판사 일을 했으므로 그 안 사정에서 책에도 운명이 있다라는 말을 자주 들었다. 다수결로도 그렇고 하나도 고집할 일이 아님을 바로 받아들였다.

「그렇게 사탕을 먹으며」처럼 그렇게 시를 먹으며 홀로 한세상 가도 좋았을 꿈은 꿈이어서 일어나지 않았다. 사탕도 시도 빨아먹지 못하고 너무 맥 놓고 있었다 싶은데 한세상의 후반 나이에 도착해 있다. 그 옛날의 사탕 맛도 색깔도 흐릿하다. 부딪는 투명한 소리도 사라졌다. 나는 옛사람을 모르겠고 옛사람은 나를 모를 것이다. 그렇게 사탕을 먹거나 그렇게 시를 먹거나 하는 따위의 진짜 배불러오지 않는 헛얘기는 그만 끝내고 빨리 밥 먹으러 일어나야겠다. 배고프다. 이 글을 쓰는 지금 밥 때가 많이 지나가고 있다. □

이홍섭

1965년 강릉 출생. 1990년 『현대시세계』로 등단. 시집으로 『강릉, 프라하, 함흥』 『숨결』 『가도가도 서쪽인 당신』 『터미널』 등이 있다.

터미널

젊은 아버지는
어린 자식을 버스 앞에 세워놓고는 어디론가 사라지곤 했다
강원도하고도 벽지로 가는 버스는 하루 한 번뿐인데
아버지는 늘 버스가 시동을 걸 때쯤 나타나시곤 했다

늙으신 아버지를 모시고
서울대병원으로 검진 받으러 가는 길
버스 앞에 아버지를 세워놓고는
어디 가시지 말라고, 꼭 이 자리에 서 계시라고 당부한다

커피 한잔 마시고, 담배 한 대 피우고
벌써 버스에 오르셨겠지 하고 돌아왔는데
아버지는 그 자리에 꼭 서 계신다

어느새 이 짐승 같은 터미널에서
아버지가 가장 어리셨다

—(『터미널』, 2011)

□ 비껴갈 수 없는 그 자리

나는 어린 시절을 강원도의 여러 오지에서 보냈다. 아버지께서 초등학교 교사였기 때문이다. 아버지께서는 세속에는 무욕하셨던 것 같다. 그렇지 않고서야 어찌 그리 적적한 오지들만 전전하실 수 있었겠는가. 결국 아버지께서는 환갑이 지나셨는데도 도회지 변두리의 작은 학교에서 오학년 담임선생님으로 명퇴를 하셨다.

오지에서 도회지를 구경 나오는 때는 할머니를 뵈러 갈 때였다. 서른 초반에 청상과부가 되신 할머니께서는 강릉에 홀로 사셨다. 아버지는 할머니와 마주 하는 것을 좋아하지 않으셨지만, 자식들만은 자신의 어머니와 좋은 관계를 유지하기 바라셨던 것 같다.

할머니를 뵈러 가거나 뵙고 돌아올 때 반드시 거쳐야 하는 곳이 바로 강릉터미널이었다. 지금은 새 터미널이 생겨서 '구 터미널'이라 불리는 옛 강릉터미널은 늘 오가는 사람들로 북적였다. 강원도의 여러 오지들은 영동지역의 중심지인 강릉터미널과 실핏줄처럼 연결되어 있었다.

젊은 아버지는 오랜만에 도회지에 나왔다가 컴컴한 오지로 다시 돌아가야 하는 길이 멀게만 느껴지셨는지 자꾸만 시계를 들여다보시곤 했다. 종종 버스 앞에 나를 세워두고는 어디론가 사라지시곤 했는데,

그때마다 어린 나는 아버지가 돌아오시기 전에 버스가 먼저 출발할까봐 마음 조이곤 했다.

아마도 그때 젊은 아버지는 터미널 근처의 다방에 다녀오셨을 것이다. 다시 돌아가야 하는 오지에는 다방도, 커피도, 젊은 레지도 없었기 때문이다. 자주 아프셨고, 세상사에 쑥맥이셨던 아버지가 다방의 레지와 노닥거리기 위해 다방을 찾지는 않으셨을 것이다. 오지와 도회지 사이에 있는 터미널 근처에서 홀로 앉아있는 시간이 그냥 좋으셨을 것이다. 그곳이 꼭 다방이 아니라도 그러하셨을 것이다.

세월이 흘러 그때의 젊은 아버지만 한 나이가 되었을 때 어느덧 나 또한 그런 자리에 앉아 있었다. 슬프게도 이번에는 아버지와 나의 위치가 바뀌어 있었다. 늙으신 아버지는 버스가 떠나기 전에 어서 아들이 돌아오기를 마음 졸이며 기다리고 계셨다. 마치 버스 앞을 떠나면 길을 잃어버릴 듯이 두려움에 떠는 어린 아이가 되어 있었다.

불교에서는 인생의 고통을 여덟 가지 고통, 즉 팔고八苦로 정리한다. 팔고는 생로병사生老病死의 사고四苦에다 사랑하는 사람과 헤어져야 하는 괴로움인 애별리고愛別離苦, 미워하는 사람과 만나거나 함께 살아야 하는 괴로움인 원증회고怨憎會苦, 구하여도 얻지 못하는 괴로움인 구부득고求不得苦, 색色·수受·상想·행行·식識의 다섯 가지 요소가 너무 치성熾盛해서 생기는 괴로움인 오온성고五蘊盛苦 등 네 가지 고통을 더한 것이다.

이 삶의 팔고가 가장 극명하게 드러나는 곳이 터미널과 병원이다. 일상에서는 잊어버리고 있던 이 팔고가 터미널과 병원에 가면 숨길 수 없는 삶의 실상으로 드러난다. 이 팔고를 극복하고자 하는 것이

구도의 길이지만, 세속의 삶은 이 팔고의 회전판 위를 돌고 돈다.

시 「터미널」은 이러한 팔고의 일면을 그린 작품이다. 이 작품을 쓰고 난 뒤 나는 터미널에서 만나는 팔고의 맨얼굴에 빠져들어 아홉 편의 연작을 쓰게 되었다. 연작의 마지막 작품을 쓸 때는 시마詩魔가 찾아온 것이 아닌가 하는 두려움에 사로잡히기도 했다. 더 가면 금치산자가 될 것 같았다.

언젠가는 나도 터미널에서 늙으신 아버지와 같은 자리에 서 있을 것이다. 이 시는 비켜갈 수 없는 그 자리를 다시금 확인시켜준 작품이다. □

조용미

1962년 경북 고령 출생. 1990년 『한길문학』으로 등단. 시집으로 『불안은 영혼을 잠식한다』 『일만 마리 물고기가 山을 날아오르다』 『삼베옷을 입은 자화상』 『나의 별서에 핀 앵두나무는』 『기억의 행성』 등이 있다.

검은 담즙

가슴속에서 검은 담즙이 분비되는 때가 있다 이때 몸속에는 꼬불꼬불 가늘고 긴 여러 갈래의 물길이 생겨난다 나뭇잎의 잎맥 같은 그 길들이 모여 검은 내, 黑河를 이루었다

흑하의 물줄기는 벼랑에서 모여 폭포가 되어 가슴 깊은 곳을 가르며 옥양목 위에 떨어지는 먹물처럼 낙하한다

폭포는 검은 담즙으로 이루어져 있다

너의 죄는 비애를 길들이려 한 것이다 생의 단 한순간에도 길들여지지 않는 비애는 그을린 태양 아래 거칠고 긴 숨을 내쉬며 가만히 누워 있다

쓸갯물이 모여 생을 가르는 劍이 되기도 하다니 검은 폭포 아래에서 모든 것들은 부수어져 거품이 되어버린다 거품이 되어 날아가는 것들의 헛된 아름다움이 너를 구원할 수 있을까

비애는 길들여지지 않는다

너의 죄는 비애를 길들이려 한 것이니 幻이 끝나고 滅이 시작되는 지점에서 삶은 다시 시작되는 것을 검은 담즙이 모여 떨어지는 흑하는 아름답다 그 아름다움을 지상에서 가장 헛된 것이라 부르겠다

지상에서 가장 헛된, 그 아름다움의 이름은 絶滅이다

-(『나의 별서에 핀 앵두나무는』, 2007)

□ 고독과 침묵이라는 장소

고대 그리스 인들은 사람의 몸에 있는 네 가지 액체가 정신과 몸의 건강을 결정한다고 믿었다. 그들 믿음에 의하면 인간의 몸은 네 가지 체액에 상응하는 요소로 분류되는데 피, 점액, 검은 담즙, 노란 담즙이 이것이다. 피가 많으면 낙천가가 되어 명랑하고 점액이 많으면 느리며 냉담하고 검은 담즙이 많으면 우울하고 노란 담즙이 많으면 화를 잘 내는 성급한 성격과 연결된다. 그리고 이러한 네 가지 체액이 서로 균형을 잃으면 여러 가지 정신질환이 발생된다고 한다. 이 네 가지 요소들이 적절해야 조화로운 성격의 사람이 되는 것이다.

사람의 마음에서 생기는 모든 감정이 몸의 기관에 바로 영향을 미친다는 것, 정신이 육체를 지배하고 또 그 육체가 정신을 지배하는 몸의 구조. 몸은 단순한 그릇이 아니라 무의식과 의식이 함께 기거하는 커다란 신전이다. 몸은 육체이지만 또한 정신이다. 몸을 입고 이 세상에 나온 인간은 비애를 말하기보다 환희를 말해야 할지도 모르겠다.

*

저녁 어스름 녘의 김포 들판과 거기로 나 있는 수로를 따라 나는 얼마나 많이 헤매 다녔던가. 해가 질 무렵이면 타는 듯한 붉은 들로 구름이 가득 덮인 무거운 하늘을 이고 몽유병자처럼 들길을 쏘다녔다. 노을을 보기 위해서도, 날아다니는 철새들을 보기 위해서도, 익어가는 벼나 옥수수를 보기 위해서도 아니었다. 통증과 우울에 잠식당한 몸을 견뎌내어야 하는 하루가 너무 길었기 때문이라고 할까, 그도 아니면 어둠이 나를 끌어내어서라고 해야 할까.

텅 빈 들 한가운데 서서 홀로 사방을 두리번거리는 나는 부조리극의 무대에 서 있는 배우 같았다. 들길에서 나는 가끔 소리 내어 중얼거려보곤 했다. 내 가슴에 손을 얹어보곤 했다. 수크령과 며느리밑씻개와 달개비풀과 이삭여뀌가 내 말을 조용하게 들을 뿐이었다.

그곳은 유난히 안개가 많았다. 내가 기억하는 여름과 가을 사이의 거의 모든 새벽은 안개로 뒤덮여 있었고 불면에 시달리던 어느 해 가을은 밤잠을 설친 퀭한 눈으로, 안개로 한치 앞을 분간하기 어려운 이른 새벽의 들판으로 멍하니 자주 걸어 나가곤 했다. 집에서 내려다보면 아무것도 보이지 않고 전신주의 꼭대기 부분만 겨우 보이는 막막한 사막과도 같은 풍경이 펼쳐져 있었다. 그곳은 내게 습기가 많은 사막이었다.

어떤 저녁은 가늘게 떠 있는 초사흘 달이 나를 얼마나 몸서리치도록 고독하게 만들었던가. 초사흘 달 아래 논둑에서 만난 들고양이 두 마리는 또 어땠는가. 나는 논둑에 앉아 그들을 앞에 두고 혼잣말을 중얼거렸다. "초사흘 달처럼 고독한 삶, 겨울 들판을 나는 기러기처럼 고독한 삶, 치지 못하는 기타 줄처럼 고독한 삶……" 고개를 드니 서걱서걱 옥수숫대가 바람에 흔들리고 있었다. 어둠은 천천히 내 주위를 다 덮고도 남아 멀리까지 뭉클뭉클 번져나갔다. 지금도 그곳 근처를 지날 때면 가슴 한쪽에 묵지근한 통증을 느낀다. 이 시를 쓸 때 아주 많이, 오래도록 아팠고 심리적으로 위독했다. □

최정례

1955년 경기 화성 출생, 1990년 『현대시학』으로 등단. 시집으로 『내 귓속의 장대나무숲』 『햇빛 속에 호랑이』 『붉은 밭』 『레바논감정』 『캥거루는 캥거루고 나는 나인데』 등이 있다.

레바논 감정

수박은 가게에 쌓여서도 익지요
익다 못해 늙지요
검은 줄무늬에 갇혀
수박은
속은 타서 붉고 씨는 검고
말은 안 하지요 결국 못 하지요
그걸
레바논 감정이라 할까 봐요

나귀가 수박을 싣고 갔어요
방울을 절렁이며 타클라마칸 사막 오아시스
백양나무 가로수 사이로 거긴 아직도
나귀가 교통수단이지요
시장엔 은반지 금반지 세공사들이
무언가 되고 싶어 엎드려 있지요

될 수 없는 무엇이 되고 싶어

그들은 거기서 나는 여기서 죽지요
그들은 거기서 살았고 나는 여기서 살았지요
살았던가요, 나? 사막에서?
레바논에서?

폭탄 구멍 뚫린 집들을 배경으로
베일 쓴 여자들이 지나가지요
퀭한 눈을 번득이며 오락가락 갈매기처럼
그게 바로 나였는지도 모르지요

내가 쓴 편지가 갈가리 찢겨져
답장 대신 돌아왔을 때
꿈만 같아서
그때는 현실이 아니라고 우겼는데
그것도 레바논 감정이라 할까요?

세상의 모든 애인은 옛 애인이 되지요
옛 애인은 다 금의환향하고 옛 애인은 번쩍이는 차를 타고
옛 애인은 레바논으로 가 왕이 되지요
레바논으로 가 외국어로 떠들고 또 결혼을 하지요

옛 애인은 아빠가 되고 옛 애인은 씨익 웃지요

검은 입술에 하얀 이빨
옛 애인들은 왜 죽지 않는 걸까요
죽어도 왜 흐르지 않는 걸까요

사막 건너에서 바람처럼 불어오지요
잊을 만하면 바람은 구름을 불러 띄우지요
구름은 뜨고 구름은 흐르고 구름은 붉게 울지요
얼굴을 감싸 쥐고 징징거리다
눈을 흘기고 결국

오늘은 종일 비가 왔어요
그걸 레바논 감정이라 할까 봐요
그걸 레바논 구름이라 할까 봐요
떴다 내리는
그걸 레바논이라 합시다 그럽시다

—(『레바논 감정』, 2006)

□ 시 「레바논 감정」을 쓸 무렵

우연히 인터넷 상담 창에서 어떻게 하면 옛사랑을 잊느냐고 그 방법을 가르쳐 달라는 아주 진지한 청년의 고민을 본 적이 있다. 댓글에는 갖가지 조언들이 올라와 있었다. 다른 사람을 사귀어라, 땀 흘리며 운동을 해라, 목표를 정해 놓고 열심히 공부해라, 혼자 큰소리로 울어라, 등등의 댓글이 있었다. 슬며시 미소가 떠올랐다. 나도 그러한 시절이 있었다. 어쩌면 나의 청춘시절 전체가 놓쳐버린 사람을 향한 그리움과 그 그리움을 잊기 위한 싸움의 나날이었던 것 같다. 나도 애꿎은 친구를 불러놓고 마시지도 못하는 술잔 앞에서 운 적이 있었다. 공부를 하려고 애썼으나 집중할 수 없었고, 다른 사람을 사귀려고 노력했으나 소용은 없었다. 지금 생각하면 웃음이 나온다. 그 중에 하나, 내가 나를 다스리기 위한 방법으로 선택한 것은 스스로에게 최면을 거는 것이었다. 그의 더러운 양말을 빠는 것을 상상하고는 평생 동안 그 일을 하는 것은 지겨운 일일 거야, 잘 헤어졌지, 잘된 일이야 하면서 스스로를 위로하는 일이었다. 그 방법이 유효했는지 어쨌는지는 알지 못한다. 어쨌든 세월은 흘렀고 지금은 당시에 나를 괴롭혔던 그런 종류의 그리움은 사라지고 없다.

어느 해인가 신년하례식에서는 평소에 존경하던 스승님으로부터 인상적인 덕담을 듣게 되었다. 스승님께서는 사람이 나이가 든다는 것은 그리움을 잃게 되는 것이라 하셨다. 가슴속에 늘 그리움을 간직하고 사는 사람만이 젊은 사람이며 그것 없이는 의욕을 가지고 공부를 할 수도 없고, 창조적인 어떤 일도 할 수 없다는 말씀이었다. 사실 그리움은 한 시절 얼마나 나를 괴롭혔던 감정인가. 그러나 이 단어는 이제 유행가 가사처럼 감상적인 것이 되어버려서 가능한 피하고 싶은 것이었다. 그런데 스승님의 말씀 속에서 듣게 된 이 단어는 갑자기 신선하고 거대한 단어로 느껴지는 것이었다. 그래서 그해 초에는 갑자기 그 그리움이란 단어에게 엎드려 세배하는 기분이 되어버렸다.

정말 내게는 그리움이 사라져 버린 것인가 생각해 본다. 사라져 버렸다기보다는 변질되어 있었다. 한 사람을 향한 그리움은 여러 사람에 대한 그리움으로, 보다 본질적인 가치, 보다 근본적인 아름다움에 대한 그리움으로 변질되어 있는 것 같다. 그 청년에게 말해주고 싶다. 잊으려고 노력하지 말고 그냥 실컷 그리워해라. 시간이 허락하는 한 끝까지 그리워해라. 그러다보면 그 그리움을 통해 배운 사랑으로 더 큰 사랑을 하게 될 것이라고.

난 이런 창피한 글을 어느 잡지에 「그리움의 양말빨기」라는 제목으로 실은 적이 있다. 마치 내가 그런 쑥스러운 감정으로부터 완전히 해방되었다는 듯이. 그러나 그것은 거짓말이었던 것 같다. 「레바논 감정」이라는 시를 쓸 무렵 난 그 부끄러운 감정에 어떤 이름을 붙일까 전전긍긍하고 있었다.

어느 날 TV를 보고 있었다. 오래 전에 알고 있던 사람이 TV에 나타났다. 그 장면은 특별한 것은 아니었다. 단지 한 사람이 TV에 잠깐 얼굴을 비쳤고 나는 그것을 보았을 뿐이다. 오래전에 사라지지 않는 기억 속에 서있던 사람을 TV에서 본다는 것은 흔히 있는 일이기도 하고 아니기도 하다. 내가 그 얼굴과 이름을 확인하는 순간 나는 이상한 감정에 휩싸였다. 말로 설명할 수 없는 심정이었다. 내가 살아온 시간이 길게 꼬리를 끌면서 까만 하나의 점 속으로 회오리치며 빨려 들어가는 것 같았다. 그 순간 이후, 일이 손에 잡히지 않았다 밥을 먹을 수도 잠을 잘 수도 없었고 자꾸만 손가락이 가늘게 떨렸다. 무엇이든 해야 했는데 할 수가 없어서 우선 내 속의 감정을 달래보기로 했다. 내 눈에 들어오는 것들을 닥치는 대로 하나 하나 눈으로 쓰다듬기로 했다. 수박을 생각했고 수박의 줄무늬와 그 속의 까만 씨를 생각했다. 내 눈앞을 스쳐가는 나귀와 나귀의 눈썹과 시장거리의 사물들을 자세히 들여다보면서 내가 가진 감정들을 바라보기로 했다. 그리고 이 시에 놓인 단어들을 늘어놓게 되었다. 진정이 되었던가? 그랬던 것 같다. □

박형준

1966년 전북 정읍 출생. 1991년 <한국일보> 신춘문예로 등단. 시집으로 『나는 이제 소멸에 대해서 이야기하련다』 『빵냄새를 풍기는 거울』 『물속까지 잎사귀가 피어 있다』 『춤』 『생각날 때마다 울었다』 등이 있다.

시집

아버지 돌아가신 날
새 시집이 나왔다
평생 일구던 밭 내려다뵈는 무덤가
관 내려갈 때 던져주었다

관 위에 이는 바람
몇 페이지 후루룩 넘어가고
호롱불 심지 탁탁 튀는 소리
건너편 탱자나무 집
달빛에 낭창낭창 휘던 대나무 밭
대꽃 가슴팍에 안고 와서
무릎에 얹어놓고 살대를 깎던 아버지
벽에 그을린 그림자와 불꽃

신새벽 아버지 머리맡에 놓인
가오리연 한 채
툇마루에서 날리며 나는 울었다

대나무밭 위로 뜬 연
바람 잦아들어
달그늘 지는 새파란 잎 사이로 떨어지곤 하여

시집은 더 이상 넘겨지지 않았다
가만히 펼쳐진 채 묘혈처럼 깊었다
바람은 잦아든 지 오래라고
손으로 짚으며
그의 대꽃 같은 침묵을 읽어왔다고,

아버지의 손가락
드나들던, 채소밭
밭흙을 몇 줌 그 위로 뿌려주었다

-(『생각날 때마다 울었다』, 2011)

□ 채소 먹으러 하늘나라 가신 아버지

죽음에 대한 말 중 인상 깊게 남은 구절이 있다. 어느 북미 인디언족 사람들에게 내려오는 말이다. 그들은 하늘나라로 가는 길에는 딸기가 심어져 있다고 말한다. 이들이 죽음을 그렇게 상상하는 것은 주생업이 딸기를 키워 시장에 내다 팔며 살아가야 하는 환경 탓이다. 인디언들의 삶과 죽음, 그리고 인생의 모든 것은 서로 연결되어 있다는 사고방식을 엿볼 수 있는 대목이다.

아버지의 기일에 시골집을 청소하러 가면서 나는 고속버스 차창 밖을 바라보며 그런 딸기밭을 상상해보았다. 그러나 아무리 아버지가 살아 계셨을 때를 뒤돌아보아도 아버지가 이 세상에서 딸기를 맛있게 드신 모습을 본 기억이 떠올라오지 않는다. 아버지는 일평생을 가난에 허덕이시며, 말년에는 집에 딱 하나 남은 동구의 작은 밭을 일구시다 세상을 뜨셨다. 아침부터 저녁까지 밭 언덕에 있는 할머니와 할아버지의 묘가 내려다보이는 밭에서 집안 식구들이 먹고 나면 남을 것도 없는 채소를 가꾸셨다. 그래서 아버지의 하늘나라 길에는 채소밭이 끝도 없이 펼쳐져 있을 것이다.

일반적으로 죽음이란 고통과 근심으로부터의 해방이란 새로운 출발점이면서 동시에 사랑하는 모든 것들과의 이별이라는 종착역으로서

두 개의 모순적인 감정현상을 내포한다. 그러나 가난을 숙명으로 물려받은 가족이란 죽은 아버지마저 쉽게 떠나보내지 못하는 듯하다.

나는 아버지가 돌아가신 날을 잊을 수가 없다. 그날은 명색이 시인인 나의 네 번째 시집이 발간된 날이었다. 서울에서 조문을 온 출판사 직원에게서 시집을 받아들고 깨알 같은 글씨로 시집의 간지에 아버지께 편지를 썼다. 그 시집은 아버지의 하관과 함께 무덤 속에 들어갔다. 나는 가난하게 살다 돌아가신 아버지가 하늘나라 가는 길에 내 시집을 펼쳐보길 원했던 것 같다. 작은 채소밭 하나를 목숨처럼 소중히 여기신 아버지와 같이 내 가난한 시업詩業도 딱 그만큼만 열심히 하겠다는 다짐 때문이었을 것이다.

아버지는 동구에 딸린 작은 밭 하나를 일구는 것이 자신의 주어진 소명인 것처럼 일만 하시다가 돌아가셨다. 별다른 취미도 없으셨다. 추수가 끝나면 동네 어른들이 모여 화투를 치거나 술을 마시는 그런 자리에도 가지 않으셨다. 막내인 내게도 아버지는 화를 내시는 법이 없었다. 일을 끝내고 돌아오면 그저 조용히 방안의 저녁 빛으로 물드는 창호지 아래서 발뒤꿈치의 굳은살을 면도칼로 깎아내셨다. 아버지가 돌아가시기 전까지 나는 방바닥에 떨어진 면도날로 베어낸 발뒤꿈치의 굳은살이 아버지의 침묵으로 일관한 설운 삶의 흔적임을 알지 못했다. 그러나 내가 고향을 떠나 도시에게 살게 되면서 나는 점점 아버지를 닮아가고 있다고 느끼게 되었다. 시를 쓰면서 사는 것이 아버지가 그렇게 목숨처럼 소중하게 여겼던 동구의 작은 밭과 다를 것이 없다는 것을 조금씩 깨닫게 되었다.

아버지 이야기를 하다 보니 돈 슈나이더의 『절벽산책』이란 책이 떠오른다. 이 책은 경제가 불경기의 늪으로 빠져들면서 명예퇴직 당한 고개 숙인 남자의 이야기를 다루고 있다. 얼핏 보면 추락한 부권의 조사弔辭같이 여겨지는 책이다. 『절벽산책』은 저자 돈 슈나이더의 생체험이다. 잘 나가던 영문학 교수가 명퇴 당한 후의 지옥으로 떨어진 좌절감, 가족을 부양하지 못하는 가장의 고통, 사회에 대한 분노가 적나라하게 드러난다.

특히 '흰손' 출신의 지식인이 잡역 페인트공으로 전락해 가는 과정의 꼼꼼한 묘사는 효율성만을 쫓아간 미국이란 경쟁 사회가 배태해낸 미국인의 정체성의 상실을 여지없이 보여준다. 실업이라는 아슬아슬한 '절벽산책'을 하며 절망감으로 고꾸라지려 할 때, 그는 비로소 바닥에 떨어진 삶 속에서 자신을 돌이켜보게 된다. 몸으로 일하는 삶의 소중함을 깨닫게 되면서 평범한 노동자의 삶을 들여다보게 된 것이다. 공사장의 판자더미에 가득 쌓인 눈 속에서 얼어 죽은 '파랑새'는 현대라는 시대와 그 속에서 살아가는 인간의 암울한 삶을 비유적으로 나타내면서도, 동시에 죽은 새에게 따뜻한 체온이 남아 있다는 상징을 통해 인간의 정이 암울한 미래를 건널 수 있는 희망임을 일깨우고 있다.

나는 젊은 세대들에게 아버지를 어떻게 생각하라고 설교할 생각은 없다. 다만 내 아버지는 돌아가셔서도 저 책에 나오는 눈 속의 파랑새처럼 내게 삶의 체온을 전해주고 있다는 말을 하고 싶다. 다만 아버지를 느껴보는 순간이 나처럼 아버지가 돌아가시고 난 다음이 아니라 살아계실 때, 같이 한 식탁에 앉아 밥을 먹으며 같은 국에 숟가락을 담그고

떠먹을 수 있을 때 찾아오길 바란다. □

김소연

1967년 경북 경주 출생. 1993년 『현대시사상』으로 등단. 시집으로 『극에 달하다』 『빛들의 피곤이 밤을 끌어당긴다』 『눈물이라는 뼈』 등이 있다.

가득한 길들

기억들에 기대 사는
늙은 여인을 두고 등을 보인다 황량한 논들만
이어져 있는 벌판, 이곳은 등을 숨길 곳이 없어 오래
여인에게 배웅을 받아야 한다 작아지는 여인
두 손 꼭 잡고 또 들르겠다는 한마디처럼
지평선에 맺혀 있다
허전한 나의 등은 걸음을 재촉하고, 여인에게서
돌아서는 길이란, 그녀의 삶처럼 지치도록 길다

이런 길이 있었지 그녀의 몸에는
내 움직임마다 불편하냐
염려를 앞세우던
그 등에는 길이 있었다 햇빛이
은행나무 무성한 노란 잎과 포개어지던
오후 내내, 오래된 라디오에서
흘러나오는 소리에
짧게 웃기도 하고 저런, 하며

토를 달기도 했던
그 입술에도 많은 길이 흘렀다
햇살 없이도 투명하게 빛났던
푸른 여인의 살결 속에
어떤 뼈들이 버티어왔는지
만져보지 않아도 다 알 수 있었다
손 속의 가득한 길들이
얼굴의 길들을 부비며 하품을 할 때
모든 주름이 선명하게 반짝거렸지

가구가 없어 헛기침 소리도 울림이 크고,
서로의 숨소리만 맴돌던 그 방에서
여인이 다려준 옷을 입었다
그 한 몸이지만 체온 흘리며 살고 있다는
고지서가 한켠에 덩그러니 놓인 대문을
나섰다 흙먼지가 발끝부터 나를 덮어가는 길 위에서
그녀의 마당 가득한 은행나무들은
늙은 머리채를 흔들며 후드득후드득 숱을 턴다

-(『극에 달하다』, 1996)

□ 찢어버린 페이지 속의 가득한 길들

누군가 내게 습작시절에 필사를 해본 적이 있느냐고 물었다. 오래 전의 일들을 떠올려보았으나, 필사라는 것을 해본 적은 한 번도 없었다. 어떤 시는 너무 좋아 읽고 또 읽어 저절로 외워지는 대목이 있었지만, 다 외우는 시 한 편도 없고 받아 적어본 시 또한 없다.

지난여름, 필사라는 것을 무척이나 정성스럽게 했던 기억이 있었지만, 말로 하진 않았다. 지난여름, 오랫동안 시인이 되고 싶어 하였으나 이젠 좀 지쳐서 포기를 하려 한다는 쓴 고백을 한, 어린 제자를 술을 사주기 위해 만났다. 내일 보자, 약속을 정하고 내가 마음에 들어 했던 그의 시를 꺼내어 책상 위에 두었다. 그리곤, 인도에서 사온 핸드메이드 종이 한 장과 편지봉투 하나를 서랍에서 꺼냈다. 그의 시를 또박또박 옮겨 적었다. 그를 만났을 때 맨 처음 그에게 그걸 건넸다. 집에 가서 꺼내 읽고 마음에 들거들랑 책상 앞에 붙여두라 말하면서. 그리고 그가 그걸 책상 앞에 붙여두었는지 어쨌는지는 나는 모른다. 어느 날 기쁜 소식을 들려주는 전화 한 통쯤이 오지 않을까, 그저 잊은 채로 헐렁하게 기다리고는 있다.

이 생각을 애써 지우고 나니, 필사의 반대에 해당될 짓을 했던 스물세 살이 기억났다. (지금은 사라지고 없는) 신촌문고에 들러 시집 몇 권씩을 사들고 집에 들어오는 것이 유일한 위로였던 시절. 시집코너에서 낯선 이름을 보았다. 라이너 쿤체. 민감한 길. 제목 좋군. 시집을 빼내어 첫 페이지를 펼쳤다. 짧고 단정해 보이는 시였다. 몇 낱말 즈음이 눈에 들어왔을까, 몇 초 간 그 시에 눈길이 머물렀고, 나는 나도 모르게 첫 페이지를 찢었다. 주먹으로 페이지를 움켜쥐면서 파지를 구기듯이 찢었다. 그리곤 당황했다. 내가 이걸 왜 찢은 거지? 어리둥절했고 심장이 빠르게 뛰었다. 그때 그 순간의 감정을 지금도 제대로 표현할 수는 없을 것 같다. 질투 때문이었던 것 같기도 하고, 내가 쓰려고 오래오래 벼르던 시를 누군가가 이미 써놓아 버린 걸 알게 된 불쾌감 비슷한 것 같기도 하지만, 그 시를 읽자마자 (실은 제대로 읽은 것도 아니고 한번 대충 훑어본 정도의 짧은 순간이었지만) 나는 그 시를 안 읽은 것으로 하고 싶었던 것 같다. 아니, 내가 그 한 페이지를 찢음으로써 그 시를 이 세상에서 없애버리고 싶어 했던 듯도 하다. 아무튼, 나는 그때 내 자신을 어이없어 했고 이해할 수 없어 했다. 파손한 책은 값을 치르고 집에 갖고 왔으나 꺼내 읽지는 않았다.

그때 나는 광릉 내에 사는 큰이모의 이야기를 시로 쓰고 싶어 했다. 광릉수목원 근처의 낚시터를 임대해서 운영하면서 혼자 사시던 큰이모. 말이 큰이모이지 엄마와 18살이나 차이가 나던 큰이모는 내겐 외할머니와 다름없었다. 일찌감치 결혼했다가 남편이 한국전쟁 당시에 일본으로 도망가서 소식이 끊겨버리는 바람에, 큰이모는 내 어린 시절 내내 우리 가족과 함께 살았다. 큰이모와 나는 한 방을 썼다. 그의 팔을 베고 잠들었고, 나는 노인네의 늘어진 팔뚝살의 온기와 찰기를 무척이나 맘에 들어 하면서 만지작대며 잠이 들었다. 자식도 남편도 없던 큰이모는 나에게 언제나 섬세한 칭찬을 사랑 가득한 눈빛으로 해주셨다. '어른이 되면 내가 모시고 살게요!'라는 말을 나는 입버릇처럼 해드렸다.

내가 시를 쓰기 시작했을 때, 그걸 유일하게 반가워해준 가족이기도 했다. 내게 편지를 보내어, 너는 사람을 위로할 줄 아는 사람이라고, 그러니 너의 글은 많은 사람들에게 사랑을 받을 거라는 말을 적어주시곤 했다. 손수 뜨개질을 한 가디건과 스웨터 같은 것을 부쳐주시면서 말이다. 큰이모가 너무 적적하게 사셔서 걱정이 된다는 엄마의 말씀을 듣고, 나는 방학이 되자 책을 잔뜩 싸들고 큰이모네에 갔다. 한 달 남짓 그곳에서 지냈다.

매일 이모 손을 잡고 광릉수목원을 거닐었고, 근처의 숲길을 쏘다녔다. 큰이모는 나무에 대해 숲에 대해 자신이 지켜본 것들을 하나하나 섬세하게 내게 들려주셨다. 그때 나는 햇빛을 향해 늠름한 팔을 일제히 뻗고 있는 나무들을 태어나 처음으로 신비한 눈으로 관찰할 줄 알게 됐다. 가게를 겸한 그 집은 노인이 혼자 살기에는 너무나 컸고 추웠고

습했고 어두웠다. 내가 떠나던 날에 나는 방학 동안 이모 손을 잡고 걸었던 숲길에 대해 꼭 시로 써서 보여드리겠다고 약속을 했다.

라이너 쿤체는 통찰력 있게, 그리고 과학적인 태도로, 가장 정확한 시어와 문장만으로 숲에서 일어난 일을 시로 썼다. 사실, 얼마나 많은 시인들이 숲과 나무에 대해 시를 썼는가. 지금 생각해보면, 큰이모가 내 손을 잡고 숲길을 걸으며 숲에 대해 알려주신 그 말씀 그대로를 받아 적기만 해도 시가 될 수 있었을 텐데, 그때 나는 큰이모와 나의 모습에 숲의 생태계를 오버랩 시켜서 큰 그림이 담긴 시 한 편을 쓰려고 무던히도 욕심을 내어 시를 쓰고 지우고 또 쓰고 지우곤 했다. 큰 그림의 시는 욕심을 내서 쓰는 게 아니라 가장 단순하고 순일한 시선으로 가능하다는 것을 라이너 쿤체에게 배웠다. 그때는 그 시를 찢어버려서 배우질 못했고, 아주 늦게서야 이미 절판돼 버린 똑같은 시집 하나를 어렵게 구하여 다시 읽고 다시 읽어본 후에야 그걸 배웠다.

약속은 라이너 쿤체 때문에 지켜지지 못했고 큰이모는 돌아가셨다. 나는 그래도 시를 썼다. 라이너 쿤체가 숲 얘기를 했으므로 나는 숲 얘기는 못하고 사람 얘기만 간신히 해냈다. 지금도 나는 숲 얘기를 쓰고 싶지만, 어쩐지 그때 구겨버렸던 내 마음을 다시 잘 다림질하질 못하여 나무 얘기만 자꾸 쓴다. 나무 얘기들이 한 편 한 편 모이면, 혹시 숲 얘기가 될 수 있을까 하는 비겁한 위안을 가끔 하면서. □

이정록

1964년 충남 홍성 출생. 1993년 <동아일보> 신춘문예로 등단. 시집으로 『정말』 『의자』 『제비꽃 여인숙』 『버드나무 껍질에 세들고 싶다』 『풋사과의 주름살』 『벌레의 집은 아늑하다』 등이 있다.

의자

병원에 갈 채비를 하며
어머니께서
한 소식 던지신다

허리가 아프니까
세상이 다 의자로 보여야
꽃도 열매도, 그게 다
의자에 앉아 있는 것이여

주말엔
아버지 산소 좀 다녀와라
그래도 큰애 네가
아버지한테는 좋은 의자 아녔냐

이따가 침 맞고 와서는
참외밭에 지푸라기도 깔고
호박에 똬리도 받쳐야겠다

그것들도 식군데 의자를 내줘야지

싸우지 말고 살아라
결혼하고 애 낳고 사는 게 별거냐
그늘 좋고 풍경 좋은 데다가
의자 몇 개 내놓는 거여.

–(『의자』, 2006)

□ 의자가 되어라

"허리가 아파서 두리번거리는데, 마침 의자가 있는 거여. 그래서 아픈 몸을 주저앉혔는데 허방이여. 헛것한테 홀린 거지. 넘어진 채 두리번거려도 당최 내가 왜 그랬는지 모르겄어. 허리가 너무 아파서, 그 생각 하나로 골똘하니까 헛보인 거야. 허리가 아프니까 세상이 다 의자로 보여. 젤 좋은 의자가 바로 땅바닥이여. 몸 성할 때는 길바닥이 의자고 이부자리인 줄 몰라. 아파봐라. 가시철조망도 등받이 의자고 고슴도치 등짝도 비단요여. 아파야 눈이 떠지고 세상에 감사할 줄 아는 겨."

어머니는 자석 요대를 차고 다니신다. 저 자석 벨트는 할머니가 브라자로 쓰던 거다. 어디 아프셔서 찬 게 아니라, 남세스럽다며 한여름에만 차고 다니시던 할머니의 젖 가리개다. 할머니 돌아가시고 장롱 구석에 처박아뒀던 것인데, 어느새 어머니가 허리춤에 둘둘 말고 다니신다.

"엄니도 자석브라자 차요?"

"아녀. 허리에다 찬 건데, 이게 젖가슴부터 둘러야 흘러내리질 않아. 니들이 다 빨아먹고 쭈그렁이가 됐는데도 자석벨트 흘러내리지 않을 만큼 둔덕이 남았나 벼. 근데 넌 며느리는 놔두고 혼자만 집에 내려왔냐?

밭매기 싫다든? 아님, 애가 아프냐?"

"식구도 허리가 아파요. 그리고 여름감기까지 들어서 골골해요."

"뭔 감기가 두어 달 간다니? 내 허리는 거의 나았으니까 올라갈 때 자석벨트 싸가지고 가라."

"됐어요. 약국에 가면 파스가 지천인데 뭐."

"담에 올 때는 그 잘난 지천이란 파스 좀 사와. 말 안 해도 내가 눈치가 구만 리여. 싸우지 말고 살아라. 물 좋고 정자 좋은 데 없다. 그늘이 없으면 둘 중 조금이라도 큰 사람이 그늘이 돼주고, 물이 없으면 너처럼 물러터진 놈이 물이 돼주면 되는 거여. 정자야 네 사타구니에 우글우글할 테고."

"엄니도 참, 그 정자가 그 정자여. 누각 쉼터를 말하는 거지."

"애가, 배운 놈이 농을 못 쳐."

올봄에는 『시인의 서랍』이라는 첫 산문집을 냈다. 책이 출간되자마자 모신문사에서 전화가 왔다. 어머니 사진과 함께 인터뷰 기사를 싣고 싶다는 연락이었다. 보잘것없는 글을 내고 두더지 굴에라도 파고들어 동거할 판에 어머니까지 사진기 앞에 세우려니 마음이 불편했다. 고민 끝에 출판사에 전화를 했다. '잘 된 일이네요. 홍보가 많이 되겠어요.' 싫지 않은 낌새다. 출판사의 노고와 경제적 부담을 익히 아는 터라, 그러마고 했다. 문화부 기자와 사진기자를 대동하고 고향집에 닿은 시간은 오후 네 시경이었다.

"오래 기다리셨어요?"

"이 일 아니면 산소 이장移葬 때나 올 텐데, 한나절이야 잠깐이지."

이 정도면 심사가 그리 뒤틀리신 건 아니다. 먼저 봄꽃이 흐드러진 이웃집 마당가에서 사진을 찍었다. 경운기 짐칸에 어머니를 올려 앉히고 책을 읽어드리는 쑥스러운 콘셉트였다. 사진을 찍고 어머니를 안아 내리는데, 품에 안긴 채 한 말씀 던지신다.

"난 비행기 못 타겄다. 경운기에서 내리는 데도 이리 어지러우니."

"멀미가 아니라, 사내가 안으니까 황홀해서 그런 거지."

"미친 놈! 어미 말뜻을 몰라."

다음은 산소마루에서 마을 쪽으로 고샅길을 내려오는 풍경사진이다. 손잡고 두어 걸음 떼는데, 어머니가 먼 산 건너다보며 또 한마디 던지신다.

"아버지하고도 딴 딴다단 딴 딴다단…… 하지 못했는데, 늙은 아들하고 딴 딴다단 딴 딴다단…… 한다. 너 자고 가라. 오늘 결혼 첫날인데."

웃다가 미끄러질 뻔했다. 꽃을 따서 흰 머리칼 꽂고 신혼여행처럼 찰칵찰칵!

다음은 무너진 흙 담장 뒤에서 어머니와 나란히 서서 한 장면! 어머니는 진달래꽃을 한 묶음 들고 웃으신다. 사진기자의 어설픈 연출이다. 쑥스러워하시는 어머니께 내가 글을 읽는다.

"가슴 쪽으로 꽃다발을 끌어올리셔요."

사진사가 소리치고 문화부 기자가 시범을 보인다. 꽃이 자꾸 고개를 꺾는다.

"그냥 찍어유. 자꾸만 맘이 시린 게, 쌀 씻는 소리가 나서 그래유.

칠십 평생에 첨 들어보는 꽃다발인데, 이 정도 들면 잘 드는 거 아니래유?"

어머니 말씀을 받아 적으려고, 나는 귀 쫑긋 세운 토끼가 된다. 당연지사 눈알이 붉어진다.

「의자」란 시에는 어머니의 말투와 마음 씀씀이를 흉내 낸 나의 거짓부렁이 있다. 독자들은 어머니의 감동은 뽑아 읽고, 작가의 거짓은 짐짓 눈감아준다. 바닥과 가까운 어머니의 그늘 품과 안식安息을 독자가 먼저 안다. □

문태준

1970년 경북 김천 출생. 1994년 『문예중앙』으로 등단. 시집으로 『수런거리는 뒤란』 『맨발』 『가재미』 『그늘의 발달』 『먼 곳』 등이 있다.

바위

풀리지 않는 생각이 하나 있다
새의 붉은 부리가 쪼다 오래전에 그만두었다
입담이 좋았던 외할머니도 이 앞에선 말문이 막혔다고 한다
나뭇짐을 내다 팔아 밥을 벌던 아버지도 이것을 지지 못했다고 한다
어느덧 나도 사랑을 사귀고 식탁을 새로 들이고 아이를 얻고 술에는 흥이 일고
이 미궁의 내부로부터 태어난 지 마흔 해가 훌쩍 넘었다
내가 초로를 바라볼 때는 물론
내가 눈감을 그날에도 이것은 뒷산이 마을에게 그러하듯이 나를 굽어볼 것이다
나는 끝내 풀지 못한 생각을 들고 다시 캄캄한 내부로 들어갈 것이다
입술도 귀도 사라지고 이처럼 묵중하게만 묵중하게만 앉아 있을 것이다
집 바깥으로 내쫓김을 당해 한밤 외길에 홀로 눈물 울게 된 아이와도 같이
그리고 다시 이 세계에 새벽이슬처럼 생겨난다면 이것을 또 밀고 당기며 한 마리 새가 되고, 외할머니가 되고, 아버지가 되고, 마흔 몇

해가 되고……

시간은 강물이 멀리 넘어가듯이 계속 이어진다는 것이다

―(『먼 곳』, 2012)

□ 저 바위라는 큰 질문

어느 날 둔중한 바위가 하나 나의 시선에 꽉 차 들어왔다. 대낮이었다. 환한 바깥이었다. 눈이 부실 정도로 일광이 쏟아지고 있었다. 그 바위는 그림자를 데리고 가만히 앉아 있었다. 돌그림자는 돌에서 태어난 듯했다. 해가 중천을 넘어가고 있어서 그 큰 돌이 거느린 그림자는 조금씩 조금씩 길어지고 있었다. 그림자가 내린 땅이 축축하게 젖고 있었다. 늘편하게 앉아 있는 그림자였다.

그런데 문득 그 바위의 내부가 궁금해졌다. 그 내부는 매우 비밀스럽게 느껴졌다. 그것은 어떤 신묘한 미지의 세계처럼 느껴졌다. 마치 이 세계에 대한 질문처럼 나를 압박해왔다. 그 즈음 나는 부처가 모든 속박으로부터 벗어나 흔들림 없는 해탈을 이루고 나서 한 말인 '무엇이든지 생겨난 것은 소멸하게 마련이다'라는 말을 자주 생각하고 있었다. 그리고 탄식하고 있었다. 아트만(자아)이 영원한 것이 아니라면 우리의 자아는 사후에 어떻게 되는가라는 질문과 함께.

그리하여 바위의 내부는 우리가 사후에 가닿을, 지금으로서는 도무지 예측할 수 없는 우주적 시공간의 은유처럼 보였다. 내 죽으면 저 바위와도 같은 캄캄한 세계로 가서 어느 기간을 살다 다시 바위 바깥의 세계, 즉 이 세계로 다시 환생할지도 모르겠다는 생각을 했다. 다시 태어나 바위라는, 삶에 대한 저 큰 질문을 풀고 이해하기 위해 온갖 애를 쓰며 살 것이라는 생각에 이르렀다.

물론 나 홀로 그렇게 살다 가는 것은 또한 아닐 것이다. 이 삶의 조건에 대해 질문하는 이는 나 이외에도 한 마리의 새, 외할머니, 아버지 등등 수많은 이들이 있을 것이다. 생명을 갖고 난, 그리하여 고통을 알게 된 이들은 모두 나와 같으리라. 나도 올해로 마흔을 훌쩍 넘어섰다. 사랑을 사귀어 가정을 꾸리고 살림을 들이고 아이를 얻고 피로를 씻으러 술을 찾고 있다. 그러나 저 바위라는 질문은 요지부동으로 앉아 나의 둘레를 내려다보고 있다.

오오 어찌할 것인가. 저 바위라는 삶의 큰 질문을. 시간의 강물은 흘러 바다에 이르고, 나는 초로가 되고, 눈감을 그날을 맞게 될 것인데. 경문經文을 외면서 걷는 수행자처럼 나는 묵중한 바위를 머리에 이고 삶을 걷는다. 태어남과 늙음과 병듦과 죽는 일을 생각하면서. 물결치는 감각적 쾌락과 갈애의 사막을 생각하면서. □

심보선

1970년 서울 출생. 1994년 <조선일보> 신춘문예로 등단. 시집으로 『눈앞에 없는 사람』 『슬픔이 없는 십오 초』 등이 있다.

30대

나 다 자랐다, 30대, 청춘은 껌처럼 씹고 버렸다, 가끔 눈물이 흘렀으나 그것을 기적이라 믿지 않았다, 다만 깜짝 놀라 친구들에게 전화질이나 해댈 뿐, 뭐 하고 사니, 산책은 나의 종교, 하품은 나의 기도문, 귀의할 곳이 있다는 것은 참 좋은 일이지, 공원에 나가 사진도 찍고 김밥도 먹었다, 평화로웠으나, 30대, 평화가 그리 믿을 만한 것이겠나, 비행운에 할퀴운 하늘이 순식간에 아무는 것을 잔디밭에 누워 바라보았다, 내 속 어딘가에 고여 있는 하얀 피, 꿈속에, 니가 나타났다, 다음 날 꿈에도, 같은 자리에 니가 서 있었다, 가까이 가보니 너랑 닮은 새였다(제발 날아가지 마), 30대, 다 자랐는데 왜 사나, 사랑은 여전히 오는가, 여전히 아픈가, 여전히 신열에 몸 들뜨나, 산책에서 돌아오면 이 텅 빈 방, 누군가 잠시 들러 침만 뱉고 떠나도, 한 계절 따뜻하리, 음악을 고르고, 차를 끓이고, 책장을 넘기고, 화분에 물을 주고, 이것을 아늑한 휴일이라 부른다면, 뭐, 그렇다 치자, 창밖, 가을비 내린다, 30대, 나 흐르는 빗물 오래오래 바라보며, 사는 둥, 마는 둥, 살아간다.

-(『슬픔이 없는 십오 초』, 2008)

□ 외로운 아마추어의 시

유학 시절에 나는 내가 시인이라고도 생각하지 않았다. 청탁은 7년 동안 단 한 번 왔다. 7년 동안 쓴 시는 열 편 남짓했다. 어쩌면 평생 시집 한 권 내지 못할 수도 있겠다고 생각했다. 그러나 그 생각이 그렇게 나를 우울하게 만들진 않았다. 그저 쓰고 싶을 때 쓰자고 생각했다. 그러다 나이가 들어 운이 좋아 시집 딱 한 권 내고 죽어도 족하리라고 생각했다. 나는 그 시절 삶이 고달프고 울적할 때 치료 방편으로 시를 썼다. 주로 애인을 제외하고는 누구에게도 보여주지 않았지만 나름 공들여 시를 썼고 맘에 들면 기분이 좋아졌다. 하루 종일 시를 붙잡고 이리 써보고 저리 써보고 이리 고쳐보고 저리 고쳐보고 있노라면 행복감에 젖어들었다. 물론 대부분의 시는 삶의 고통에 대한 내용들이었다. 하지만 고통을 시로 표현하면 그 고통은 행복으로 전환되었다. 테리 이글턴은 시에 대해 논하면서 "냉소적이지 않으면서 어떻게 적절하게 고통에 대해 찡그릴까"라는 말을 했다. 요컨대 '고통에 대한 적절한 찡그림', 고통 그 자체가 아니라 고통의 형태, 표정, 몸짓을 발견하고 발명하는 것이 시의 기쁨이라고 할 수 있다. 시를 통해 나는 고통을 동그란 돌처럼 가지고 놀 수 있었다. 비록 고통 그 자체는 너무나 피하고 싶은 것이었지만 말이다.

그렇게 아마추어 시인으로 행복하게 시를 쓰고 있었지만 조금 부끄럽고 불편한 일도 있었다. 나의 친구들은 내가 등단했다는 단 하나의 이유만으로 나를 시인으로 대우해주었다. 친구들은 나를 낯선 이에게 소개할 때 언제나 시인이라는 타이틀을 붙여 주었다. 그리고는 말했다. "멋지죠?" 물론 소개를 받는 상대방은 내 친구들만큼 흥분하지는 않았다. 그저 "아, 네. 그렇군요. 멋져요"라고 예의바르게 반응할 뿐이었다. 나는 한편으로는 민망했고 다른 한편으로는 미안했다. 내 친구들은 내가 시인이라는 사실을 진지하게 받아들였고 진심으로 자랑스러워했다. 그런 마음을 아는 탓에 정색을 하고 "나를 시인으로 소개하지 말아줘. 나는 시인으로는 실패했거든. 그리고 이제 시를 아주 열심히 쓰는 것도 아니야"라고 이야기할 수도 없었다. 그저 어색한 표정을 짓고 있는 수밖에. 그놈의 '시인 소개 시간'이 빨리 지나가기를 기다릴 수밖에.

어느 날 후배가 자기 선배를 내게 소개해줬는데, 아니나 다를까 "이 형은 시인이에요. 멋지죠!"라고 선배에게 말했다. 나는 어색한 표정을 지으며 그놈의 '시인 소개 시간'이 빨리 지나가기를 기다리고 있었다. 그런데 선배의 반응은 예상 외였다. "정말요? 아, 보선 씨의 시를 읽고 싶어요. 꼭 보여주세요. 진심이에요." 나는 그의 반응이 놀랍기도 하고 고맙기도 했다. 더구나 선배가 나를 시인으로 진지하게, 진실 되게 대하는 태도는 그 순간에 그치지 않았다. 나랑 친해지고 난 다음에도 간혹 선배는 "보선아, 너의 시를 읽고 싶다. 부담 가지라는 소리는 아냐. 하지만 언젠가는 꼭 읽고 싶다"라고 말했다. 그러던 어느 날 나는 드디어 시를 썼다. 쓰자마자 나는 친구들과 함께 운영하는 온라인 커뮤니티에 시를 올렸다. 나를 시인으로 대접해주는 서른 즈음의 후배, 친구, 선배에게 주는 선물이라고 생각하면서. 물론 드디어 선배에게 내 시를 보여 주게 됐구나, 하는 뿌듯함이 제일 먼저였다. 다행히도 선배는 그 시를 너무나 좋아했다. 오롯이 자신을 위한 시처럼 그 시를 아꼈다.

그 시가 바로 「30대」라는 시다. 몇 년 만에 쓴 시였다. 그 시절 나는 지독히도 우울한 감정에 빠져 있었는데, 그때마다 혼자 산책을 했다. 산책에서 혼란스럽고 탁한 마음을 정리하고 돌아오면 다시금 빈 방에서 조금씩 어두운 감정에 젖어들었다. 그러다 어느 날 시를 쓰게 된 것이다. "사는 둥, 마는 둥, 살아간다"라는 마지막 구절을 썼을 때, 나는 어쨌든 살아 있구나, 싶었다. 아주 희미한 구원의 불빛이 마지막 구절을 쓰고 난 후의 손가락 끝에 붉게 맺혀 있는 것 같았다. 나는 어떤 묘한 감동에 젖어 「30대」라는 시를 내게 소중한 몇몇 사람들과 나눠야겠다는 용기를 냈다. 그때 그 몇 사람의 독자들, 내 친구들, 그들에게 나는 시인이었다. 어색함도 부끄러움도 민망함도 없이 기꺼이, 기쁘게 시인이었다. 그 시절이 그립다. 내가 누군가에게 시인이라는 사실이 한순간이라도 뭉클할 수 있었던 그 시절이. □

이대흠

1968년 전남 장흥 출생. 1994년 『창작과비평』으로 등단. 시집으로 『귀가 서럽다』『물 속의 불』『상처가 나를 살린다』『눈물 속에는 고래가 산다』 등이 있다.

아름다운 위반

기사 양반! 저짝으로 조깐 돌아서 갑시다
어칭게 그란다요 뻐스가 머 택신지 아요?
아따 늙은이가 물팍이 애링께 그라제
쓰잘데기 읎는 소리 하지 마시오
저번착에 기사는 돌아가듬마는……
그 기사가 미쳤능갑소

노인네가 갈수록 눈이 어둡당께
저번착에도
내가 모셔다 드렸는디

―(『귀가 서럽다』, 2010)

□ 오랫동안 발효시킨 작품

고등학교 때 문학 동아리를 같이 했던 후배들과 인터넷 카페로 소식을 주고받았던 시절이 있었다. 한참 관심이 많을 때는 너도 나도 들어와 소식을 알리고, 자신들이 쓴 글을 올려 합평을 하기도 하였다.

그렇게 카페 활동이 활발할 때였다. 지금은 국어 교사를 하고 있는 후배 하나가 게시판에 글을 올렸다. 나는 우연히 들어가 그의 글을 읽었는데, 읽는 순간 한 편의 시가 그려졌다. 눈 어두운 노인이 버스기사에게 마을 앞으로 길을 돌아가자는 것도 재미있었지만, 기사의 능청스러운 대꾸도 좋았다. 기사가 한 마디를 하면, 노인도 지지 않고 대꾸를 하고, 노인의 말끝에는 기사도 기어이 말을 붙인다. 시에는 나오지 않지만, 후배의 글에는 더 많은 말이 있었고, 설명도 있었다.

나는 조심스럽게 후배에게 전화를 하였다. 혹시 그가 직접 시로 쓴다고 하면, 내 계획은 백지가 될 판이었다. "아야, 네가 쓴 글 맛나게 읽었다." 그렇게 말을 꺼냈다. 그러면서 조심스럽게 그 글을 시로 쓸 거냐고 물었다. 후배는 그럴 계획이 없다고 하였다. 그래서 나는 솔직하게 그 글을 바탕으로 시를 쓰고 싶다 하였고, 후배는 흔쾌히 그러라고 하였다. 그때의 기분은 황금 덩어리가 들어있는 원석을 받은 느낌이었다.

그런데 막상 시로 쓰려고 보니, 쉽지 않았다. 말을 줄여야 하는데, 간결하게 떨어지지가 않았다. 몇 마디 말을 만들어 넣고, 군더더기가 될 만한 것은 지웠다. 몇 줄을 지우고 몇 줄을 새로 넣기를 얼마나 하였는지 모른다. 하지만 발표하기에는 덜 떨어진 데가 많았다. 딱히 어디라고 할 수는 없는데, 구어체로만 쓰다 보니, 어색하게 여겨지는 대목도 있었다.

분명 황금은 들어 있음이 분명한데, 정제 기술이 부족했던 것이다. 주위에 있던 사람들에게 보여주어도, 그들도 무언가 부족한데, 명확히 꼬집어 내지는 못했다. 별 방법이 없어서 나는 이 작품의 초고를 한참동안 묵혀 두었다. 6개월쯤이나 지났을 것이다. 다시 원고를 꺼내놓고 보니, 무언가 될 것 같은 예감이 들었다. 한참 동안 골똘히 생각을 굴리다가 나는 몇 줄을 과감히 지워버렸다. 그렇게 지워버리면, 의미 전달이 어려울 것 같았는데, 프린터를 한 후 읽어보니, 깔끔하게 떨어졌다는 느낌이 들었다.

그렇게 쓴 원고를 한 시인에게 보여 주었더니, 박수를 치고 웃으며 빨리 발표를 하라고 하였다. 그러나 나는 이 작품이 그렇게까지 좋다는 생각을 하지 않았다. 그래서 나는 3시집을 낼 때 이 원고를 뺐다. 그리고 다시 묵혀 두었다.

그렇게 묵혀 두고 잊고 있었다. 그러다 다시 새 시집을 묶을 때가 되어 묵힌 원고를 뒤적이다가 다시 이 작품을 만났다. 나는 궁리에 궁리를 하여 약간의 수정을 가했다. 그렇게 해서 이 시는 나의 4번째 시집인 『귀가 서럽다』에서 한 방을 차지할 수 있었다. 그러다보니 발표한 후 10년 만에 거처를 얻어 들어간 작품이 된 것이다.

다시 이 작품을 보니, 전라도 촌뜨기처럼 순박하고 오지다. 그 세월 동안 발효가 잘 되었는지, 이 작품에 대한 반응도 좋은 편이다. 어느 입맛에 끌렸는지, 모 회사의 교과서에도 올랐으니, 이 작품으로 내 손맛도 좀 인정받은 셈이다.

이리 되었으니, 최초의 원작자를 밝히는 게 도리일 것 같다. 지금은 모 고등학교에서 국어를 가르치고 있는, 김형태야. 고맙다. □

이수명

1965년 서울 출생. 1994년 『작가세계』로 등단. 시집으로 『새로운 오독이 거리를 메웠다』 『왜가리는 왜가리 놀이를 한다』 『붉은 담장의 커브』 『고양이 비디오를 보는 고양이』 『언제나 너무 많은 비들』 등이 있다.

왼쪽 비는 내리고 오른쪽 비는 내리지 않는다

내가 너의 손을 잡고 걸어갈 때
왼쪽 비는 내리고 오른쪽 비는 내리지 않는다.

우리에게는 언제나 너무 많은 손들이 있고
나는 문득 나의 손이 둘로 나뉘는 순간을 기억한다.

내려오는 투명 가위의 순간을

깨어나는 발자국들
발자국 속에 무엇이 있는가
무엇이 발자국에 맞서고 있는가

우리에게는 언제나 너무 많은 비들이 있고
왼쪽 비는 내리고 오른쪽 비는 내리지 않는다.

내가 너의 손을 잡고 걸어갈 때
육체가 우리에게서 떠나간다.

육체가 우리를 쳐다보고 있다.

우리에게서 떨어져 나가 돌아다니는 단추들
단추의 숱한 구멍들

속으로

왼쪽 비는 내리고 오른쪽 비는 내리지 않는다.

-(『언제나 너무 많은 비들』, 2011)

□ 내림은 내리지 않음과

그랬던 것 같다. 비가 내리면 비 쪽으로 다가갔던 것 같다. 커피를 마시다가, 책을 보다가, 혹은 어떤 시들한 약속 준비를 하다가, 비가 내리는 것을 보면 그리로 향했던 것 같다. 향한다는 생각 없이, 멈춘다는 생각 없이, 다가가서

내가 사라져버리곤 하는 것이다.

빗속으로, 세계 속으로,

내가 사라지고도 비는 내린다.
내가 사라지고도 나는 사라지지 않는다.
사라지지 않는 사라짐, 나는 비에 닿은 것일까,

빗속을 걸어가면 누군가와 같이 가는 것 같고, 손을 잡고 있는 것 같고, 잡고 있는 손을 놓친 것 같고, 내리는 비가 내리다가 내리지 않는 것 같고, 나는 걸어가지 않는 것 같고, 문득 멈춰 서서

비,

이렇게 가득한 존재들이 텅 비어 있고,

내림은 내리지 않음과
내리지 않음은 더 많은 내림과 같이 있다.

그랬던 것 같다. 비가 내리면 비는 오고, 비는 가고, 너는 오고, 너는 가고, 무언가가 아직도 남아 젖지 않고, 젖어버리지 않고, 물끄러미

어떤 유실된 세계가 떠오르는 것이다. 비는 유실된 세계가 다가오는 것이다. 그것은 가혹하게 친숙하다. 하지만 무엇을 잃어버린 것일까, 어떤 유실로 나의 손이 둘로 나뉘어지게 된 것일까,

비가 내리면 비는 일치하지 않는다. 비는 커다란 원이 되지 않는다. 비는 비들이 되어 구분되지 않는다. 비가 내리면 나는 빗속으로 자꾸만 걸어 들어간다. 끊이지 않고 내리는 비란 무엇일까, 끊어져 있는 비란 무엇일까, 비는 언제나 또 다른 비 위에 떨어지고 비를 그예 상실하고야 만다.

빗속으로 걸어 들어간다. 마지막 문장 속으로 걸어 들어가듯이, 그러나 흩어지는 문장들처럼, 비는 다가갈 수 없는 것이다. □

이
장
욱

1968년 서울 출생. 1994년 『현대문학』으로 등단. 시집으로 『내 잠 속의 모래산』 『정오의 희망곡』 『생년월일』 등이 있다.

오늘은 당신의 진심입니까?

외국어는 지붕과 함께 배운다.
빗방울처럼.
정교하게.
오늘은 내가 누구입니까?
사망한 사람은 무엇으로 부릅니까?
비가 내리면

낯선 입 모양으로 지낸다.
당신은 언제 스스로일까요?
부디 당신의 영혼을 말해 주십시오.
지붕은 새와 구름과 의문문
그리고 소년으로 이루어져 있지만

누구든 외롭다는 말은 나중에 배운다.
시신으로서.
사전도 없이.
당신은 마침내 입술을 가지고 있습니다.

오늘은 매우 반복합니다.

지붕이 빗방울들을 하나하나 깨닫듯이
진심이라는 단어는 언제나 지금 발음한다.
모국어가 없이 태어난 사람의
타오르는 입술로.

나는 시체의 진심에 몰두할 때가 있다.
이상한 입 모양을 하고 있다.

–(『생년월일』, 2011)

□ 시체로부터의 귀납

"지붕이 빗방울들을 하나하나 깨닫듯이"—그는 얼마 전에 그런 문장을 읽은 적이 있다. 어느 책이었는지는 기억나지 않는다. 시집이었는지도 모르고, 소설이었는지도 모른다. 그런 것은 중요하지 않다. 그 문장은 그에게 엉뚱한 의문을 떠오르게 했다. 빗방울들은 고도 몇 미터쯤에서 제 그림자를 갖게 될까? 그 그림자가 나타났다 사라지는 세계가 있다면, 그곳에서도 그와 그녀는 사랑을 할까?

그는 누운 채 방안을 날아다니는 나비들을 바라보았다. 그는 나비를 좋아했지만, 그녀는 그렇지 않았다. 그에게는 나비들의 불규칙한 비행이 좋았지만, 그녀에게는 그렇지 않았다. 유령 같애, 나비들은. 그녀는 그의 방을 떠났다. 나비 때문인지도 모르고, 단지 시간이 흘렀기 때문인지도 모른다. 그는 자신이 나비의 꿈은 아닌지, 잠깐 의아하다는 생각이 들었다. 눈을 감은 채 그는 소리 없이 웃었다.

빗소리가 들렸다. 지붕이 빗방울들을 하나하나 깨닫는 것은 은유가 아니라고, 그는 생각했다. 은유가 아닌 상태에서만, 빗방울들은 떨어지는 것이라고 그는 또 생각했다. 바깥에는 비가 내리고 있다. 죽음을 하나하나 깨닫듯이, 빗방울들은 흙과 흙의 사이로 스며들 것이다. 흙으로 만든 지붕으로 스며들 것이다. 그의 공간으로 서서히 스며들 것이다. 누워 있는 그의 몸에 스며들 것이다. 그의 얼굴로 스며들 것이다. 그의 눈으로, 코로, 입으로, 스며들 것이다.

그는 자신의 몸이 매우 무겁다는 것을 알고 있었다. 이상한 입 모양을 하고, 살아 있는 사람들은 이해할 수 없는 문장을 발음한다는 것을 알고 있었다. 그는 무겁게 젖은 몸을 두고 집 밖으로 나갔다. 그는 걸어갔다. 누가 그를 보았다면, "나비다"라고 말했을지도 모른다. 거리에는 건물들이 있었고, 소년들이 있었고, 비가 그쳐 있었다. 그는 자신이 알고 있는 유일한 모국어로 말을 하기 시작했다.

그의 곁을 지나간 행인들은 오래 전에 들었던 어떤 말을 문득 기억해냈다. 갑자기 왜 그 문장이 머릿속에 떠올랐는지는 알 수 없었다. 사람들마다 달랐지만, 그것은 슬픔으로 가득한 문장이었다. 누군가 지상에서 사라졌으며, 비가 그쳐 있었고, 맑은 대기가 가득한 오후였다. 행인들은 자신도 모르게 생각에 잠겼다.

지붕에서 빗방울 하나가 툭, 지상을 향해 떨어졌다. 골똘한 빗방울이었다. □

장철문

1966년 전북 장수 출생. 1994년 『창작과비평』으로 등단. 시집으로 『바람의 서쪽』 『산벚나무의 저녁』 『무릎 위의 자작나무』 등이 있다.

소주를 먹다

신생아실에서 아이를 데려다 눕혀놓고
만산의,
두 시간 만의 출산이
순산도 너무 빠른 순산이어서
자궁에 혈종이 생겼다는 아내는
요도에 호스를 꽂았는데,
회복실을 빠져나와 끊은 담배를 피웠다
소주를 한 병 사서
어두운 벤치에서 혼자 마셨다
느티나무 가지 흔드는 바람자락에
형이 왔다
와서
내 어깨를 치고
아이를 들여다보고
아내에게 뭐라고 웃었다
형을 만지고 싶었다
웃음이 환하게 흩어졌다

형, 잘 가!
웃음 한 자락이 남아서 오래 펄럭였다
형, 아프진 않지?
남은 한 자락이 마저 흩어졌다

입만 헹군 것이 미덥지 않아서
세수를 하고, 양치를 하고
아이의 기저귀를 갈았다
아내가 고개를 돌려 물었다
술 마셨어?
홍삼 드링크를 한 병 마셨더니, 오르네

아가야, 이 소똥하고 이마받이한 녀석아!
아빠한테 삼촌이 있었다는 것이 이렇게 행복한 적이 없다
이 물에 불어서 쭈글쭈글한 녀석아!
네가 와서
삼촌이 가셨구나
너를 마중하느라고 엄마가 피를 대야로 쏟았구나

—(『무릎 위의 자작나무』, 2008)

□ 내가 쓴 것에 대하여 쓰는 것의 곤혹스러움

갈수록 내가 쓴 시에 대해서 할 말이 없어진다. 시작노트를 써달라는 주문이 더러 있어서 면구스러움을 무릅쓰고 짤막하게라도 몇 마디씩 쓰고는 했는데, 요즘은 영 할 말이 없어서 그만둔 지 꽤 되었다. 그런데 이번에는 시작노트가 아니고 산문이라 해서 다를 수도 있겠다는 생각에, 이런 선집들을 기획하는 심사를 영 모르쇠 할 이력도 아니어서 인사삼아 덜컥 받아두었는데, 그것도 아니다. 정말 할 말이 없다. 그렇기는 해도 서로가 응원하면서 살아도 벅찬 세상에 안 쓰고 버틸 수도 없다. 그래서 내 어린 시절을 비빌 언덕 삼아 이야기 하나를 꾸며 본다. 이것이 있었던 그대로라고 믿지는 말아주기 바란다.

이 시와 관련하여 두어 번 질문을 받은 적이 있다. '소똥하고 이마받이 한다'는 것이 뭐냐고. 우리네 저 60년대 70년대의 살림살이가 내남없이 그러해서, 어머니는 늘 논으로 밭으로, 농한기면 농한기대로 체장사로 그릇장사로 늘 다섯 자식 뒷바라지에 분주하셔서 할머니 무릎 밑에서 말을 배우고 중학교에 들어갈 때까지 할머니 쌈짓돈을 넘보며 자랐다. 그 적에 할머니가 이제 막 아이를 낳고는 스스로도 대견하고 벅차서 갓난 것을 포대기에 들쳐 업고 마실 와서는 안방을 떡 차지하고는 쪽쪽 빨고 주무르고 예뻐 죽겠다는 새댁에게 농을 건네느라고 "그 소똥하고 이마받이한 것을 뭘 그렇게 죽고 못 살아. 내 보기엔 영락없이 암소 오줌자리에서 주워온 것 같구만." 하시던 것이 기억난다. 갓난 것의 쭈글쭈글하게 주름진 이마가 꼭 소똥 위에 엎어져서 퍼런 물이 지저분하게 든 것 같은 것을 두고 하신 말씀이었다. 그렇게 말해놓고는 당신도 덩달아 "얼럴럴 까꿍! 얼럴럴 까꿍!" 하고 갓난 것과 연방 눈을 맞추다가는 그예는 두 손으로 받들듯이 들어 올려서는 그 소똥하고 이마받이한 것 같은 이마를 당신의 주름진 이마에 비벼대며 "늬가 어디서 왔냐, 어디서 왔어? 어디서 와서 이렇게 늬 에미가 죽고 못 사냐?" 하시던 것이 기억난다. 그리고는 "아는 함부로 키워야지, 금이야 옥이야 키운다고 사람 안 돼. 함부로 키워야 효녀도 되고 효자도 되지. 그래야 에미도 편해." 하시면서도 당신은 정작 갓난 것의 배냇저고리를 여며주고 여며주고 하시는 것이었다. 그러고는 어린 것을 당신 이마 위로 훌쩍 들어 올려서 어르며 "애썼다. 늬 에미가 제일 애썼다. 왕후장상이 따로 있냐. 건강하면 그게 효자고 효녀고 장군이고 정경마님이지. 어이구, 이 떡두꺼비 같은 게 어디서 왔는고? 어느 구멍에서 쑤욱 나왔누?" 하시던 기억이 난다. 그즈음에 이르러, 새댁은 무슨 설움이 복받쳤던지 눈가에 물기를 닦아내는 것이었다. 새댁이, 할머니가 미역국에 밥을 말아내온 양푼만한 점심 그릇을 면구스레 비우고 갓난 것의 젖을 물리고는 다시 갓난 것을 포대기에 싸안고 고샅으로 나설 즈음에는, 그예 그 사라지는 뒷덜미에 대고 속엣말을 중얼거리시는 것이었다. "쯧쯧, 새끼 낳고 해복간해 줄 친정에미도 없고, 미역국

한 그릇 들여 줄 시에미도 없고, 어디 갈 데가 없어서 나한테 왔을꼬"
그렇게 서로가 모른 척 넌지시 달래가며, 또는 슬그머니 자리를 내어주어 가며 살아가지 못할 때, 병통이 생기고 원한이 생기고 전쟁이 생기는 것이 아닌가 싶다. 산 자 중에 아무도 자리를 비워주지 않는다면, 어찌 그 기쁨의 새 것인 갓난 것들이 올 수 있겠는가.

예나 지금이나 살고 죽는 것이 중대사며, 인간 슬픔과 기쁨의 근본 출처다. □

조기조

1963년 충남 서천 출생. 1994년 『실천문학』으로 등단. 시집으로 『낡은 기계』 『기름美人』 등이 있다.

리듬

초등학생 시절 오전 수업을 마치고 돌아오다 먼발치에 주저앉아서 개 혓바닥같이 길고 질긴 여름 해가 꼬박 질 때까지 사래 긴 밭을 하염없이 오르락내리락하며 김매기 품을 팔던 어머니를 바라본 적이 있는데 그 지루한 리듬이 오늘날 내 시의 리듬이 되었다.

-(『기름美人』, 2005)

□ 리듬만들기

나는 어려서부터 '리듬'이라는 문제에 골몰했다. 마치 태초에 리듬이 있었다(뷜로)는 듯이 말이다. 리듬은 존재를 둘러싸고 있는 환경을 이해하고 지각하는 한 방법(서우석)이며 그 환경에 적응하고 극복하는 한 기술이다. 따라서 모든 생명에는 리듬이 내재한다. 리듬은 생명의 존재방식이나 양상에 따라 제각각의 고유성을 갖게 되는데 그 고유성을 힘으로 해서 생명이 유지된다. 또한 환원하자면 그 고유성을 근거 삼아 생명성의 정체를 구별하고 인식하게 된다. 예컨대 심해의 바닥에서 살아가기 위해 납작해졌을 뿐만 아니라 양편에 있던 눈을 한편으로 몰아버리는 리듬을 가진 가자미처럼 나 또한 세계가 주어진 것이라면 그 안에서 살아가기 위해 나만의 어떤 특별한 리듬을 만들지 않으면 안 된다고 여겼던 것이다. 내게 삶은 리듬만들기였다.

스무 살부터 시작하자. 나는 성인이 되어 공장으로 갔다. 나는 몹시 낡은 밀링이라는 기계와 대면한 첫 출근일 하루를 일하고 나서 삼일 동안 출근하지 않고 그 하루의 노동에 대해서 생각했다. 생각의 결과는 절망이었다. 나도 공장에 다니다 죽은 아버지처럼 마흔을 전후로 해서 죽을 수도 있겠구나 하면서 한 움큼씩 결핵약을 털어 넣곤 하였다.

그리고 다시 생각했다. 마흔까지라도 살려면 기계와 친해지자는 결심으로 생각이 이어졌다. 그 후 나는 20년 동안 기계와 친하게 지냈을 뿐만 아니라 기계를 만드는 일을 하는 기계가 되어 살았다. 나는 고단하고 지루한 반복을 통해 생산하는 기계들의 원리와 속성을 나의 리듬으로 삼았던 것이다. 어쨌든 마흔을 훌쩍 넘어 쉰 줄에 접어들 수 있었던 것은 대단하다거나 멋지다거나 할 수도 없는 나만의 그 리듬 때문인지도 모른다.

나의 그 리듬만들기 속에는 나의 삶을 나의 문장으로 기록하자는 생각도 포함되어 있었다. 특별히 누군가로부터 혹은 어디에서도 전문적으로 문학을 배운 바는 없지만, 내 삶을 둘러싸고 있는 세계를 인식하고 그 안에서의 나의 삶을 이해하고자 시작한 것이 글쓰기였다. 그것이 나의 시쓰기의 출발이기도 했다. 삶을 문장으로 기술할 때 부닥치는 문제는 여러 가지가 있겠지만 나는 가장 우선적으로 리듬을 문제 삼았다. 삶의 리듬과 시의 리듬이 일치하는 방식을 찾아야 한다는 생각이 바로 그것이었다.

나는 시쓰기에서 그 내용은 나의 삶, 혹은 우리들의 삶, 즉 노동하는 삶의 경험을 바탕으로 삼고, 그 형식에서 노동하는 삶의 고단함과 지루함이 담긴 리듬을 구현해 보고자 했다. 고단함과 지루함의 반복으로서의 리듬, 그러면서 끊임없이 무언가를 생산하는 기계들의 리듬을 만들어보기 위해 나는 두 가지 시도를 해보았다. 하나는 서정의 특성이 요체인 시에서 서사성을 끌어들이는 것이었다. 시에서의 서사 도입은 한국현대시의 주요한 전통 가운데 하나지만 나는 그것을 원초적으로 어머니의 문체에서 배웠다. 아무리 작은 어떤 순간의 느낌일지라도 그것을 두런두런두런 조곤조곤조곤 서사적으로 풀어나가는 나의 어머니의 문체 말이다. 자칫 그것은 신파로 떨어지기 십상이지만 어머니가 노동을 하면서 보여주는 침묵, 간간히 신음만 삐져나올 뿐 어떤 잔꾀도 용납하지 않을 것 같은 굳은 침묵은 어머니의 문체를 견고하게 보이도록 했다. 한낮의 노동을 굳은 침묵으로 마치고 밤이 되면 두런두런두런 조곤조곤조곤 풀어가는 서사적 방식이 왠지 나에게 있어서 시적 고단함을 드러내기에 적당해 보였다. 둘째로 수사가 핵심인 시에서 수사를 최대한 배제하는 시도였다. 수사를 배제하는 방식은 기교를 누그러뜨리자는 의도였다. 시적 지루함을 드러내고자 하는데 화려한 수사가 왠지 걸맞지 않다고 느껴졌기 때문이었다. 그렇게 나는 시쓰기에서 서사의 도입과 수사의 배제를 통해 나만의 리듬을 만들어 보려고 했던 것이다. 나는 그것을 기계들의 리듬이라고 이름 붙였다. 그것은 죽음의 리듬이자 죽음을 견디는 리듬이었다. 어쩌면 나는 시를 죽이면서 시를 쓰고자 했는지도 모른다.

「리듬」은 나의 대표시가 아니다. 이 글 또한 그 「리듬」에 대한 글도 아니다. 두 번째 시집 맨 마지막에 실린 「리듬」은 시집을 낼 무렵 그때까지의 시쓰기를 되돌아보며 나의 삶과 시쓰기 전반에서 골몰했던 '리듬'을 시적으로 정리해 두자는 생각으로 쓴 시이다. 한편으로 나에게 그 '리듬'을 자신의 삶을 통해 가르쳐 준 어머니께 헌정하는 시로서의 의미부여가 있는 시이기도 하다. □

조연호

1969 충남 천안 출생. 1994년 <한국일보> 신춘문예로 등단. 시집으로 『농경시』 『천문』 『저녁의 기원』 『죽음에 이르는 계절』 등이 있다.

천문天文

하늘의 문자에서는 분무 살충제를 뒤집어 쓴 벌레처럼 소름 끼칠 정도로 아름다운 소리가 들려왔다.

고전주의자로서의 나는 별의 운동을 스스로 지켜볼 수 있기 때문에 별과 나 사이가 투명하지 않다고 여긴다.

전달에 대한 의문은 거기서부터 시작해서

성난 가족의 얼굴을 보는 것만으로도 분노에서는 평화로운 멜로디가 떠올랐다.

달 앞의 우리는 외양간 같은 영혼을 숨기기 위해 작은 판板이 되어 있었다.

내가 너를 갚아줄 것이다.

물 밖에서 자기의 이해되지 않는 몸을 바라보았던 흔적이 밤에겐 적혀 있다.

내가 너에게 겨를 묻혀줄 것이다.

묵매墨梅를 치던 사람,의 별자리

모음이 올 자리,의 별자리

서로 헤어지지 않도록 별들은 내게 악취를 모아주었지.

내가 만약 해바라기라면 내 얼굴을 조각조각 나눠들고 가을의 아이들은 나를 떠난다.
그럼 나는 텅 빈 구멍마다 삶은 빨래를 집어넣고
고장 난 얼굴이 되어 아이들의 칭찬을 받을 것이다.

고대古代 이야기가 입방체에 관한 이야기의 용사用事인 것처럼
그가 내게 개구리들을 보내셨다.
밤마다 물가에선 따라 부르기 비좁은 애곡哀哭이 들끓고
나의 막대가 나에게 주는 고마운 자해 때문에
이불 밑이 부끄러운 줄도 지켜지는 줄도 몰랐다.

웅덩이와 달라붙은 남자여, 나는 소년의 이름을 그렇게 불렀다. 이별은 보통의 추위처럼 격벽 밖에서 쓸쓸한 것들과 달라붙고 있었다. 깊은 잠을 상속 받은 사람은 (자동)떨어지다, (타동)떨어지다, 이등변二等邊에서 얼마만큼 탈락의 넓이를 가질 수 있을 것인가.
나는 붙이면 없어지는 그런 표현이 된다.

가장 밑에 고인 바람을 움직이기 때문에 나는
머나먼 인간을 별의 이행시대라고 부를 수 있다.
계系는 방점에서 결점으로 이행한다.

나는 소맥을 한 줌 쥐고 <그리하여, 만일>이라는 우주 한가운데 떠 있었다.

―(『천문』, 2010)

□ 임종하는 존재의 하늘

이 시 「천문」은 월간 『현대시』 2008년 7월호에 발표되었고 시집 『천문』에 표제작으로도 쓰였다. 당시의 나는 인간과 신이라는 거대 주제에 사로잡혀 있었다. 그 자연스러운 귀결로써 고전시대를 주목하게 되었는데, 인간과 신이 가장 가깝게 위치했었던 그 시대야말로 인간이 바라본 신의 모습을 가장 잘 포착할 수 있으리라는 기대 때문이었다. 신이라는 인간 최대의 추상이 어떻게 인간에게 가능할 수 있었는지에 대한 답변을 구한 것은 아니었고 단지 인간이 어디서부터 어디까지를 자신의 경계로 두느냐에 대한 의문이 곧 신이라는 불가해한 객체의 윤곽을 말해줄 수 있을 것이라는 기대 때문이었다. 다시 말해 인간의 범주를 넘어 초월로 나아갈 의도는 전혀 가지고 있지 않았다. 그런 의미에서 이 시는 인간이 사유로써 나아간 한 극점을 말하고자 했던 시이다. 신이 인격을 가질 수 없으며 그렇기 때문에 선악의 계측자가 아니라는 것은 스피노자로부터 들뢰즈까지 많은 철학자들이 주장한 것이었다. 신이라는 하나의 완결성과 편재성은 인간들에게 믿음을 주는 반면 인간이 스스로를 탐하고자 할 때, 특히 욕망에 의해 그러할 때 그 믿음을 괴롭게 한다. 신에 대한 믿음과 자기 몸이 가진 믿음의 불일치는 언제나 인간 운명에 도사리는 불온한 무엇이었다. 그 중

어느 한 편에 편향될 때 역사는 정갈해지고 평화는 간결해진다. 그리고 인간들은 그것만으로 충분히 위안이 될 수 있었다. 이 모든 종속성들은 만약 창조된 것이 아니라면 필히 내재되어 있어야만 한다. 우리가 운명이라 부르는 개체로서의 인간의 비극은 달리 말하면 운명의 주인 스스로가 자신이 설정한 원점과 그 원점으로부터 나아간 극점 사이의 거리일 뿐이다. 그리고 분명 신은 그 사이에 '있다'. 때문에 이 거리에 대한 의문은 일소될 수도 없고 확산될 수도 없다. 극점은 언제나 나아가는 바로 그 앞에 존재하며 영원히 좁혀지지 않는 하나의 추상화된 개념이기 때문이다. 이 말은 달리 말하면 인간이 신이 될 수 없는 것과 마찬가지로 신 역시 인간이 될 수 없다는 말과 같다. 즉 범주는 범주 내에서의 하위들에 대한 다양성의 가능은 제시하지만 범주 밖의 상위에 대해서는 다양은커녕 일국면一局面조차도 가능하지 않다는 의미인 것이다. 그렇다면 인간은 어찌하여 가능하지 않은 범주에 대해 갈망하는가? 혹은 왜 사유와 존재는 동일하지 않은가? 아마도 이 물음은 철학적으로, 종교적으로 사회학적으로 줄곧 지속될 것이다. 그리고 물음의 지속이 의미하는 것처럼 대답은 더욱 지속적으로 유보될 것이다.

소략하여 말하면, 이에 대한 시적 반응(답변이 아니라)이 나에게는 「천문」이라는 시와 『천문』이라는 시집이었다. 시가 말할 수 있는 것은 학學이 말할 수 있는 것과도, 다른 예술 장르가 말할 수 있는 것과도 다르기 때문에 퍽 엄밀한 발화를 요구조건으로 삼지는 않는다. 때문에 진정으로 인간이 갖는 추상의 극대를 포괄할 수 있는 것은 그러한 추상의 불온에 대해 유사하게 불온하게 행위하는 시라는 장르가 적절할 지도 모르겠다. 예컨대 신 존재증명이 중세를 지배한 철학적 주제였다면, 현대에 와서, 특히 시 장르에서 신은 언제나 주체와 발화에 내재되어 증명이 아니라 오히려 은폐의 길을 걸어왔다, 다소 신비적으로 그리고 다소 구원적으로. 그러나 증명도 은폐도 존재를 중심으로 하는 하나의 반경이며 반경의 방법일 뿐, 그것은 인간이 사유로써 존재를 이끌어가는 하나의 지향점이다. 그렇기 때문에 저 멀리 가닿을 수 없는 천체를 바라보고 천체에 적힌 빛의 문양들을 읽는 일은 희망적이기보다는 운명에 놓여있는 자신을 엿본 자의 혐오와 그러한 위치에 있는 자기 확인의 고통이다. 자기 운명의 끝에 임하려는 존재로서 모든 인간은 그러한 범주들의 표현을 겪는다. 인간은 임종臨終하는 존재다. □

이병률

1967년 충북 제천 출생. 1995년 <한국일보> 신춘문예로 등단. 시집으로 『당신은 어딘가로 가려 한다』 『바람의 사생활』 『찬란』 등이 있다.

장도열차

대륙에 사는 사람들은 긴 시간동안 열차를 타야 한다. 그래서 그들은 만나고 싶은 사람이나 친척들을 아주 잠깐이나마 열차가 쉬어가는 역에서 만난다. 그리고 그렇게 만나면서 사람들이 우는 모습을 나는 여러 번 목격했다.

이번 어느 가을날,
저는 열차를 타고
당신이 사는 델 지나친다고
편지를 띄웠습니다

5시 59분에 도착했다가
6시 14분에 발차합니다

하지만 플랫폼에 나오지 않았더군요
당신을 찾느라 차창 밖으로 목을 뺀 십오 분 사이
겨울이 왔고
가을은 저물 대로 저물어

지상의 바닥까지 어둑어둑해졌습니다

–(『당신은 어딘가로 가려 한다』, 2003)

□ 오래 기다렸다고 말해주십시오

1

열차 기관사를 꿈꾸었습니다. 물론 어렸을 때의 일입니다. 아주 어려서부터 일 년에 몇 번 기차를 탈 일이 있었는데 그때 제가 한 일은 창가에 매달려 바깥 풍경을 보는 일이었습니다. 눈이 빠질 것처럼 무언가에 홀려 창밖을 보고 있으면 뭐가 그리도 좋던지요.

기차를 타는 일은 나를 다른 곳에 데려다 놓는 일이기도 했으며 사전을 펼치는 일이기도 했을 겁니다. 열차 기관사가 될 수만 있다면 그 풍경들을 매일 볼 수 있을 터이니 그렇게 좋은 사람이 될 수도 있을 것 같았습니다.

그래 그런가요. 나의 삶은 기차 타는 일이 많았습니다. 기차에서 잠자는 일과 기차에서 눈 뜨는 일쯤은 아무 일도 아닌 일이 되었고 그게 며칠 동안 이어져도 힘겹다 하지 않게 된 사람입니다. 열차 기관사가 되고 싶었다가 열차가 되어버린 사람입니다, 나는.

지금으로부터 약 15년 전에 쓴 이 시는 중국 대륙을 여행하면서 모티브를 얻었습니다. 티베트에 도착하자마자 장염으로 이틀을 꼬박 앓았고 그렇게 티베트를 여행하고 나오는 길은 육로였는데 서른 몇 시간 동안을 타고 나와야 하는 버스에서는 얼어 죽을 정도의 추위와 워낙 난폭한 운전 탓에 머리가 버스 천장에 부딪쳐 머리가 깨지는 일을 감내해야만 했습니다. 모두 지난 그때의 일이니 겨우 말할 수 있지만 다시 그 길을 반복하라고 하면 인간적으로 어려웠을 것 같습니다.

마음이 가난할 대로 가난하고 몸도 축날 대로 축난 그 시점. 버스 안에 가득 탄 사람들은 몸을 붙이고 잠을 자야 그 설산을 넘을 수 있었습니다. 난방이 전혀 되질 않은 버스 안은 너무나도 추워서 잠을 잘 수 없거나 잠을 자다가 목숨을 잃을지도 모를 정도로 추웠습니다. 아는 사람이고 모르는 사람이고 옆 사람의 체온을 빌려야 했습니다. 그래도 그 경건한 밤이 지나고 아침이 되었을 때는 모두가 환하게 웃고 있었습니다.

그 며칠을 보내고 열차가 있는 도시에 도착해서는, 또 다시 며칠을 걸려 북경으로 돌아가는 일이 남아 있었습니다. 기차가 기차역에 들러 쉬어가는 동안은 많은 사람들이 타고 내릴 뿐만 아니라 또 다른 일을 보러 나온 사람들이 보였습니다. 기차가 역에 정차하는 동안 그동안 보지 못했던, 그동안 보고 싶었던 사람들이 서로 잠깐 동안이나마 만나서 웃고 껴안고 이야기를 나누고 그랬습니다. 뭔가를 정성껏 준비한 것들을 전해주는 사람도 있었습니다.

아, 나는 만나야 할 사람이 누구인가를 생각했습니다. 누구를 만나 뜨겁게 안고 눈물을 훔치다 다시 기차에 올라야 하는지를 떠올렸습니다. 무수한 이야기가 맴돌아 나는 그만 눈이 붉어졌습니다.

2

나의 시는 이야기들을 축으로 하고 있으며 그것은 내 시론의 중심입니다.

여행을 많이 다닙니다. 역시 피의 핑계를 댈 수밖에는 없는데 내겐 방랑벽이 다분합니다. 그렇게 혼자 떠난 곳에서 가만히 있거나, 아니면 낯선 누군가를 만나는 것. 이 두 가지를 행하는 것이 여행이겠고 그 안에서 시를 생각하는 시간이 가장 큰 행복입니다. 아니 뒤집어 말하면 절대적으로 혼자 있음으로 정화된 시간과 공간 속으로 시가 자연스럽게 스며들기를 기다린다고 할까요. 인류의 많은 시인에게 절대적으로 그러한 것처럼 시는 오는 것입니다. 성큼 먼저 가 있어도 안 되는 것이고, 끌어당겨서도 아니 됩니다. 그렇다면 기다리는 일일 겁니다. 마치 삶처럼 말입니다. 기다리다가 지치기도 하는 것이고 무언가가 와도 내가 온 것을 모르면 그냥 놓치고 마는 것이겠지요. 그 또한 삶처럼 말입니다.

나에게 있어서 이미지라는 것은, 사진寫眞에 있어서의 빛의 자격입니다. 사진의 경우, 최소한의 빛이 모이지 아니하면 색깔도 형태도 상像조차도 부재합니다. 빛이 닿아서 빛나는 사물의 '물성'이 나의 시에 있어서는 절대적 재료인데, 그것은 감정을 가진 눈으로 사물을 보는 일과 무척 닮아 있다는 생각입니다. 그럴 때 사물은 사물로만 머무는 것이 아니라 내 감정과, 내 심리가 닿으면서 폭발하고 그것은 결국 묘한 형태의 이미지로 피어납니다. 그때 이미지는 제 안에 들어와 자연스럽게 놀기를 즐겨하면서 이야기가 되고 나의 시는 그것의 일부를 포착하는 정도일 겁니다.

무슨 말을 하다가 고개를 푹 숙이거나, 어떤 풍경을 보다가 눈을 감아버리는 순간. 시가 도착했음을, 기차가 도착했음을, 그리고 내가 기다리고 있었음을 알아주십시오.

역시도 사람 안에서 사람을 기다리면서 시를 쓰게 될 것입니다. 사람으로부터 겪은 일들과 차올랐던 일들, 그리고 힘이 되었던 일들을 그림 그리고 또 꿰맬 것입니다. 부디 내가 많이 기다렸노라고 시에게, 그 사람에게 말해 주십시오. □

권혁웅

1967년 충북 충주 출생. 1997년 『문예중앙』으로 등단. 시집으로 『황금나무 아래서』 『마징가 계보학』 『그 얼굴에 입술을 대다』 『소문들』 등이 있다.

마징가 계보학

1. 마징가 Z

기운 센 천하장사가 우리 옆집에 살았다 밤만 되면 갈지자로 걸으며 고래고래 소리를 질렀다 고철을 수집하는 사람이었지만 고철보다는 진로를 더 많이 모았다 아내가 밤마다 우리 집에 도망을 왔는데, 새벽이 되면 계란 프라이를 만들어 돌아가곤 했다 그는 무쇠로 만든 사람, 지칠 줄 모르고 그릇과 프라이팬과 화장품을 창문으로 던졌다 계란 한 판이 금세 없어졌다

2. 그레이트 마징가

어느 날 천하장사가 흠씬 얻어맞았다 아내와 가재를 번갈아 두들겨 패는 소란을 참다못해 옆집 남자가 나섰던 것이다 오방떡을 만들어 파는 사내였는데, 오방떡 만드는 무쇠 틀로 천하장사의 얼굴에 타원형 무늬를 여럿 새겨 넣었다고 한다 오방떡 기계로 계란빵도 만든다 그가 옆집의 계란 사용법을 유감스러워 했음에 틀림이 없다

3. 짱가

위대한 그 이름도 오래 가지는 못했다 그가 오후에 나가서 한밤에 돌아오는 동안, 그의 아내는 한밤에 나가서 오후에 돌아오더니 마침내 집을 나와 먼 산을 넘어 날아갔다 어디선가 누군가에 무슨 일이 생겼다 그 일이 사내의 집에서가 아니라 먼 산 너머에서 생겼다는 게 문제였다 사내는 오방떡 장사를 때려치우고, 엄청난 기운으로, 여자를 찾아다녔다 계란으로 먼 산 치기였다

4. 그랜다이저

여자는 날아서 어디로 갔을까? 내가 아는 4대 명산은 낙산, 성북산, 개운산 그리고 미아리 고개, 그 너머가 외계였다 수많은 버스가 UFO 군단처럼 고개를 넘어왔다가 고개를 넘어갔다 사내에게 역마驛馬가 있었다면 여자에게는 도화桃花가 있었다 말 타고 찾아간 계곡, 복숭아꽃 시냇물에 떠내려 오니…… 그들이 거기서 세월과 계란을 잊은 채…… 초록빛 자연과 푸른 하늘과…… 내내 행복하기를 바란다

—(『마징가 계보학』, 2005)

□ 계란 타령과 로봇의 계보학

「마징가 계보학」은 2005년에 낸 두 번째 시집의 표제시다. 이 시집 덕분에 별명이 하나 생겼고, 문단에서 누이동생들이 '마 오빠'라 불렀으니 좋든 싫든 대표작이 되었다. 좋았던 것은 이른바 출세작이 되었다는 것. 뭐 대단히 성공했다는 뜻은 아니고 그 전 첫 시집이 워낙 주목을 못 받았던 탓에 세상이 알아주게 되었다는 뜻이다. 이 시집이 그동안 출간한 다른 세 권을 합친 것보다 더 팔렸으니 틀린 말은 아니다. 싫었던 것은 그 이후의 다른 시도가 이 시집과의 거리로 평가되었다는 것. 독자들의 기대란 게 시인의 생각보다 훨씬 완강하다는 걸 느꼈다. 뭐야, 울다가 웃다가 하던 경험 어디 갔어? 유머, 역설, 패러디 다 어디 갔어? 이런 반응들을 이후의 두 권을 낼 때마다 받았다. 휴, 마징가 제트도 그레이트 마징가로, 그랜다이저로, 나중에는 건담이나 트랜스포머로 진화하잖아요? 언제까지 마징가 놀이할 수는 없잖아요? 조금 지나면 마징가가 뭔지도 모르는 세대가 어른이 된다구요. 뭐 이런 말을 하고 싶었다. 그래서 처음으로, 지금, 이렇게 한다.

이 시집에 실린 시들은 거의가 실화다. 내가 한 일이라곤 기억의 목록들을 카드 패를 섞듯 다르게 배치한 것뿐이다. 시집에 나오는 정복이도 인자도 용구도 모두 실존인물이다. 이 시에 나오는 사내들도 물론이다. 고철 수집하는 이는 「스파이더맨」에도 나오는 그 사내다. 오방떡 사내와 아내는 우리 집에 세 들어 살던 젊은 부부였다. 덕분에 밤늦게 식은 오방떡을 제법 얻어먹었다. 그 사내와 아내와의 일은 「불한당들의 세계사」에 나오는 "빽바지를 입고 다니던 사촌형"의 일을 옮겨 왔다. 남자의 무위도식에 질린 여자가 아들을 낳자마자 야반도주를 했다. 거기에 도화살과 역마살을 더했다. 모든 걸 운명(사실은 팔자가 더 정확한 표현이다)이라고 말하지 않고서는 도무지 견딜 수가 없는 세월이었으므로.

여기에 이 만화영화들의 주제가를 섞었다. 나와 같은 세대 분들이라면 시를 읽다가 흥얼거리기도 했으리라. "기운 센 천하장사, 무쇠로 만든 사람" "어디선가 누군가에 무슨 일이 생기면…… 엄청난 기운……" "UFO군단…… 초록빛 자연과 푸른 하늘과……" 하는 노래들. 로봇 주인공의 일생과 이들의 일생을 동시에 설명하는 노래가 있다면 노래를 들을 때마다 둘을 동시에 환기하게 될 테고, 그것은 곧 둘이 같은 정서로 묶인 일심동체라는 얘기가 되지 않겠나? 이들이야말로 인간으로 변신해서 우리 주변에 살던 인간형 트랜스포머들이 아니었을까? 내가 살던 집은 낙산의 북쪽 사면이었고, 옥상에 올라서 북향하면 왼쪽에 성북동, 오른쪽에 개운산이, 그 사이에 미아리고개가 있었다. 고개를 오르내리는 수많은 차들의 전조등과 미등을 보며 아, 나도 언젠가는 이곳을 떠나야지, 다짐했었다.

이 시에는 계란 타령이라고 이름 붙이고 싶은 또 한 얘기가 있다.

계란으로 네 이야기를 묶을 수도 있다는 얘기다. 고철 사내의 아내가 쓴 계란은 자기 눈 위를 문지를 계란이기도 하고 술이 깬 남편의 아침밥상에 올라갈 프라이이기도 하다. 오방떡 사내는 계란을 생계수단으로 썼지만 나중에는 운명에 대항하는 용도로 쓴다. 그 사내의 아내는 그것이 지긋지긋했을 것이다. 그래서 사내도 아내도 계란 따위는 잊으시라고 주문을 넣었다. 모두 잊으시라, 한 시절의 추억과 행복과 쓸쓸함과 삶을. 우리에게는 지금 이 삶이 또한 트랜스폼이니. 그런 전변을 따라가고 싶었다. 삶이 시작하고 영위되고 끝나는 형식, 이른바 폼생폼사가 내 시의 영원한 주제가 될 것이다. 그러니 이제, 또 다른 변신의 시작이다. □

손택수

1970년 전남 담양 출생. 1998년 <한국일보> 신춘문예로 등단. 집으로 『호랑이 발자국』 『목련전차』 『나무의 수사학』 등이 있다.

달과 토성의 파종법

매달 스무여드렛날이었다
할머니는 밭에 씨를 뿌리러 갔다

오늘은 땅심이 제일 좋은 날
달과 토성이 서로 정반대의 위치에 서서
흙들이 마구 부풀어 오르는 날

설씨 문중 대대로 내려온 농법대로
할머니는 별들의 신호를 알아듣고 씨를 뿌렸다

별과 별 사이의 신호를
씨앗들도 알아듣고
최대의 發芽를 이루었다

할머니의 몸속에, 씨앗 속에, 할머니 주름을 닮은 밭고랑 속에
별과의 교신을 하는 무슨 우주국이 들어 있었던가

매달 스무여드레 별들이 지상에 금빛 씨앗을 뿌리던 날
할머니는 온몸에 별빛을 받으며 돌아왔다

-(『목련 전차』, 2006)

□ 농부와 시인 그리고 기도

나는 무지렁이 농부의 후예다. 농農자는 별辰과 노래曲가 결합된 말. 이처럼 지고지순한 말이 어디 있을까. 농부는 벼가 익을 때 먼 우주의 별들도 벼 익는 소리에 눈을 반짝 뜨고 명상을 한다는 걸 직관으로 알고 있는 이들이다. 겨우내 굳었던 땅을 갈아엎으면 자신의 땅과 이어진 수천 킬로 밖의 대지도 등을 긁어주는 쾌감에 미소를 짓고 개운해 할 줄 안다는 걸 인식 이전의 감각으로 파악하고 쟁깃날을 쥔 노곤한 손에 힘을 줄 줄 아는 이들이다.

나는 농부가 되고 싶어서 서너 살 무렵부터 어른들을 따라 들일을 나서곤 하였다. 지금도 기억난다. 소의 잔등을 올라타는 재미로 한사코 만류하는 어른들 앞에서 호미를 들고 떼를 쓰던 어린 농군을. 모를 심던 날은 종아리에 붙은 거머리들이 피를 빨아먹는 줄도 모르고 오선지에 음표라도 달듯 못줄을 따라 모를 심었다. 그때 발바닥에 착 달라붙어서 끈기 있게 살을 부비던 흙의 감각은 아마도 어머니의 아늑한 품속과 같은 것이었으리라. 그 품속에서는 무엇 하나 신비 아닌 것이 없었다. 사물들과의 모든 만남을 첫사랑의 느낌으로 받아들일 수 있도록 세계는 생명감에 가득 찬 모습으로 어린 나를 이끌었다. 그때 나의 걸음마를 가르친 것은 나비였고, 숨 쉬는 법을 가르친 것은 들판을 불어가는 바람이었다. 어쩌면 나는 뒹구는 돌멩이 하나가 고집스럽게 꼭 그러쥔 세계의 비밀과 흔들리는 풀잎 아래 풀뿌리를 쥐고 놓지 않는 대지의 위대한 사랑을 찾아가는 데 평생을 바쳐야 할 운명을 예감키라도 하였던 것일까.

어떤 구체적 장소를 선택하여 산다는 것은 하나의 실존적 선택이다. 대지와의 근원적인 친밀감을 내가 선택한 것은 아니지만 나는 작은 농경공동체를 하나의 성소처럼 받아들였던 것 같다. 성좌에 그려진 설계에 따라 도시를 건설하였던 옛 사람들의 전설처럼 나를 있게 한 그 작은 마을은 어떤 변화와도 관계없이 초월적 원형을 모방한 것이었다. 그 속에서는 별이 모든 방위에서 빛났다. 엘리아데 식의 표현대로라면 그때 나는 아마 비역사적인 그리스도교였나 보다.

대지와의 이 같은 일체감을 잃어버린 것은 초등학교 입학 전 고향을 떠난 부모님을 따라나서면서부터였나 보다. 도시의 학교에 첫 등교를 한 날 장래희망을 발표하는 시간이 왔다. 나는 내 순서가 오길 다소 달뜬 마음으로 기다리고 있었다. 새로 만난 도회의 친구들에게 내 고향 땅이 얼마나 아름다운 곳인지, 고향에서 농부로 살고 싶은 내 꿈이 얼마나 근사한 것인지를 자랑스럽게 들려주고 싶었던 것이다. 아이들은 봄에 뿌린 씨앗이 알곡이 되어 나오는 과정에 대해 듣는다면 놀라움을 금치 못하리라. 한 알의 알곡이 나오기까지 하늘과 땅과 인간의 협동은 그야말로 경이 그 자체가 아니던가.

너의 꿈은 뭐니? 드디어 기다리던 내 차례가 왔다. 다른 친구들은 대통령이나 검사, 의사 혹은 선생님을 얘기하였다. 모두들 훌륭한 꿈이었다. 그러나 내가 가진 농부의 꿈만큼 행복한 꿈은 없는 것 같았다. 서랍을 확 잡아당기듯이 앉은 책상을 뒤로 밀며 자리에서 일어선 나는 가능한 큰소리로 대답하였다. '제 꿈은 농부입니다.' 목소리톤이 지나치게 작위적으로 높았던 것일까. 말이 떨어지기 무섭게 교실 안이 이내 한바탕 웃음바다가 되었다. 그 또래 아이들의 악동기는 전염성이 크기 마련, 한번 터진 웃음은 그악스러울 만치 좀처럼 진정이 되질 않았다. 나는 이내 주눅이 들어 얼굴이 붉게 달아올랐다. 어떤 아이는 소란을 진정시키기 위해 잔뜩 과장된 인상을 하고 있는 선생님께 농부는 공부를 하지 않아도 아무나 될 수 있는 건데 그게 꿈이 될 수 있냐고 묻기까지 하였다. 잘못 꾼 꿈은 고쳐야 한다고 대놓고 타이르는 무리들도 있었다.

그날의 상처는 학교에서보다 집에서 더욱 난도질을 당했다. 마음이 상한 나는 학교에서 있었던 일을 아버지께 들려주었다. 비록 지금은 고향을 떠나 도회의 노동자가 되었지만 농사를 지어본 아버지만은 상심한 나를 위로해줄 것 같았기 때문이다. 그런데 그날 아버지는 똑똑히 말씀하셨다. "농사는 힘든 것이란다. 힘든 농사를 짓지 않으려고 도시로 왔으니 너도 이제는 농부의 아들이 아니란다." 그날 저녁 무언가 큰 잘못이라도 한 듯 고개를 숙인 채 한스럽게 눈물을 뚝뚝 떨구던 아들을 심란하게 바라보시던 아버지의 그 쓸쓸한 눈빛을 잊을 수가 없다. 그때는 따져 묻지 못하였지만 이후 농부보다 더 고단한 삶을 살아야 했던 아버지의 삶 속에서 나는 이해하게 되었다. 농사가 힘든 게 아니라, 농사를 힘들게 하는 세상이 힘든 거라고. 그리하여 지병으로 병원에 입원하신 당신이 일주일간의 혼수상태 속에서 잠시 깨어났을 때 나를 붙들고 한 말 또한 잊을 수 없다. "여보게 젊은 양반, 나를 고향으로 좀 데려다 주게."

고향을 떠나고서 삼십 년이 흘렀다. 아버지의 뜻대로 농부의 꿈은 결국 이루어지지 않았다. 농부 대신 나는 겨우 '별辰을 노래曲'하는, 아니 하고 싶은 시인이 되었다. 내게 시라는 것은 여전히 농업에 대한 간곡한 그리움의 형식이다. "농부들의 움직임은 아주 느려서, 마치 느리게 도는 별들이 그와 함께 움직이는 듯하고, 농부의 궤도와 별의 궤도가 서로 겹치는 것 같다."(막스 피카르트, 『침묵의 세계』) 가능하다면 이와 같은 잃어버린 궤도를 따라가보고 싶다. 그리하여 나는 내 말농사가 풀잎 하나 푸르게 하지 못한다는 걸 잘 알고 있으면서도 풀잎을 흔들고 가는 바람의 끝자락이라도 닮을 수 있다면 하는 마음으로 시를 쓴다. 그리고 그 시가 유년시절 나를 품어주던 우주에 드리는 기도가 되었으면 하는 마음으로 두 손을 모은다. 기도 속에서는 내 숨소리도 더 잘 들리고, 내 혈액을 통과하는 그분의 숨결도 더 잘 느껴진다. 이 근원적인 친밀감이 어디에서 오는지는 알 수가 없다. 다만, 알지 못함의 편에 기꺼이 있고 싶다는 생각으로, 삶은 도무지 설명할 수 없는 무엇인가가 지속적으로 개입하는 방식으로 현현되는 것인지도 모른다는 믿음으로 무릎을 꿇는다. □

신해욱

1974년 강원 춘천 출생. 1998년 <세계일보> 신춘문예로 등단. 시집으로 『간결한 배치』 『생물성』 등이 있다.

보고 싶은 친구에게

열두 살에 죽은 친구의 글씨체로 편지를 쓴다.

안녕. 친구. 나는 아직도
사람의 모습으로 밥을 먹고
사람의 머리로 생각을 한다.

하지만 오늘은 너에게
나를 빌려주고 싶구나.

냉동실에 삼 년쯤 얼어붙어 있던 웃음으로
웃는 얼굴을 잘 만드는 사람이 되고 싶구나.

너만 좋다면
내 목소리로
녹음을 해도 된단다.

내 손이 어색하게 움직여도

너라면 충분히
너의 이야기를 쓸 수 있으리라 믿는다.

답장을 써주기를 바란다.

안녕. 친구.
우르르 넘어지는 볼링핀처럼
난 네가 좋다.

－(『생물성』, 2009)

□ 조정미

나와.

조정미는 나갔다. 담임은 입술이 굳었다. 교탁을 앞으로 밀었다. 반지를 빼고 시계를 끌렀다. 왼쪽. 오른쪽. 왼쪽. 오른쪽. 조정미의 뺨이 날아가기 시작했다. 머리칼이 사방으로 휘날렸다. 맞을 때마다 반동으로 발이 뒤로 물러났다. 물러나다가 잘못 디뎌 넘어졌고, 다시 일어나 물러나다가 더 물러날 데가 없는 교실 앞문에 등을 기댔다. 이윽고 담임의 손이 멎었다.

나가.

조정미는 나가지 않았다.

들어가.

조정미는 들어가지 않았다.

울지 마.

조정미는 울지 않고 있었다. 숨이 차고 얼굴이 달아오른 채로 묵묵했다. 종이 울렸다. 여선생이 여자애의 뺨을 갈겨대던 초가을의 오후. 날은 맑았고 창밖 운동장에는 저학년 꼬마들이 와글거렸다. 열두 살의 조정미는 우리 반에서 여자애로 취급받지 못하는 유일한 여자애였다.

*

나는 조정미의 글씨를 따라 썼다. 조정미처럼 연필을 잡았고 조정미처럼 공책을 기울였고 조정미처럼 획을 그었다. 조정미의 ㅂ과 ㅌ과 ㄹ과 ㅎ을 또박또박 베꼈다. 글씨가 몰라보게 좋아졌구나. 일기장을 검사하던 담임으로부터 어느 날 칭찬을 들었다. 조정미는 좋은 글씨를 지녔다고 칭찬을 받은 적이 없었다. 나는 조정미에 대해 일기를 쓴 적이 없었다.

*

조정미는 열네 살에 죽었다. 그해 봄 우리는 데면데면한 작별인사를 나누며 다른 중학교로 진학했고, 그해 여름 조정미는 보험외판원이던 엄마를 따라나섰다가 혼자 큰물에 휩쓸렸다. 나는 조정미와 같은 학교를 다니던 친구의 친구로부터 그 소식을 들었다. 너무 불쌍한 것 같아. 친구의 친구는 울먹였다. 나는 울먹여지지 않았다. 조정미에 대해, 조정미를 향해, 일기가 써지지도 않았다. 그러나 그 후로도 오래도록 나는 조정미의 글씨를 따라 일기를 썼다. 조정미처럼 연필을 잡았고 조정미처럼 공책을 기울였고 조정미처럼 획을 그었다.

*

몇 년. 혹은 십 몇 년. 글씨가 무너지기 시작했다. 펜을 잡는 손에 힘이 들어갔다. 노트와 팔의 각도가 불편했다. 손바닥에 땀이 찼다. 조정미처럼 연필을 잡을 수 없었다. 조정미처럼 공책을 기울일 수 없었다. 조정미의 자음과 모음을 기억할 수 없었다. 왜지? 묻고 싶었지만 물을 데가 없었다.

*

십 몇 년. 그리고 이십 몇 년. 나의 글씨에는 더 이상 조정미의 흔적이 남아 있지 않다.

*

올해 열두 살인 조카에게 생일축하 전화를 했다. 조카는 빨간 신발이 갖고 싶다고 했다. 투박한 운동화는 싫으니 탐스슈즈가 좋겠다며 헤헤 웃었다. 열두 살이란 이런 나이였나. 인터넷 쇼핑몰에 들어가 검색어를 입력했다. 탐스슈즈. 빨강. 열두 살. 퍼뜩 열두 살은 필요 없는 검색어라는 걸 깨달았을 때, 조카가 다시 전화를 걸었다. 숙모, 내 발은 225에요. □

유홍준

1962년 경남 산청 출생. 1998년 『시와반시』로 등단. 시집으로 『喪家에 모인 구두들』 『나는, 웃는다』 『저녁의 슬하』 등이 있다.

喪家에 모인 구두들

저녁 喪家에 구두들이 모인다

아무리 단정히 벗어놓아도

문상을 하고 나면 흐트러져 있는 신발들

젠장, 구두가 구두를

짓밟는 게 삶이다

밟히지 않는 건 亡者의 신발뿐이다

정리가 되지 않는 喪家의 구두들이여

저건 네 구두고

저건 네 슬리퍼야

돼지고기 삶는 마당가에

어울리지 않는 화환 몇 개 세워놓고

봉투 받아라 봉투,

화투짝처럼 배를 까뒤집는 구두들

밤 깊어 헐렁한 구두 하나 아무렇게나 꿰 신고

담장 가에 가서 오줌을 누면, 보인다

北天에 새로 생긴 신발자리 별 몇 개

-(『喪家에 모인 구두들』, 2004)

□ 상갓집 마당에서 바라본 별떨기들

십 년 전 여름이었다고 생각이 됩니다. 저는 기록을 잘 하지도 않거니와 자료를 잘 모아두지도 않기 때문에 지나간 것은 거의 잘 모릅니다. 어쨌든 등단을 하고 처음으로 『창작과비평』에 청탁을 받았고 나름 좀 잘 써 보려고 용을 썼던 것 같습니다.

그런데 원고를 보냈는데 창비에서 살짝 난색을 표했습니다. 더 좋은 시가 없냐는 것이었지요. "네에~." 저는 기어들어가는 목소리로 대답을 했던 것 같고 "어떡하지?" 걱정을 했던 것 같습니다.

사나흘 말미를 준다고 했던가? 마침 친구의 부친이 갑자기 돌아가셔서 저는 문상을 가야 했고 마음이 더 급했습니다. 지금이야 아무리 시골이라도 다 장례식장에서 초상을 치릅니다만, 그때만 해도 저희 시골에서는 집에서 초상을 치루는 게 일반적이었습니다. 고인이 태어난 안방이 영안실로 바뀌고, 고인이 낳은 자식들은 병풍 뒤에 시신을 모셔두고 조문객들을 받고, 시신과 함께 2박 3일을 보내는 거 말입니다.

하여간 문상을 가야 했고 이것저것 닥치는 대로 일을 거들어야 했습니다. 우리 고향친구들은 부모가 돌아가시면 전원 다 휴가를 내고 달려가 거들어야 하는 게 철칙. 상여꾼이 모자라면 상여를 메고, 산역일꾼이 모자라면 삽과 괭이를 들어야 하는 것을 당연한 것으로 알고 있었으니까요.

시골 아주머니들이 차려주시는 술상을 들고 마당이며 헛간이며 마을회관이며 여기저기 이리저리 뻔질나게 돌아다녀야 했습니다. 고향인지라 상주의 형이나 동생 친구들이 오면 오랜 만이네, 어쩌네, 건네는 술잔도 그 와중에 한 잔씩 털어 넣어야 했고 누군가 먹다 놓아둔 젓가락으로 안주도 한 젓가락씩 집어 먹어야 했습니다. 그야말로 시골 초상집은 싱글벙글 잔칫집 분위기였지요. 우리는 괜히 기분이 좋아져서 신바람이 절로 났습니다.

자정이 조금 지나서였을 겁니다. 아래채 작은 방에선 섯다 판이 벌어져서 떠들썩한 소리가 흘러나오고 있었습니다. 잠시 눈을 붙일 요량으로 차에 가서 등받이를 젖히고 누웠는데 불쑥, 갑자기, 이 시가 생각이 났습니다. 채 10분이 걸렸나 몰라, 한 달음에 이 시 「喪家에 모인 구두들」을 썼고, 그리고 『창작과비평』에 보냈고, 이 시는 저의 첫 시집 표제작이 됐습니다.

김재홍 교수께서 엮으신 『한국의 명시 100편』에도 실리고 정효구 교수께서 엮으신 『시 읽은 기쁨』에도 실리고 여기저기, 이 사람 저 사람, 호평들을 해 주셨는데 사실 처음에 저는 이 시가 썩 마음에 들진 않았습니다. 이를테면 첫 시집을 낼 무렵 저는 리얼리즘 시로부터 벗어나려고 안간힘을 쓰고 있었고, 그런 맥락에서 이 시가 썩 마음에 들지 않았던 것이지요. 독자들이 좋아하는 시와 본인이 좋아하는 시는 다르다고 느꼈습니다.

그러나 지금은 저도 이 시가 좋습니다. 무엇보다 저의 원형이기에 좋습니다. 제가 태어난 고향은 지리산 자락이고 고작 열댓 가구가 사는 깊고 깊은 산골입니다. 저는 오이넝쿨이 우거진 고향집 마당가 담장 밑에다 수도 없이 오줌을 누며 캄캄한 고향 밤하늘을 우러러 보았습니다. 그 캄캄한 바탕 위에 샛노랗게 뿌려진 별떨기 떼들을 올려다보며 알지 못할 무엇을 느끼곤 했습니다.

언젠가 직장 동료들이 우리 시골집으로 흑돼지를 잡아먹으러 간 적이 있었는데 그들의 진단은 한 마디로 이런 것이었습니다. '야쿠르트가 살아 숨 쉬는 동네다!'

그렇습니다. 인공적인 것이 아니라 날것 그대로의 시, 그것의 저의 원형이고 끝끝내 제가 쓸 수 있는 시일 것 같습니다. 마침내 저의 시의 맨 얼굴이 그것일 것 같습니다. 다시 한 번 시골에서 이전의 그 떠들썩한 장례를 치러보면 좋겠습니다. □

이
영
광

1965년 경북 의성 출생. 1998년 『문예중앙』으로 등단. 시집으로 『직선 위에서 떨다』 『그늘과 사귀다』 『아픈 천국』 등이 있다.

버들집

어쩌다 혈육이 모이면 반드시 혈압이 오르던 고향

원적지의 장터,

젓가락 장단 시들해진 버들집

아자씨 고향이 나한텐 타향이지라

술 따르는 여자들은 다 전원주 같거나 어머니 같다 황이다

나는 걷고 걸어 지구가 저물어서야 돌아왔는데,

이미 취한 여자의 정신없는 몸에 어깨나 대어준다 황이다

더운 살이 흑흑 새어 들어와도

나는 안지 못하리라, 고향에서 연애하면 그건 다

근친상간이리라

파경이리라

옛날 어른이 돌아온 거 같네 얄궂어라

수양버들 두 그루가 파랗게 시드는 꿈결의 버들집

버들집은 니나놋집

나는야 삼대,

어느 길고 주린 봄날의 아버지처럼 그 아버지처럼

질기고 어리석은 고독으로서

시간이, 떠돌이 개처럼 주둥이를 대다 가도록 놔둔다 황이다
고향을 미워한 자는 길 위에 거꾸러지지 않고
돌아와, 어느새 그들이 되어 있는데
수양버들 두 그루는 아득한 옛날에 베어지고 없고
그 자리, 탯줄 같은 순대를 삶고 있는 국밥집
삼거리엔 폐업한 삼거리 슈퍼
보행기를 밀고 가는 석양의 늙은 여자는 어머니, 어머니,
하고 불러도, 귀먹어
돌아볼 줄 모른다

-(『아픈 천국』, 2010)

□ 어떻게 돌아가야 할지

내 고향은 경상북도 의성군 단촌면의 산골이다. 면소재지에서도 시오리나 떨어져 있다. 고속도로 국도 지방도로를, 시멘트 포장도로와 비포장 흙길을 차곡차곡 밟아야 갈 수 있는 곳이다.

그 오지에서 사백 년을 살아왔다는 지나가는 말이 자랑인 것도 푸념인 것도 같던 어린 시절의 가장 큰 꿈은, 면소재지의 오일장에 따라가 짜장면을 먹어보는 것이었다. 어머니 치맛자락을 붙잡고 걷거나 운 좋게 '구루마'에 실려 흙먼지 풀썩이는 자갈길을 나가서는, 나팔이 울고 만국기가 펄럭이는 장거리를 넋을 잃고 따라다니다가, 중국집 때 절은 탁자에 앉아 젓가락을 양손에 쪼개 들고 짜장면을 기다렸었다.

고추 마늘을 팔아 현금을 손에 쥔 아제들이 대폿집 주렴 안에서 왁자하니 떠들던 소리, 뒤늦게 장에 나와 여기저기 남자들을 찾아다니던 아지매들 분주한 발놀림들, 기름집 참기름 냄새, 빨강풍선 노랑풍선, 엿장수 뱀장수들, 트럭 위에서 꿈쩍도 하지 않고 바보같이 침만 게게 흘리며 우시장에서 실려 나가던 누렁 소들이 생각난다. 그리고 그 '버들집'.

뭐 하는 곳인지 어려선 몰랐던 집. 옛날엔 할아버지를, 그 다음엔 아버지를, 그 다음다음엔 날 끌어들이던 방석집. 어머니 심부름으로 가보면, 코끝을 싸하게 만들던 열기와 담배 연기 속에서, 벽에 반쯤 눕거나 아예 일어선 남자들과 여자들 사이에서 눈이 뿌옇게 풀린 아버지가 나서서는, 뭐 하러 왔노? 그래? 하며 바지춤에서 지전 몇 장 꺼내 주던 중에도 배호며 이미자 노래가 젓가락 장단에 우쭐거리던, 버들집은 니나놋집.

어린 시절 나의 더 큰 꿈은 시끄럽게 부서지고 멍들던 집을, 면소재지를 떠나 멀리멀리 탈출해버리는 것이었다. 사라져버리는 것이었다. 그 꿈은 오래지 않아 현실이 되었다. 나는, 그리고 형제들은 집을 나가 사방으로 팥알처럼 흩어졌다. 서울 하나 인천 하나 부산 둘로 찢어졌다.

버들집의 터줏대감들이 저승으로 거처를 옮기자 고향은 늙은 어머니가 홀로 지키는 먼 곳이 되었다. 고향이 먼 곳이 되자 나는 더 자주 고향을 찾게 되었다. 고속도로를 국도를 지방도로를 달려 장터에 내려서는 옛날 버릇대로, 곧장 집으로 가지 못하고 버들집으로.

버들집은 퇴락하여 퀴퀴한 냄새를 풍기는 쓸쓸한 술청이 되었지만, 나는 그곳에서 시간의 경과를 느끼지 못한다. 흘러간 시간 속에, 끊어질 듯 이어지는 뽕짝 가락 속에 여전히 잠기고 만다. 해가 슬금슬금 기울어 가는 동안 매무새가 흐트러진 채로 옛날의 아버지처럼 벽에 반쯤 쓰러져, 타지 출신 작부들의 손길에 오후의 한 자락을 맡겨두는 것이다. 처진 살집을 애써 감추려고도 하지 않고 고향이지라 타향이지라, 깔깔대는 오래된 그녀들은 내 얼굴에서 금세 아버지 얼굴을 찾아내기도 한다.

그러면 나는 취중에도 술상에 엎어지고 뒤집어지는 얼굴들이 왠지 이역만리에서 마주친 동포 같고, 혈육이되 늘 티격태격하던 식구들 생각이 나고, 그래서 수습이 곤란하던 술판 발정에 된서리가 덮이는 걸 느낀다. 술은 슬며시 깨고, 예전의 아득했던 봄날 여름날은 다시 찾아오고, 새까맣게 그을려 제 그림자를 따라 휘청거리던 고독으로 주린 선대들이 생각나고, 급기야 힘없이 오줌이 마려워지고 만다.

수양버들 두 그루가 그림자를 드리우던 개울에 뜨뜻미지근한 오줌발을 탈탈탈 털어 보내고, 집으로 가볼까 한잔 더 할까 삼거리 슈퍼 자리에서 기우뚱거리노라면 아, 오늘이 장날이었구나, 뒤늦게 깨닫는 내가 있다. 한 발짝도 떠나지 못했으면서도 어떻게 돌아가야 할지 모르는 탕아가 있다. 어디서 많이 본 늙고 구부정한 뒷모습 하나가 보행기를 밀고 해 속으로 가고 있다. 나는 부른다. 어머니. 어머니. 엄마. □

김행숙

1970년 서울 출생. 1999년 『현대문학』으로 등단. 시집으로 『사춘기』 『이별의 능력』 『타인의 의미』 등이 있다.

목의 위치

기이하지 않습니까. 머리의 위치 또한.

목을 구부려 인사를 합니다. 목을 한껏 젖혀서 밤하늘을 올려다보았습니다. 당신에게 인사를 한 후 곧장 밤하늘이나 천장을 향했다면, 그것은 목의 한 가지 동선을 보여줄 뿐, 그리고 또 한 번 내 마음이 내 마음을 구슬려 목의 자취를 뒤쫓았다는 뜻입니다. 부끄러워서 황급히 옷을 주워 입듯이.

당신과 눈을 맞추지 않으려면 목은 어느 방향을 피하여 또 한 번 멈춰야 할까요. 밤하늘은 난해하지 않습니까. 목의 형태 또한.

나는 애매하지 않습니까. 당신에 대하여.

목에서 기침이 터져 나왔습니다. 문득, 세상에서 가장 긴 식도를 갖고 싶다고 쓴 어떤 미식가의 글이 떠올랐습니다. 식도가 길면 긴 만큼 음식이 주는 황홀은 천천히 가라앉을까요, 천천히 떠나는 풍경은 고통을 가늘게 늘리는 걸까요, 마침내 부러질 때까지 기쁨의 하얀 뼈를 조심조심

깎는 중일까요. 문득, 이 모든 것들이 사라져요.

소용없어요. 목의 길이를 조절해봤자. 외투 속으로 목을 없애봤자. 그래도 춥고, 그래도 커다란 덩치를 숨길 수 없지 않습니까.

그래도 목을 움직여서 나는 이루고자 하는 바가 있지 않습니까. 다리를 움직여서 당신을 떠나듯이. 다리를 움직여서 당신을 또 한 번 찾았듯이.

-(『타인의 의미』, 2010)

□ 목의 위치에 관한 사소한 기록

생선은 목을 치지 않고 토막을 친다고 사내가 낮게 우물거렸다. 생선은 참, 목이 없군요, 여자가 웃으며 말했다. 생선은 개보다는 장작에 가깝죠, 사내가 약간 우쭐거렸을 것이다. 그때 어쩌면 리얼리즘과 그로테스크의 관계를 생각하고 진화론과 목의 관계를 생각했을지도 모른다.

–「사소한 기록」, 부분

생선은 목이 없기 때문에 목을 치지 않고 토막을 친다는 생선장수의 말을 들었을 때, 왜 그녀는 목덜미가 서늘해졌을까. 인간은 목을 의식하는 동물이다. 목에 대한 자의식을 가졌다는 점에서 인간이라는 종을 정의할 수도 있을 것 같다. "모가지가 길어서 슬픈 짐승이여"라는 유명한 시구는 인간의 보편적인 감정을 건드리고 있다. 목의 길이와 슬픔을 연결시키는 것은 사슴의 것이 아니라 지극히 인간적인 감각의 논리다.

왜 그럴까?

목을 구부려 당신에게 인사하고, 목을 끄덕여 당신의 말에 공감을 표시하고, 목을 돌려 이별 이후를 예고하기 때문일까. 단지 기호記號로서의 목의 의미론적 작용 때문만은 아니다. 목의 동작이 바뀌는 순간에,

그 동작과 함께 살갗과 마음이 떨렸으며, 욕망했으며, 갈망했으며, 망설였으며, 말로 설명할 수 없는 미묘하고 난처하고 난해한 감정에 휩싸였던 것이다. 목은 그 마음의 폭동 속에서도 부러지지 않는 뼈다. 목은 마음의 호수에 빠져서도 숨을 쉬고, 밥을 먹고, 허우적거리는 언어를 건져 올려 세상에 내보낸다.

목은 머리를 몸통과 분리하지만 끝내 연결한다. 목이 없었다면 머리의 특이한 위치도 없었을 것이다. 검은 머리털로 뒤덮인 뒤통수와 눈 코 입과 귀를 구비한 얼굴로 이루어진 머리. 그 머리를 목은 흡사 떠받치고 있는 것처럼 보인다. 머리가 복잡하다고, 무겁다고, 머리를 어디다 좀 떼어놓았으면 좋겠다고, 무척이나 피곤해 보이는 너는 그런 말을 중얼거린다. 목은 머리를 흔들어보지만, 머리는 목을 떠나지 않는다.

그러므로 머리가 없었다면 목의 기이한 위치도 없었을 것이다. 가끔 나는 목의 위치를 생각한다.

목은 자신의 눈으로 볼 수 없는 부분에 위치한다. 마치 나의 얼굴을 내가 볼 수 없듯이, 나의 뒷모습을 내가 볼 수 없듯이 말이다. 내가 볼 수 없는 그것들, 나의 얼굴과 등과 목은 적어도 내게는 어둠의 영역이다. 빛 속에 있는 것은 타인의 얼굴과 등과 목이다. 타인을 경유하여 나는 나의 얼굴과 내 뒷모습과 내 목의 위치를 간신히 생각해 볼 수 있을 따름이다. 그렇게 가끔 나는 내 목의 위치를 생각한다. 그러나 내가 보고 있는 것은 당신의 목의 위치다.

언젠가 내가 슬펐던 것은 당신의 목의 위치 때문이다. 당신이 목을

움직여서 닿고자 하는 세계가 궁금하다. 언젠가 내가 보았던 당신의 목의 위치는 아름다웠다. □

박성우

1971년 전북 정읍 출생. 2000년 <중앙일보> 신춘문예로 등단. 시집으로 『거미』 『가뜬한 잠』 『자두나무 정류장』 등이 있다.

참깨 차비

할머니 한 분이 들어와 문 앞에 어정쩡 앉으신다
처음 뵈는 것 같기도 하고 어디선가 뵌 것 같기도 한,
족히 여든은 넘어 뵈는 얼굴이다
아침잠이 덜 깬 나는, 누구시지? 내가 무얼 잘못했나?
영문도 모른 채 뒷머리만 긁적긁적, 안으로 드시라 했다

할머니는 불쑥 발을 꺼내 보여주신다
흉터 들어앉은 복사뼈를 만지신다
그제야 생각난다, 언제였을까
할머니를 인근 면소재지 병원에 태워다드린 일,
시간버스 놓친 할머니만 동그마니 앉아 있던 정류장,
펄펄 끓는 물솥을 엎질러 된통 데었다던 푸념,
탁구공 같은 물집이 방울방울 잡혀 있던 작은 발, 생각난다
근처 칠보파출소에 들어가 할머니 진료가 끝나면
꼭 좀 모셔다드리라 했던 부탁,
할머니는 한 됫박이나 될 성싶은
참깨 한 봉지를 내 앞으로 민다

까마득 잊은 참깨 차비를 낸다
얼결에 한 됫박 참깨 차비를 받는다

지팡이 앞세우고 물어물어,
우리 집을 알아내는 데 족히 일 년이 넘겨 걸렸단다
대체 우리는 몇 가마니나 되는 참깨를 들쳐메고
누군가의 집을 찾아나서야 하나?
받은 참깨 한 봉지 들고 파출소로 간다

—(『자두나무 정류장』, 2011)

□ 세상의 물집들이 다 아물기까지

이 시를 쓸 무렵 나는 자두나무 정류장이 있던 강마을에 살았다. 별빛 일렁이는 물결소리와 달빛 밀고 가는 바람소리가 찰바당 찰바당 들리던 마을이었다. 그 즈음의 나는 몸뚱이를 바지런히 굴려 뭔가가 내 몸에 들게 하고 그것을 고요한 밤에 꺼내어 시의 말로 그림을 그려보고는 했다. '유쾌한 쓸쓸함'과 '유쾌한 외로움'을 어렵지 않게 만날 수 있었던 시절이었다고나 할까.

2009년 사월쯤의 일이었다. 이른 아침부터 누군가가 문을 두드렸다. "쥔 양반, 계시유?" 겨우 눈을 뜬 나는 대충 추리닝을 걸치고 문을 열었다. 할머니 한분이 지팡이를 들고 서 계셨다. '뉘시지?' 족히 여든은 되어 보이는 할머니였다. '내가 대체 무슨 잘못을 했기에 이렇게 아침 일찍부터 찾아오셨지?' 나는 영문을 몰라, 뒷머리만 긁적여야 했다. '치매 걸린 할머닌가? 뭔가를 빌리러 오셨나? 어디서 뵈었더라?' 잠이 덜 깬 나는 일단 안쪽으로 드시라 했다.

할머니는 뜬금없이 고맙다는 말과 함께 불쑥 발을 내미시고는 흉터가 들어앉은 복사뼈를 만지셨다. 그제야 생각났다. 발을 데인 할머니를 인근 면소재지 병원까지 태워다 준 일. 할머니를 병원에 모셔다 드리고 급히 나오는 길에 근처 파출소에 들러, 할머니 진료가 끝나면 꼭 좀 모셔다드리라 했던 부탁. "아, 할머니. 발 다 낳으셨네요."

그러니까 2008년 삼월 말쯤 되었을 것이다. 여느 때처럼 나는 익산에 있는 한 대학으로 시간강사 일을 나가기 위해 차를 끌고 집을 나섰다. 마을 인근 버스정류장 앞을 지나는데 웬 할머니 한 분만 덩그마니 정류장 앞에 앉아계셨다. 다른 정류장에는 아무도 나와 있지 않은 걸로 봐서 할머니는 시간버스를 놓친 게 틀림없어 보였다. 나는 학교로 가다말고 차를 세우지 않을 수 없었다.

거동이 불편해 보이는 할머니를 조심조심 차에 태우는데, 가장 먼저 눈에 들어온 것은 할머니의 발이었다. 정말이지 거짓말 안 보태고 탁구공만 한 물집들이 방울방울 잡혀있었다. 빨래의 묵은 때를 빼려고 푹푹 삶았던 솥단지를 들어 옮기다가 그만 그 걸 발등에 덜퍼덕 엎었다는 것이었다. 차라리 버스정류장까지 걸어 나올 수 있었던 게 천만다행이어 보였다. 물집이 터진 곳에서는 투명한 물이 질질 흘러내리고 있었다.

고맙다는 말을 수십 번도 더하며 환히 웃는 할머니 말에 의하면 병원진료가 끝나기 전부터 파출소에서 경찰이 둘이나 나와서 기다렸다가 집에까지 태워다 주었다고 했다. 덕분에, 편하게 집으로 올 수 있었단다. 그렇게 응급치료를 한 뒤로 다시 손녀딸인가가 있는 부산으로 가서 적지 않은 기간 동안 입원치료를 받아야 했단다. 그러면서 지금은 온전히 낳아 아무렇지 않다고 몇 번이나 해맑게 웃으셨다.

할머니는 검정비닐봉지 하나를 내밀었다. 검정비닐봉지를 열어보니 한 됫박이나 될 성 싶은 참깨였다. 여전히 혼자 사신다는 할머니는 공짜로 차를 얻어 탄 어마어마한 신세(?)를 갚기 위해 일 년 넘게 나를 물어물어 찾았다고 했다. 내 성도 이름도 모르니 '검정색 지프차'와 '비쩍 마른 젊은 남자'라는 단서로만 무려 일 년 넘게 나를 찾은 셈이다.

몇 번이나 거절을 했지만 할머니는 막무가내로 한 됫박 '참깨 차비'를 끝까지 내밀었다. 대체 우리는 몇 가마니나 되는 참깨를 들쳐 매고 누군가의 집을 찾아 나서야 되는 걸까? 받은 참깨 한 봉지 들고 파출소로 향하지 않을 수 없었다.

인근 칠보파출소를 찾아갔을 때, 할머니를 친절하게 집까지 모셔다 주었을 것으로 짐작되는 경찰 둘은 이미 다른 파출소로 전근을 가고 없었다. 하는 수 없이 나는 콩음료 한 상자를 파출소에 넣어주고는 들고 갔던 '참깨 차비'를 다시 가지고 나와야 했다. 별 좋은 봄날이었다. □

신용목

1974년 경남 거창 출생. 2000년 『작가세계』로 등단. 시집으로 『그 바람을 다 걸어야 한다』 『바람의 백만번째 어금니』 『아무 날의 도시』 등이 있다.

산수유꽃

데인 자리가 아물지 않는다
시간이 저를 바람 속으로 돌려보내기 전 가끔은 돌이켜 아픈 자국 하나 남기고 가는 저 뜨거움
물집은 몸에 가둔 시간임을 안다

마당귀에 산수유꽃 피는 철도 독감이 잦아 옆구리에 화덕을 끼고 자다 나는 停年이 되어버렸다

노비의 뜰에나 심었을 산수유나무
면도날을 씹는 봄햇살에 걸려 잔물집 노랗게 잡힐 적은 일없이 마루턱에 앉아 동통을 앓고 문서처럼 서러운 기억이 많다

한 뜨거움의 때를 유배시키기 위해 몸이 키우는 물집 그 수맥을 짚고 산수유가 익는다고 비천하여 나는 어깨의 경사로 비탈을 만들고 물 흐르는 소리를 기다리다 늙은 것이다

시간의 문장은 흉터이다 둑 위에서 묵은 편지를 태웠던 날은 귀에

걸려 찢어진 고무신처럼 질질 끌려다녔다 날아간 연기가 남은 재보다 무거웠던가

사는 일은 산수유꽃빛만큼 아득했으며

나는 천한 만큼 흉터를 늘리며 왔고 데인 데마다 산수유 한 그루씩이 자랐다

-(『그 바람을 다 걸어야 한다』, 2004)

□ 그리움의 처형장에서

1

당신과 나의 거리는 우리가 느끼지 못하는 작은 차이들을 해의 모양에 심어놓았을 것이다. 같은 것을 바라보되 다른 각. 어쩌면 그것이 그리움의 크기는 아닐까. 당신의 바라봄과 나의 바라봄이 만드는 각도. 당신과 나의 각 ── 그것을 생각하는 사이 해가 지고 창밖은 어둠이다. 어둠은 한 치 앞까지 캄캄하게 만들지만 가장 멀리까지 자신을 투명하게 펼쳐놓는다. 어둠이 내리면 우리의 그리움은 각도를 잃는다. 스스로 여백이 되어서만 통행하는 것들 ── 이를테면, 건너편 불빛들, 간판들, 음식물 쓰레기를 버리러 가는 여자와 술 취한 행인들.

그리움은 그렇게 우리를 이끈다. 바라보는 곳을 향해 걸어가게 만드는 것.

언젠가 본 다큐멘터리는 인간 눈의 진화에서 가장 특이한 점을 흰자위의 존재로 꼽았다. 모든 유인원은 자신이 어디를 바라보는지 감추기 위해 흰자위를 갖지 않는다. 경계를 위하여 또는 공격을 위하여 자신의 주시를 숨기는 것. 그러나 인간은 내가 어디를 무엇을 어떻게 바라보고 있는가를 흰자위를 통해 정직하게 드러냄으로써, 내가 당신을 사랑하고 있다는 것을 혹은 내가 당신을 그리워하고 있다는 것을 눈 속에 담았던 것 — 그리하여 우리는 눈의 여백이 만든 하얀 모래로 제단을 쌓고 서로의 마음을 제물로 바쳤을 것이다.

보이지 않는 것 안에서 보이는 것과 보이는 것 안에서 보이지 않는 것.

진 해는 지금 지구 반대편을 돌고 있다. 더 큰 여백을 낳기 위해 사라지는 우주의 골짜기, 먼 어딘가에서 당신은 조용히 여백을 지우고 있다. 내가 볼 수 없었던 곳을 안에서부터 차곡차곡 없애, 내 안으로 조용히 걸어 들어오고 있다. 그리고 나 역시 당신 속으로 조용히 걸어가고 있다는 것을 알고 있다. 내가 어둠이 될 때까지 그 길이 끝나지 않는다는 사실도 — 그러나 끝없이 투항하되 스스로 어둠이 되지 못하는 시간을 사는 것. 그 안에서 각도를 잃어버린 당신과 나의 시선이 별똥별처럼 어디론가 떨어지고 있을 것이다.

2

그리고 여기 두 가지 사실이 있다. 더 사랑하는 사람이 혹은 더 열정적인 사람이 더 상처받을 수밖에 없다는 영원한 인생의 불합리와 더 사랑할 수 있는 것도 더 열정적일 수 있는 것도 어쩌면 하나의 재능이고 축복일 수 있다는 논리의 또 다른 아이러니. □

진은영

1970년 대전 출생. 2000년 『문학과사회』로 등단. 시집으로 『일곱 개의 단어로 된 사전』 『우리는 매일매일』 『훔쳐가는 노래』 등이 있다.

긴 손가락의 詩

시를 쓰는 건

내 손가락을 쓰는 일이 머리를 쓰는 일보다 중요하기 때문, 내 손가락, 내 몸에서 가장 멀리 뻗어 나와 있다. 나무를 봐, 몸통에서 가장 멀리 있는 가지처럼, 나는 건드린다, 고요한 밤의 숨결, 흘러가는 물소리를, 불타는 다른 나무의 뜨거움을.

모두 다른 것을 가리킨다. 방향을 틀어 제 몸에 대는 것은 가지가 아니다. 가장 멀리 있는 가지는 가장 여리다. 잘 부러진다. 가지는 물을 빨아들이지도 못하고 나무를 지탱하지도 않는다. 빗방울 떨어진다. 그래도 나는 쓴다. 내게서 제일 멀리 나와 있다. 손가락 끝에서 시간의 잎들이 피어난다.

-(『일곱 개의 단어로 된 사전』, 2003)

□ 不在의 손가락이 가리키던 곳

미국 헌팅턴 도서관에서는 인쇄술이 도입된 이래 대영제국에서 가장 잘 팔린 책들을 전시한 적이 있다고 한다. 르네상스 시대 이후 사람들이 가장 많이 읽은 책 10권 가운데 3권은 동물사육, 바느질, 정원 가꾸기에 관한 조언을 담은 책들이었다. 이 전시회에 다녀온 한 심리상담 전문가는 "수백 년 전에도 조언목록이 많은 사람들의 관심을 끌었다는 것에 감동받았다"고 고백했다.

무언가를 가리킨다는 것은 손가락의 가장 평범하고 비非시적인 기능일 것이다. 그런데도 이 평범한 기능이 주는 호감은 인생에 대한 강렬한 조언의 욕구와 더불어 사람들의 마음에 깊이 새겨져 있다. 가리키는 방향, 장소, 사물들에는 뭔가 희망적인 구석이 있다. 손가락은 우리가 나아가야 할 곳, 바라보거나 주목하고 성취해야 할 목표를 알려주는 조언의 신체이다. 아니, 가능한 조언목록들의 육화이다. 손가락이 가리키는 곳, 그곳에서 인생과 사물의 참된 의미를 발견하게 된다는 사실을 가장 직설적으로 전하는 말이 바로 '손가락을 보지 말고 달을 보라'이다. 하지만 이 시는 그 조언의 신체가 절단되고 훼손되는 순간에, 그래서 손가락 자체를 보게 되는 순간에 내게 왔다.

오래전 나는 가톨릭신학대학의 축제에 놀러갔다가 5·18 사진들을 보았다. 그 시절 나는 사람들의 영혼의 절반은 나무토막과 같은 무심함으로 되어 있지만 나머지 절반은 천사의 솜사탕처럼 달콤한 것으로 되어 있다고 믿었던 명랑한 십대였다. 그런 내게 광주의 살풍경을 전하는 사진들은 보아도 정확히 뭘 보았는지 이해가 안 되었다. 오히려 내내 기억났던 건 그 사진들 가운데 걸려있던 시 한편이었다. 어느 노동자가 프레스 기계에 손목이 잘려 병원에 가려는데 작업복 기름때에 자동차 시트가 더러워진다고 사장님도 공장장도 태워주질 않았다. 결국 너무 늦게 도착해 붙일 수 없어진 손목을 찬 소주에 씻어서 양지바른 곳에 묻어준다는 내용이었다.

대학에 입학해서 그 시가 박노해의 「손무덤」임을 알게 되고, 어쩌다 보니 과방에서 어울리던 친구들과 노동자 신문을 팔러 구로공단에도 가게 되었다. 우리는 노동자들과 함께 만나서 노동자 언론의 필요성에 대해 토론도 하고 신문도 직접 팔아보기로 했다. 그런데 만나기로 한 노동자 한 사람이 아무리 기다려도 오지 않았다. 두 시간쯤 지나서 첫 만남에 대한 설렘이 짜증과 불쾌함으로 변했을 무렵 그는 웃으면서 나타났다. 스물여덟 살 프레스공인 그는 두꺼운 붕대를 손가락에 감고 있었다. 철판을 자르는 프레스에 손가락이 잘려 병원에 다녀오느라 늦었다고, 그는 미안하고 무색한 듯 그러나 환하게 웃었다. 그 후로 1~2년간 우리는 그의 잘린 손가락을 잡아도 보고 같이 밥도 먹고 신문도 팔러 다녔다. 그의 짧은 손가락을 보다가 내 길고 멀쩡한 손가락을 볼 때면 우리가 다른 두 세계의 경계에 각기 서 있다가 그가 잠시 손가락으로 가볍게 내 옷소매를 쥐었다 놓고는 이내 다른 방향으로 걸어 가버리는 느낌이 들었다.

그 때문에 나는 이 시의 어떤 구절이 거짓말처럼 느껴질 때가 있다. 나는 스스로 건드린 적이 없다. 밤의 숨결도, 불타는 뜨거움도……. 사실 시의 은유 밖에서 표현된 그 삶들은 손가락을 들어 가리킬 만한 것이 못 되었다. 그 삶은 심하게 다쳐 병원으로 실려 가는 순간에도 존중받지 못하는 삶, 스물여덟 살인데 과로와 피로로 마흔 살처럼 보이는 삶, 기계에 손가락이 절단된 일이 만 원짜리 한 장을 잃어버린 일처럼 다소 찝찝한 일상이 되는 삶. 그런 삶은 따라할 만한 것도 의미를 찾을 만한 것도 아니었다. 나의 손가락이 그걸 가리킬 수 있을 만큼 거기로부터 떨어져있다는 사실에 문득 안심이 되는 삶. 그것은 헌팅턴 박물관의 전시회가 증명하듯 조언목록에 결코 낄 수 없으므로 사람들의 관심을 끌지 못할 삶이다.

이 시는 어떻게 왔는가? 잘린 손목에 달린, 없는 손가락들이 내 손가락을 들어올려 내가 의도하거나 희망하지 않았던 어떤 풍경을 가리키게 할 것 같은 예감 속에서 이 시는 내게 왔다. 잘린 손가락들은 내게 고통 받는 삶에 대한 연민이나 공감과 같은 선량한 도덕감이 아니라 멀쩡한 손가락에 대한 묘한 강박을 심어주었다. 시는 자발적인 의지 속에서 더 멀리 가리키는 긴 손가락을 가진 것이 아니다. 시의 손가락은 부재의 손가락이고 그 부재로서 방향과 존재를 보여주는 생생하게 '없는' 손가락이다. 시집 세 권을 내고 나서야 등단 전에 썼던 이 시가 나에게 말하는 것을 어렴풋이 알게 되었다. "내게서 제일 멀리 나와 있"는 시의 손가락을 시인이 원한다고 가질 수 있는 것은 아니었다. 그저 시인은 제 발로 세계의 경계로 걸어가서 어떤 충돌과 절단과 훼손이 일어나는 폭력의 순간을 기꺼이 맞이하는 자발성을 지닐 수 있을 뿐이다. 그 순간이 사랑의 폭력이든 정치의 폭력이든 언어의 폭력이든, 그 난폭함 속에서 잘린 상투적인 손가락 아래 부재하는 손가락이 돋아나 시인 자신을 가장 잘 건드릴 수 있도록. 그러나 매순간, 제 발로 기어들어가 시의 건드림 속에서 서있을 용기가 내게늘 있을지, 여전히 잘 모르겠다. □

송경동

1967년 전남 벌교 출생. 2001년 『실천문학』으로 등단. 시집으로 『꿀잠』 『사소한 물음들에 답함』 등이 있다.

사소한 물음들에 답함

어느 날
한 자칭 맑스주의자가
새로운 조직 결성에 함께하지 않겠냐고 찾아왔다
얘기 끝에 그가 물었다
그런데 송 동지는 어느 대학 출신이요? 웃으며
나는 고졸이며, 소년원 출신에
노동자 출신이라고 이야기해 주었다
순간 열정적이던 그의 두 눈동자 위로
싸늘하고 비릿한 유리막 하나가 쳐지는 것을 보았다
허둥대며 그가 말했다
조국해방전선에 함께 하게 된 것을
영광으로 생각하라고.
미안하지만 난 그 영광과 함께 하지 않았다

십 수 년이 지난 요즈음
다시 또 한 부류의 사람들이 자꾸
어느 조직에 가입되어 있느냐고 묻는다

나는 다시 숨김없이 대답한다
나는 저 들에 가입되어 있다고
저 바다물결에 밀리고 있으며
저 꽃잎 앞에서 날마다 흔들리고
이 푸르른 나무에 물들어 있으며
저 바람에 선동당하고 있다고
가진 것 없는 이들의 무너진 담벼락
걷어차인 좌판과 목 잘린 구두,
아직 태어나지 못해 아메바처럼 기고 있는
비천한 모든 이들의 말 속에 소속되어 있다고

대답한다. 수많은 파문을 자신 안에 새기고도
말없는 저 강물에게 지도받고 있다고

—(『사소한 물음에 답함』, 2009)

□ 어떤 쓸쓸함에 대하여

어느 겨울이었다. 백담사 아래 만해마을까지 누가 내쫓지도 않았지만, 쫓긴 마음으로 내려가 있었다. 이 시대가 나와는 잘 맞지 않는다는 생각이었다. 스스로를 귀향 보내는 심정, 유폐시키고 싶은 마음이었다.

눈이 참 많이 왔었다. 세상이 너무 아름다워 슬펐다. 아름다운 지옥이란 이런 거구나 싶었다. 한미FTA 투쟁도 실망스럽게 끝나고, 한참 대선 정국이었다. 만해마을을 찾아 떠나기 전, 인천지역 전기원노동자였던 정해진 열사가 분신했었다. 전봇대를 타는 비정규직 노동자들의 투쟁 와중이었다. 이젠 누군가 자신의 몸을 불살라도 투쟁이 조직되지 않았다. 투쟁과 분노를 조직해야 할 민주노총 위원장은 득달같이 노동부장관을 찾아가 지엽적인 타협안을 가지고 왔다. 장례식날 연단에 올라가 폼 잡고 추도시를 낭송하는데 나 역시 쇼를 하고 있는 건 아닌가라는 자괴감이 밀려왔다. 세상도 싫고 나도 싫었다. 나도 모르게 그만 마이크를 연단 아래 지도부들과 한다하는 명망가들이 앉아 있는 곳으로 던져버리고 말았다. 나를 포함한 어떤 지겨움과 모멸감에 후다닥 근처 마찌고바 골목 조그만 점빵으로 들어가 맥주 캔 세 개를 들이키고야 마음의 파도가 조금 누그러졌다. 저 골목 사이로 영정차가 나가고 있었다.

지엠대우 비정규직 동지 둘은 부평역 앞 CC카메라탑 위에서 고공농성 중이었다. 어느 날은 안양 주택가에서 혜진이와 예슬이라는 어린 아이 둘이 실종되었다는 소식이 들려왔다. 크리스마스이브 날 날일을 다니는 아버지에게 줄 선물을 사간 후였다고 했다. 괜스레 그 소식이 가슴에 사무쳤다. 불우했던 나의 어린 시절과 청년 시절이 떠올라서 더욱 그랬으리라. 무슨 운동에 대한 글을 쓰는 것보다 그 아이들을 위한 글을 써주고 싶었다. 우려했던 대로 인성이 파괴된 한 사내에 의한 유괴 살인이었다. 그때서야 난리가 난 세상이 쓸쓸했다. 자본주의 사회의 파괴적이고 폭력적인 일상문화 속에서 자유롭지 못한 나도 한 명의 가해자일지 모른다는 아픔이 들었다. 대선을 앞두고 갈라선 진보정당의 한 편으로부터 다시 줄서기를 강요하는 청탁이 들어오기도 했다. 30만부를 찍는다고 어떤 내용이던 글을 한 편만 써달라는 얘기였다. 미안하다고 했다.

쓸쓸한 것은 내가 사는 세상의 꿈이 너무 작아졌다는 것이었다. 사람들은 소박해지는 대신, 초라해졌다. 사회 운동은 더했다. 어느 틈에 본질적인 물음들에 대한 치열한 모색과 숙고는 사라져버리고, 개량만이 판을 쳤다. 민주노조 운동과 진보정당의 상층은 관료화되고, 그들의 안온한 보호(?) 속에서 대중운동은 온실 속의 화초들이 되어가고 있었다. 비합법의 눈부신 꿈과 상상력들이 사라진 자리에 합법주의의 완고하고 딱딱한 형식만이 더깨가 되어가고 실리 외에 어떤 꿈들도 설 자리가 보이지 않았다. 860만 비정규직 시대는 어쩔 수 없는 시대의 대세가 되고, 자본주의 시장경제를 넘어 설 어떤 비전도 이젠 가능치 않다는 역사에 대한 패배감들이 팽배했다. 다른 꿈을 꾸는 자들은 조롱의 대상이 되고 있었다. 자연스레 어떤 이룰 수 없는 미래에 대한 꿈보다는 현실의 권력이, 부가, 지위가 우선시 되었다.

한 번쯤 그런 세태에 대해 쓴소리를 해보고 싶었다. 너무 하지 않느냐고 투정이라도 부려보고 싶었다.

먼저 나를 내려놓는 게 필요했다. 나로부터 출발하지 않는 반성과 항의가 무슨 필요가 있을까 싶었다. 담담하게 나의 살아 온 부끄러운 내력부터 돌아보았다. 그때 나에게는 무엇이 가장 절실했을까. 나는 그때 어떤 인간적 면모가 그리웠을까. 아직 그때 나는 어떤 순정한 꿈을 꾸었던 것일까. 운동의 대의는 사라지고 자기 정파의, 종파의 이익만이 우선시 되는 세상, 개인의 일신을 위해 무수한 노동자민중들의 피눈물 나는 투쟁의 결실들이 사유화, 개량화되는 세상은 아니었지 않았을까. 인간들만의 잇속이 아니라 전체 세계의 유기적 관계를 고민했던 게 우리 아니었을까. 그 속에서 참된 삶이란, 생명이란 무엇일까에 겸허해지고자 했던 것 아니었을까.

나를 포함해 우리 모두의 꿈이 조금은 더 커지고, 아름다워졌으면 좋겠다는 바람을 담아 이 시를 썼다. 나는 진정 어디에 소속되고 싶은 것인가? 나는 어떤 역사의 시간을 선택하고 싶은 것인가? 사람들에게도 물어보고 싶었다. 우리는 왜 이렇게 쓸쓸해진 거냐고. □

김경주

1976년 광주 출생. 2003년 <대한매일> 신춘문예로 등단. 시집으로 『나는 이 세상에 없는 계절이다』 『기담』 『시차의 눈을 달랜다』 등이 있다.

외계

양팔이 없이 태어난 그는 바람만을 그리는 화가畵家였다
입에 붓을 물고 아무도 모르는 바람들을
그는 종이에 그려 넣었다
사람들은 그가 그린 그림의 형체를 알아볼 수 없었다
그러나 그의 붓은 아이의 부드러운 숨소리를 내며
아주 먼 곳까지 흘러갔다 오곤 했다
그림이 되지 않으면
절벽으로 기어 올라가 그는 몇 달씩 입을 벌렸다
누구도 발견하지 못한 색色 하나를 찾기 위해
눈 속 깊은 곳으로 어두운 화산을 내려 보내곤 하였다
그는, 자궁 안에 두고 온
자신의 두 손을 그리고 있었던 것이다

–(『나는 이 세상에 없는 계절이다』, 2006)

□ 우리가 입을 벌릴 때 어두운 입 속에서 유령은 눈을 뜬다

언어는 폐허 위에서 생겨난다. 언어의 폐허로부터 시는 태어난다. 시는 자신의 폐허를 두려워하지 않는다. 시는 폐허의 속살이다. 시는 언어와 폐허가 교미한 흔적이다. 시는 언어의 폐허를 채운다. 언어는 인간의 폐허를 망각하지 않을 때 누군가에게 가서 발화된다. 한 인간의 사랑이 된다. 혁명이 된다. 시가 된다. 언어는 지상의 폐허를 목격하고 증언하지만 폐허를 바꿀 수 없다. 언어는 폐허의 잔해이기 때문이다. 언어뿐만 아니라 폐허 또한 누군가의 입안에서 흘러나와 누군가의 입안으로 흘러들어가기도 한다. 사람들은 폐허를 감추기 위해 시를 쓰기도 하지만 폐허 뒤에 숨어서 언어를 남발하기도 한다. 사람들은 자신의 폐허에 숨어 살며 수많은 언어로 귀향을 가는 꿈을 꾸기도 한다. 때로 그것이 시가 되기도 한다. 하지만 시가 되기 위해선 자신의 언어 뒤에 숨어 있는 폐허의 원주민이 되기보다는 자신의 시 뒤에 숨어 있는 폐허를 장악하려 해서는 안 된다. 그 폐허는 스스로의 언어를 찾아 시가 되기 때문이다. 시가 되려거든 타인의 폐허와 함부로 관계해서는 안 된다. 시가 되려거든 자신의 폐허를 세상으로 내놓아야 한다. 세상의 곁으로 가서, 폐허가 새로운 지상이 되도록 도와야 한다. 다리 없는 새가 폐허

위에 내려 앉아 시가 된다. 땅 속을 날고 있는 새가 지상의 새로운 언어를 만나 시가 되려 한다. 네루다공원의 황량한 벌판처럼, 홍커우 공원의 작은 매정梅亭처럼, 포지타노 해변의 인적 없는 겨울 해수욕장처럼, 폐허는 붉은 떨기처럼, 시의 침묵을 머금고 있다. 유령이란 언어를 잃어버린 자들이 떠도는 세계의 환幻들이다. 유령은 자신의 언어를 찾아서 가장 먼저 자신의 몸을 더듬어 본다. 몸을 통해 나온 언어가 시가 되려면 가장 먼저 그 몸은 유령이 되어 보아야 한다. 아직 우리가 발설하지 못한 상처들, 착란들은 우리의 입 안에 떠돌고 있는 유령이다. 우리가 입을 벌릴 때 어두운 입 속에서 유령은 눈을 뜬다. 우리는 그 유령의 눈을 시라고 부를 수 있도록 음악을 듣고, 세계의 리듬을 익히고, 가장 낮은 자리에 가서 삶의 상투적인 순간과 싸우고 있다. 가장 늦게 잠들고 가장 일찍 일어서는 언어는 시가 된다. 그 시의 곁을 지키고 있는 유령들은 우리들의 가장 늦은 언어가 될지 모른다. 당신의 폐허가 될지 모른다. 하지만 어느 선술집의 구석진 곳에서 술잔의 수위를 가늠하며 어느 낡은 모텔에서 욕조의 수면을 발가락으로 간질이며 당신은 이렇게 말할지도 모른다. '미안하다 너무 쓸쓸하게 사라지고 있어서.' 당신의 폐허로부터 태어나는 유령이 시가 되기를 바란다. 당신을 무언가의 '곁'이라고 부를 수 있는, 그 곁이 되어 주는 일이 유령이 되어가는 시집을 펼치는 일이 될 수 있기를 바란다. 오늘날 시집은 난독難讀이 아니라 밀독蜜讀이 되어가고 있다. 시는 이제 해석이 아니라 해독이 필요해 보인다. 시는 폐허 속에서 태어나는 새가 아니라 폐허의 밑구덩을 기어 다니는 벌레들의 희미한 눈이다. 가장 희미해질 때까지 시는 선명한 폐허를 감춘다.

시는 폐허 속에서 구걸이 아니라, 폐허 속에서 교감을 원한다. 우리들의 내재율內在律이 그곳에 있다. □

□ 시인명 순으로 찾아보기

나의 대표시를 말한다

초판 1쇄 발행 2012년 11월 30일
2쇄 발행 2014년 09월 30일

엮은이 최두석 | 나희덕
펴낸이 조기조
펴낸곳 도서출판 b
기 획 이성민 이신철 이충훈 정지은 조영일
편 집 김장미 백은주

등 록 2003년 2월 24일 제12-348호
주 소 151-899 서울시 관악구 난곡로 288 남진빌딩 401호
전 화 02-6293-7070(대) 팩시밀리 02-6293-8080
웹주소 b-book.co.kr 이메일 bbooks@naver.com

ISBN 978-89-91706-57-6 03810
정가_16,000원